ひとり旅日和　縁結び！

秋川滝美

CONTENTS

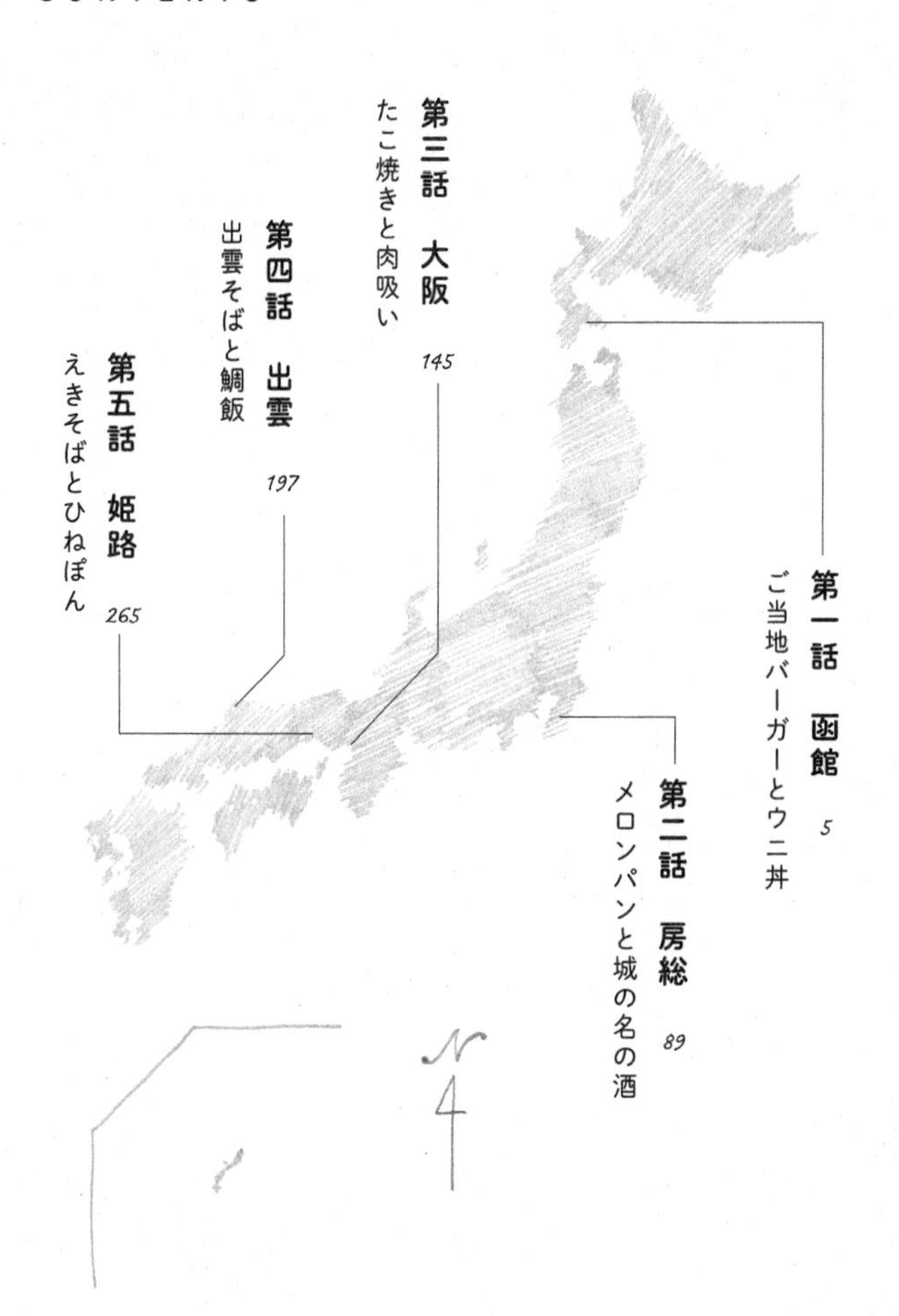

第一話　函館

——ご当地バーガーとウニ丼

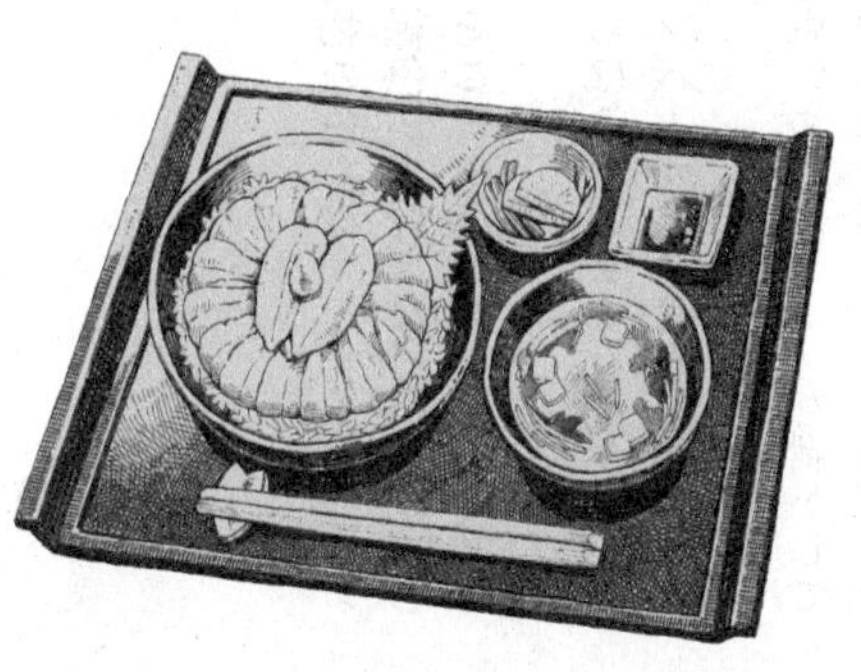

「お待たせしました！」

元気のよい店員さんが、緑色のトレイを運んできた。建物の色も緑、トレイも、ハンバーガーの包み紙の印字も、店名が入ったテープも緑で、緑色が大好きな日和には嬉しい限りだ。さらに気分で選んだ飲み物は、メロンソーダ。そこら中が緑だらけで、笑い出したくなるほどだった。

とはいえ、空腹は限界だし、出来たてのハンバーガーからはうっとりするような匂いが漂ってくる。呑気に笑っている余裕はない、と日和はハンバーガーの包みを手に取る。そのとたん、予想外の温度に驚かされた。

ハンバーガーってこんなに熱いものだっただろうか、と思いつつ、テープを剝がして包みを開く。キツネ色のバンズの表面にはここぞとばかり胡麻がまぶされている。丸いパンに具を挟んであるという形状から、ついついハンバーガーと表現してしまうが、バンズの間から覗いているのは挽肉のパテではなく、タレを吸った唐揚げである。しかもかなり大ぶりなものが三つも使われていた。

パンと唐揚げの間には薄緑色のレタスが挟んである。レタスというのは、ちょっと熱を加えればすぐにくたくたになるものだと思っていたが、意外にもピンとしている。きっと鮮度が抜群なのだろう。

揚げ立ての唐揚げに中華風の甘辛いタレを絡めて大ぶりのバンズに挟む。それは、函館発祥、かつ北海道でしか展開されていないハンバーガーショップの看板メニューだ。道化師が目印のこの店は、ご当地グルメ紹介には必ずと言っていいほど登場し、道内はもちろん道外からでも函館に行くなら外せないと評判である。そんな店の人気堂々一位のハンバーガーが美味しくないわけがない。多少冷めたところで不味くなるとは思えないが、せっかくなら熱々のうちに味わいたいし空腹は限界、ということで、日和はハンバーガーに齧り付く。

がぶりもぐもぐ、がぶりもぐもぐ……熱々の唐揚げと柔らかいパンの微かな甘みの絶妙なコラボレーションが、咀嚼を止めさせてくれない。

その土地に来なければ食べられないものというのは、やはりすごい。そこには、堅実で地元に根ざした商売をしたいという気持ちが窺える。ここにしかないものを作ることで、町おこしを図る場合もあるだろう。いずれにしても、食べられてよかった。作ってくれてありがとう、と感謝したくなる味だった。ついでに、よくぞここまでやってきた、と自分を褒めてもおいたが、正直に言えば、ここに至る過程は少し、いやかなり大変だった。

——あー美味しかった……それにしても、こんなに遅れるとは思わなかったなあ……

やれやれと思いつつ、日和はスマホを取り出す。メモを確認したところ、この店には正午ごろに着く予定になっていた。ちなみに、現在日和は北海道函館市、箱館戦争で有名な五稜郭の近くにいる。

日和が、事務用品を扱う小宮山商店株式会社に勤めるようになってから二年、社長の小宮山のすすめでひとり旅を始めてから八ヶ月が過ぎた。

子どものころから人見知りが強く、自他ともに認める『人見知り女王』、しかも要領も極めて悪く、仕事でも叱られてばかりだった。とりわけ直属上司である仙川係長とは折り合いが悪く、毎日のように嫌みや皮肉を言われる一方で、後輩の霧島結菜がそつなく仕事をこなして褒められるのを見ては、ため息を連発していたのだ。

それでも、会社の先輩かつ旅の達人である加賀麗佳にアドバイスをもらいながら旅を続けるうちに、少しずつ人と接することにも慣れてきた。さらに、旅の途中で二度も出会った男性が麗佳の同級生だったことが判明、日和にしては珍しく臆せず話せる相手だっただけに想いは一気に高まり、とうとう彼が運営しているSNSサイトに書き込みまでしてしまった。近頃は、そろそろ『人見知り女王』を返上できる日は近いのではないか……などと思ったりしている。

そんな日和が今回の旅行を決めたのは二月上旬、福岡旅行から半月後のことだった。

旅行は計画を立てている間が一番楽しい、という人は多い。実際に出かけてみたら、あれやこれやで心身ともに疲れ果てたというのもよく聞く話だ。日和にしても、帰宅後はなんとなく疲れている。楽しさと疲れは次元の異なる問題なのだろう。

それでも、もう旅なんてこりごりとは思わない。むしろ、帰宅途中こそ次の旅への思いが高まる。おそらく旅が終わるのが寂しくてならないからだろう。家に向かう電車やバスの中で、次の旅行先を探すのも日和の楽しみのひとつなのだ。

前回の福岡旅行のときも、飛行機の離陸を待ちながらスマホをいじっていた日和は、ふと、九州に来たんだから次はうんと北のほうに行ってみたい、と思ってしまった。

北と言えば東北か北海道だが、仙台には行ってきたばかりなので、次は北海道にしようか。でも、北海道に行くなら夏がいい。年々ひどくなる東京の暑さには閉口しているが、そんなときでも北海道は別格。涼やかな風と真っ青な空が迎えてくれるはずだ。なにより、北海道には美味しいものがたくさんある。乾いた空気の中で呑むビールやワインも素晴らしいと聞いた。今年の夏は是非とも北海道に行こう、と決めたところで出発準備が整い、日和はスマホの電源を落とした。

帰宅後、調べ物を再開したが、北海道はあまりにも広かった。日和の旅は『来た、見た、食べた、帰る』形式で走り回ることが多いけれど、北海道では無理だ。せめて道北とか道東程度には絞り込むべきだとわかっていても、どうにも決めきれない。調べれば調べるほど、甲乙つけ難くなってくる。行きたい場所も、食べてみたいものも山ほどある。結局、『北海道に行きたい』という思いだけが残り、地域を特定できないままに日が過ぎていったのである。

　そんなある日、日和のスマホがポーンと軽い音を立てた。確かめると馴染みのSNS、しかも日和の旅のバイブルというべきサイトの更新通知だった。

　サイトの主は吉永蓮斗、麗佳の高校時代の同級生だ。日和は初めてのひとり旅で訪れた熱海で蓮斗と出会い、四度目の旅となった金沢で奇跡の再会を果たした。もともとお気に入りで見ていたサイトだったが、麗佳に蓮斗が運営しているとほのめかされたあと、勇気を振り絞ってコメント欄に書き込みをしてみた。とはいえ、未だに彼からの返事はない。がっかりしたことは間違いないが、そもそも蓮斗は頻繁にコメントを返す人ではない。匿名で当たり障りのない内容だし、同じ記事に同じようなタイミングで書き込まれたコメントに、一切返信していないのだからそんなものだろうと諦めた。それでも、記事が楽しみなことに変わりはなく、日和は更新を心待ちにしていたのだ。

　――蓮斗さん、今度はどこに行ったのかな……

　早速スマホを操作し、蓮斗のサイトを開く。

　目に飛び込んできたのは、見渡す限りの雪原、そして少々ぼやけた丹頂鶴の姿だった。

　――これって……もしかして北海道？

　雪と丹頂鶴と来れば冬の北海道の風物詩のひとつ、おそらく釧路あたりで撮影されたものだろう。ただでさえ北海道に行きたいと思っていたところに、こんな写真を見せられて、日和の『北海道に行きたい欲』はますます高まってしまった。

熱海でも会った。金沢でも会った。次に行きたいと思っている北海道にも、蓮斗はすでに出かけている。

二度の出会いで、蓮斗を憎からず思うようになっていた日和にとって、この記事は喜び以外の何物でもない。やっぱり考えることが似ているんだな、とにんまりしつつスクロールする。記事を読み終えたころには、今すぐ北海道に行きたい、という気持ちでいっぱいになっていた。

――どうしよう……夏までなんて待てない。なにより蓮斗さんと同じ経験をしてみたい。でも冬の北海道ってやっぱり厳しいよね……

雪国に住んだことはおろか、ろくに行ったこともない。小学生のころに一度だけ、ゴールデンウィークに家族で札幌（さっぽろ）を訪れ、ビール園でジンギスカンを食べまくったのが最大の思い出だった。

東京にも時折雪が降ることはあるが、どこを歩くにも普段の三倍ぐらい時間がかかるし、うっかり転べば青痣（あおあざ）ばっちり、翌日は身体中の筋肉が悲鳴を上げる。わずかの歩行でそんな羽目に陥るのだから、どこもかしこも雪だらけ、道は凍ってツルツルという冬の北海道に乗り込んだら、無事でいられる気がしない。

転んで青痣ができるぐらいならまだしも、骨でも折ったら大変だ。旅行で怪我をしてきたなんて知られたら、仙川係長になにを言われることか。ただでさえ仕事ができない日和をよく思っていないのだから、ここぞとばかりに嫌みを連発されるに違いない。

やはり冬は無理だ。夏、いやせめて春が来るまで我慢しよう。雪さえなければ、ぼーっと歩いても転んだりしないはず——そんなふうに結論づけようとしたのである。

ところが、頭ではちゃんとわかっているのに、心がちっとも納得してくれない。北海道なら除雪だってしっかりしてるし、今年はスキー場が困り果てるほどの暖冬だから、北海道だって雪なんて大して積もってないかもしれない——などなど、しきりに『大丈夫』の根拠を探そうとする。

誰か私を止めてー！　という気持ちで、麗佳に相談してみたが、逆に背中を押されてしまった。

曰く、『冬こそ北海道の真骨頂よ！』だそうだ。さらにとんでもなく魅力的な発言が続く。

「梶倉さん、冬の、北海道はね、とーっても、お得なのよ！」

一語一語をしっかり区切り、麗佳はなぜか鼻高々の様子。もしや、冬の北海道観光大使にでも任命されているのでは？　と思ってしまうほどだった。

日和ですら、北海道に行くなら夏、と思っているぐらいだから、他の人だって同様だ。冬の札幌には雪まつりという大イベントがあるけれど、その時季を外せば人気は圧倒的に夏、とりわけ本州が雨雲に覆われる梅雨時に北海道を目指す人が多い。利用者が多ければ、当然ホテルや飛行機の値段は高くなる、と麗佳は主張した。

「ということで、冬の北海道はおすすめ。ただし、場所は選んだほうがいいわよ。冬の北海道便には、大雪による空港閉鎖がつきもの。行きならまだしも、欠航で帰れないというのは最悪よ。ま、これぱっかりは運だけど、できるだけリスクが少ない場所を選んでね」

麗佳はそれを最後に、話を打ち切った。旅行の話は喜んでするけれど、具体的に行き先を決めるところまでは関与しない。それが麗佳のスタイルだった。

──安いけど欠航のリスクがある、かあ……。でも、そんなの回避しようがないよね。どうやって決めようかな……。ま、とりあえず帰りに本屋さんに寄ってみますか！

そんなこんなで午後の業務を終えた日和は、最寄り駅にある書店に行ってみた。そして、ガイドブックを開くまでもなく行き先を決めた。なぜならガイドブックコーナーに入ったとたん、平台に積んであった時刻表が目に飛び込んできたからだ。

麗佳の言っていたとおり、行きの飛行機の欠航なら、家に引き返せば済む。だが、帰りの飛行機が欠航になったらそうはいかない。空港で、いつ飛ぶかわからない飛行機を待ち続けるのはとても嫌だし、大吹雪で今日は再開の目処が立ちません、なんてことになったら延泊することになる。

要領のいい人ならさっさとホテルを確保するだろうけれど、自分にそんな芸当ができるとは思えない。ひとり旅を始めてから多少の改善は見られるものの、緊急時の対応にはまったく自信がないのだ。あたふたしているうちにそこら中のホテルは満室、空港のベンチすら確保できなくて途方に暮れる姿が目に浮かぶ。さらに、仕事を休む羽目になれば、次に出社した際、その後も延々と仙川係長に説教されることになるだろう。

でも、北海道に行くには飛行機に乗るしかない。冬の北海道旅行をする上で欠航の危険は避けられない……と腹をくくって書店に行ったのだ。

そして時刻表を見るなりはっとした。

――待って……確か新幹線って、函館までつながってなかった？ それって、飛行機が欠航になっても最悪新幹線で帰ってこられるってことよね。

函館は北海道でも有数の人気観光地だ。北海道の南端だから、雪もさほどではない。欠航の危険そのものが、他に比べて低いかもしれない。

なにより、函館の夜景は日本三大夜景に数えられている。冬の澄み切った空気の中なら、さぞや美しいことだろう。是非ともこの目で見てみたい！ 朝市だって行ってみたい！ 有名な修道院のスイーツだって食べてみたい！

最後はやっぱり食い気が決め手となり、日和はめでたく次の旅行先を函館に決定した。あとはガイドブックを買って帰り、ホテルや飛行機を決めるだけだった。

翌日、函館に行くことにしたと話した日和に、麗佳は目を弓形にして言った。

「それはよかったわ。で、その北海道行きはどこかのSNSの影響かしら？ あのサイト主は道東に行ったみたいだけど、北海道は北海道。ちょっとでも経験を共有したいーとか？」

「そのとおりです」

「あら、正直」

拍子抜けしたような顔をした麗佳は、それでもククッと笑って返す。

「梶倉さんのそういうとこ、すごくいいと思うわ」

あっさり蓮斗への憧れを見抜かれたことが気にならないでもないが、相手は麗佳だ。蓮斗本人によけいなことを言うはずがない。それは小宮山商店株式会社に入ってから二年の月日が裏付けている。

人間、正直が一番と頷いたあと、麗佳は訊ねてきた。

「でも、それならどうして釧路にしなかったの？」

「さすがに冬の釧路は私には難しいかな、と思って……」

このところ、立て続けに旅行をしているといってもまだまだビギナーだ。冬の道東で雪に降り込められて立ち往生しかねない。丹頂鶴は見てみたいけれど、今はより本州に近くて複数の交通手段がある函館にした、という説明に、麗佳は感心することしきりだった。

「なるほどねえ……そこまで考えられるようになったなんてすごいわ。梶倉さんはビギナーだって言うけど、もうその域は脱しかけてるみたい」

「いえいえ、まだまだです。それに、私が考えそうなことって、他の人だって考えるでしょうから、実際には新幹線の切符だって取れないかもしれません」

「それはありうるけど、選択肢はひとつでも多いほうがいいわ」

「確かに……」

「で、いつ行くの？　どうせならうんと寒い時季がいいと思うけど……」

「月末あたりにしようかなと思ってます」

「月末？　あ、三連休ね！　いいなあ……私もどこかに行きたいなあ……」

平成から令和に変わったことで、二月に祝日が増えた。しかも今年は、その祝日が日曜日に重なったおかげで、三連休になる。麗佳は、近頃旅を始めたばかりの日和とは比べものにならないほどの旅行好きだ。三連休ともなれば当然旅行、とっくに予定は立てたとばかり思っていた日和は、麗佳の言葉にびっくりしてしまった。

「予定してなかったんですか？」

「だってこんなお休み、去年まではなかったじゃない。二月の祝日といったら建国記念日、今年は火曜日だから連休にはならないなーって……」

麗佳には似合わない話だが、うっかりすることぐらいあるだろう。実際、日和自身もカレンダーを見るまで気がつかなかったぐらいなのだ。

「案外、気づかない人も多いかもしれません」

「かもね……あ、だとしたらホテルとかも？」

「お陰様で、わりといい感じでした」

昨夜（ゆうべ）、夕食を終えるなり部屋にこもり、ガイドブックとインターネットを駆使してホテルを探した。三連休だから満室かも……と心配だったけれど、いくつかの候補のうちで一番泊まってみたかったホテルに空室があり、すんなり予約することができたのだ。

「加賀さんのお教えどおり、朝ご飯の美味しいホテルをゲットしました！」

「それはよかったわ。駅には近いの？」

「函館駅にはちょっと遠いですけど、繁華街ですし、市電のフリーチケットがついてました」

「素晴らしい！　移動を考えたらフリーチケットの存在は大きいわ。やっぱり、もうビギナーは卒業ね！」

「まだまだですよー」

謙遜しつつも、鼻の穴がちょっとだけ膨らむ。旅上手の麗佳に褒められ、日和はさらに気分よく函館旅行の計画を立てた。

東京と函館は鉄道だと八二三キロ、四時間以上かかる距離であるが、飛行機を使えば一時間二十分で着いてしまう。朝の十時過ぎの便に乗れば、昼ご飯時になる前に函館市内に入れると思っていた。予定どおりに家を出たし、飛行機だって定刻に出発した。それなのに到着は一時間以上の遅れ、理由は『悪天候』の一語に尽きた。

さあ旅行だ、と意気込んで羽田空港に着いてみたら、電光掲示板上の北海道に向かうほぼすべての便に『天候調査中』、あるいは『欠航』という無慈悲な文字が表示されていた。

日和が乗る便は、なんとか『天候によっては引き返す場合もあります』という条件付きの出発が決まったものの、天気予報によると北海道の天候は悪化の一途、後続の便に『欠航』の文字が徐々に増えていく。

つい昨日までほとんど雪が降らず、各地のスキー場の苦境はもちろん、札幌の雪まつりも開催が危ぶまれる状況だった。東京はまさに暖冬の一語、日中はコートすら邪魔な気温が続いていたのに、いざ日和が旅行するとなったとたんにこの天候だ。どれだけ日頃の行いが悪いのよ……と項垂(うなだ)れてしまった。

それでも、雪景色が見られるなら上等でしょ！　と自分に言い聞かせ、時折襲ってくる飛行機の大きな揺れに耐えた。

機長は『天候の関係で大きく揺れることがございますが、運航の安全にはまったく問題ありません』なんてアナウンスをしてくれたけれど、運航には問題なくてもこちらの気持ちには大いに問題ありだ。ジェットコースターで大きな坂を下るときのような、お腹の底がヒューヒューする気分を何度も味わわされたあと、聞こえてきたのは『上空待機』という言葉だった。

どうやら、目下函館空港は絶賛除雪中、着陸の可否はその結果次第。除雪する端からどんどん降ってくるようならアウトだけど、とりあえずは待っててね、四十分ほどかかるけど！　ということらしい。『イケボイス』の機長曰く、北海道上空にはすでにたくさんの飛行機がいるため、この飛行機は秋田県上空で待機します、とのことだった。

待機といっても、ジェット機はヘリコプターのように一カ所に留まっていられない。大きな円を描きながら飛行を続けるしかない。こんなに高速で飛んでいるのに目的地には全然近づかない、という泣きたくなるような状況だった。

だが、日和は仕事や他に大事な用があって飛行機に乗っているわけではない。ただの観光旅行なのだ。どんなに情けない状況だろうと、とにかく到着さえすればいい。ひたすら、除雪中にどかどか雪が降ってきて空港閉鎖なんて事態になりませんように、と祈り続ける。甲斐あって、五十分弱の待機を経て、なんとか飛行機は函館空港に着陸した。

どこからともなく拍手が起こり、機長その他のスタッフに感謝の念を送る。一時間も遅れているのに、みんながこんなに和やかなのは、飛行機という交通機関の特質かもしれない。とにかく到着して万歳、などと思いつつ、日和は函館の地に降り立った。

空港から市内への移動はバスかタクシー、あるいはレンタカーを借りて自分で運転するしかない。日和は大学卒業間際に運転免許を取りはしたが、運転したのは数える程度だ。なにせ東京は交通の便がいい。おまけに、父も母も免許を持っているから、両親揃って急病ということでもない限り、日和が運転する必要はないのだ。そんな人間がレンタカー、しかも冬の北海道で運転をするなどという選択をするはずがないし、タクシーは割高間違いなし。ということで、日和はおとなしくバス停に向かうことにした。

空港の中は飛行機と変わらず暖かかったが、外は極寒に違いない。マフラーをぐるぐる巻き、手袋もしっかり嵌める。ところが、完全防備で外に出たとたん、日和は拍子抜けしてしまった。

——これで本当に氷点下なの？

身体中に突き刺さるような寒さを覚悟していた。薄いマフラーや手袋では防ぎきれないのではないか、とも……。だが、実際には寒さはそれほど感じず、暖かすぎる空港内の空気のせいでほてった頬が気持ちよいほどだ。

何度確かめても、ただ今の気温はマイナス三度。雨ではなく、雪が降っていることから考えてもスマホに表示されている数字に間違いはなさそうだ。おそらく風が吹いていないからだろう。

目の前には期待どおりの雪景色が広がっている。昨日まではほとんど積雪がなかったそうだから、この景色が見られたのはラッキーだ。その上、体感気温が耐えられないほどではないとしたら、ありがたいとしか言い様がなかった。

気温は大丈夫となると、次の問題はぐうぐう鳴っているお腹だ。今回の宿は、五稜郭の近くにある。五稜郭は函館駅よりも空港に近いし、直行バスなら三十分ぐらいで着く。もうちょっとの辛抱だ、と自分に言い聞かせつつバスに揺られ、ようやく昼ご飯にありついた、というのが目下の日和の状況だった。

「なんていい加減な予定表……」

スマホの行動予定を眺め、日和は苦笑する。声に出したところで、ボックス席なので人目を気にする必要はない。実は、この店のボックス席は三人以上での利用がすすめられているらしい。なにも考えずに座ってしまった日和は、注意書きを見つけてどきっとしたが、移動しろと言われることもなかった。日和のあとから入って来たのはカップルが一組と三人連れが一組だけで、店内はがらがらという状態が幸いしたのだろう。

時刻は午後一時半、外は細かい雪が降っている。五稜郭は目の前だし、このまま行きたいのは山々だけれど、キャリーバッグが邪魔すぎる。スマホの案内によると、ここからホテルまでは徒歩で十分足らず。そのあとの行動を考えてもいったんホテルに行って荷物を預けてからのほうがいい。二時になればチェックインできるし、慌てて席を空ける必要もなさそうだし、ここで時間を潰させてもらったあと、ホテルにチェックインし、身軽になって観光しよう。ということで、日和は今後の予定を考えながら、二時を待つことにした。

――チェックインしたあと五稜郭に行く。五稜郭は広いからゆっくり回ってたら、たぶん夕方になっちゃうよね。朝市は函館駅のそばだから、市電に乗ればすぐ行けるけど、夕方から行っても閉まってるだろうなあ。港や倉庫も駅の向こうだし、明日まとめて回ったほうがいいな……

冬の北海道は日の暮れが早い。予定よりも一時間長く飛行機に乗っていた上に、慣れない雪道を歩いて軽い疲れを覚えている。これから五稜郭を歩き回るのだから、あとは夕ご飯を食べてゆっくり休み、明日に備えよう。

そんなことを考えているうちに、時計が一時五十分を指した。今から出ればちょうどいいだろう、と日和は席を立った。

ハンバーガーショップから外に出た瞬間、冷たい空気が頬を刺した。着いたときよりも、少し気温が下がったようだ。

とはいえ、家族に散々脅されたほどの寒さではなく、今年の暖冬は北海道も例外ではないのだと思い知る。なにせ、昨年出張で札幌を訪れた父の晶博は『鼻毛が凍りそうだった』とか言うし、兄の文人は、スマホを取り出そうとポケットに手を入れたとたんに凍った道に足を取られ、見事に転んで青痣ができた、と言う。青痣なんて作りたくない日和は、道を確かめるのにもいちいち立ち止まってからスマホを出していたのだ。

だが、今のところ歩道はまだ路面が見えているし、雪で白くなっているところにしても、その下はアイスバーンということもなさそうだ。

それでも油断は禁物、ということで、日和は足をまっすぐに上下させながらホテルに向けて歩き出す。その場足踏みのように、がしがしとできるだけ垂直に足を動かす、というのが雪国での歩き方だと麗佳が教えてくれたからだ。

雪国の歩き方まで会得しているなんてさすがは旅の達人、と感心すると、さらに彼女はアドバイスをくれた。それは、雪国に行くなら手袋とニットの帽子は必須、コートもできればフード付きにしたほうがいい、というものだった。

「手袋はともかく、フードと帽子って両方いるんですか？」

どちらかでいいのでは？　と訊ねた日和に、麗佳は人差し指を左右に揺らして言った。

「風がなければ多少の雪はフードでなんとかなるわ。首筋も冷えないし。でも吹雪になったらフードなんて被(かぶ)っても被っても脱げちゃう。ニットの帽子ならその心配はないの」

「ニット帽は暖かいでしょうけど、雪でべちゃべちゃになっちゃいません？」

「北海道をなめてもらっては困るの。あっちの雪はさらっさら。気温だって低いし、東京みたいに降った端から溶けて水になっちゃうようなのとは違うのよ。フードや帽子の上に積もったところで、家に入る前にばさばさ払っておしまい」

「なるほど……。風のないときでも、フードの下にニット帽を被ってればかなり暖かそうですもんね」

「そうそう。寒いところに行くとき、足下を冷やさないようにっていろいろ用意する人は多いけど、案外頭のことは気がつかないのよ。頭から逃げていく体温って馬鹿にならないから気をつけてね。鞄(かばん)に余裕があればストールも入れていくといいわ」

「じゃあなるべく厚手のやつを持っていきます」

「逆よ。薄くて軽いのがいいわ。コートの下に巻いても、もこもこにならないようなやつ」

「了解です！」

そんな麗佳のアドバイスのおかげで、日和は『まだ』雪道で転んでいないし、我慢できないほどの寒さも感じていない。今はストールも帽子も使っていないが、夜に向けて冷え込んできても、まだ備えはある、と思えば安心。まさに持つべきものは、旅慣れた先輩だった。

ホテルに着いたのは、二時五分だった。十五分ぐらいかかったことになるが、それは日和が麗佳の教えどおりにゆっくりがしがし歩いたせいに違いない。特に急ぐ用があるわけではない。転んで怪我をするよりマシだし、その判断は大正解だった。なにせ、ホテルに入る直前、日和の目の前で転んだ男性がいて、ものすごく痛そうに腰をさすっていたのだ。日和と同じようなキャリーバッグを持っていたから、おそらく雪道に慣れていない旅行者なのだろう。

時間はかかったけれど無事に到着してよかった。ほっとしつつフロントでチェックイン手続きを済ませる。前に博多に行ったときと同じ系列のホテルなので、なんとなく勝手はわかるし、フロントの人もとても感じが良かった。飛行機の着陸はちょっと遅れたけれど、それ以外はなんの問題もない。日和は上機嫌で部屋に入った。

本当はここで一休みしたいところだが、うっかりベッドに入ろうものなら間違いなく眠ってしまう。ちょっと横になるつもりが気づいたら夜、というのはこれまで何度となく経験した。

今回の旅行は二泊三日とはいえ、帰りの飛行機は午後二時半過ぎの便だ。空港に余裕を持って到着しようと思ったら、三日目に使えるのはせいぜい昼まで。是非とも五稜郭は今日のうちに済ませておきたい、と思った日和は、キャリーバッグからストールを取り出した。

さて五稜郭、と外に出ると、さっきよりずいぶん暗くなっている。日没にはまだ間があるはずなのに……と見上げると、空が雲で覆われていた。

空港に着いたときには雪がやんでいたし、だからこそ着陸もできた。そのまま今日はやんでいるだろうと思ったのだが、大間違いだったらしい。

先ほど歩いてきたばかりの道を、今度は少しだけ速度を上げて歩く。思いは、なんとか雪が降り出す前に五稜郭タワーに着きたい！　のみだった。

日和にとって、五稜郭観光のメインは、五稜郭タワーだ。家族は口を揃えて『どうせ行くなら、あの星形の頂点を全部回ってくるべし！』なんて言っていたし、日和としても踏破したい気持ちはあった。なにせ五稜郭の形は五芒星そのまま、函館屈指のパワースポットなのだ。隅々まで歩き回れば、得られる効果も絶大に違いない。

けれど、それはあくまでも天気がよければの話だ。吹雪の中を黙々と歩き続けるほどストイックではないし、そこまでして力を得なければ解決できないほど差し迫った問題もない。展望台に上って、五芒星を眺めるだけでも、それなりに効果はあるだろう。あとは、問題のタワーがものすごく高すぎないことを祈るだけだった。

――福岡のタワーだって平気だったんだもん。函館だってきっと大丈夫！

どきどきしながらチケット売り場に並ぶ。外国語が頻繁に聞こえる列に加わりつつスマホで検索してみると、五稜郭タワーの高さは九八メートル。ノープロブレムもいいところだった。

――なんだ、福岡タワーの半分もないわ。おまけに展望台は九〇メートルのところだって……。

これは余裕だ、と安心し、日和はエレベーターに乗り込んだ。

あっという間に展望台に着き、日和はエレベーターを降りた。回廊を歩き始めてまず目に付いたのは占いブース、しかもコンピューターによる手相占いだった。

カップルがたくさん来そうな場所だから、星占いとか相性占いならわからないでもないが、仲睦まじく手相を比べ合うというのはいかがなものか。でも〝そんなふうに思うのは〟おひとり様の僻み根性というものかもしれない……などと、一瞬にしていろいろな思いが過ぎる。

いずれにしても、ひとり旅というのはあれこれ思うものだし、他の人に邪魔されることなく考え事ができるのも魅力のひとつだ。存分に想像をたくましくすべし、と妙な悟りを開きつつ、ガラス張りの窓に近づいた。

ガイドブックで何度も見た光景が眼下に広がる。雪はちらちら、というより横殴りに近い降り方になっている。少しだけ残っていた木々の緑が、あっという間に白く覆われた。真っ白な雪の中にくっきりと浮かび上がる星形は神秘的な美しさで、つくづく怖じ気づかずに出かけてきてよかったと思う。『冬こそ北海道の真骨頂よ！』と背中を押してくれた麗佳に感謝するばかりだった。

「すごい……」

思わずそんな声が出て、近くにいた女性に振り向かれる。恥ずかしかったけれど、その女性も『ほんとにきれいですね』なんて頷いてくれたのでほっとする。

見ればその人もおひとり様の様子、ちょっと誰かと言葉を交わしたくなったのだろう。だからこそ、思わず声を漏らした日和に反応してくれたに違いない。

ひとり旅なんて寂しくてできない、という人もいる。旅は、感動を分かち合う人がいてこそだ、と……。とてもよくわかるし、日和もかつてはそう思っていた。

ひとり旅の気楽さは、寂しさと引き替えかもしれない。ただ、少なくとも日和にとって、旅で感じる寂しさはそんなに大きくはなく、たまたま居合わせた人との会話で埋められる。それは、何度かひとり旅を重ねたからこそわかったことだった。

一言二言交わして、また右と左に別れる。ここに来なければ会うことのなかった人との会話は、それだけで思い出になる。稀に偶然が重なり、その出会いが明日につながることもあるけれど……

雪化粧の五芒星を見下ろしながら、日和は釧路を旅した人を想う。

蓮斗が行っていたから……と旅先を決めた。だが、同じ北海道とは言っても、函館と釧路はかなり離れている。そもそも町中にある五稜郭と、鶴が舞うような原野が同じはずがない。雪の積もり方も全然違うし、気温も釧路のほうがずっと低そうだ。見る風景も、食べるものも、重なることはないだろう。

意を決して書き込んだコメントへの返信は未だにない。麗佳は、彼が旅に出てからサイトに記事を上げるまでにはかなりのタイムラグがあると言っていた。コメント返しも同じかもしれない。

あのコメントを読んで、書き込んだのが日和だと気づかれる可能性はゼロだ。バレないように言葉を選んだのだから当然だ。それなのに、心のどこかで気づいて欲しいと思っている。『会ったことありますよね？』なんて返信が来ることを期待してしまう。日和はそんな自分を少々持てあましていた。


雪はますます強くなっている。家族には、星形の頂点を全部回ってくるべし、なんて言われたけれど、さすがにこの天候では無理だ。地元の人ならともかく、東京育ちの日和にとって、この降り方は『吹雪』と言っていい。このきれいな星形を一望できただけで十分、雪だるまになる覚悟で歩き回るほど、五稜郭への執着はなかった。

さてこれからどうしよう、と思っていると、近くで人が動く気配がした。近くにあったベンチから立ち上がった人が階段に向かって歩いて行く。日和はこれ幸いと、ベンチで一休みすることにした。

無事ベンチに落ち着き、ポケットからスマホを取り出す。

ついつい蓮斗のサイトを確認してしまうが、コメント欄はいつもどおりで、蓮斗の書き込みはない。それでも、昨日から今日にかけての間に、釧路の記事についてのコメントがいくつか増えていた。どの名前にも覚えがある。いつも書き込んでいる人たちだった。

実は日和は、釧路旅行の記事が上がってからずっと、コメントを入れるべきかどうか悩んでいる。続けてコメントを入れていれば、いつかは返信が来るかもしれない。それがたとえ『いつも見てくれてありがとう』という社交辞令丸出しの言葉であっても、自分は飛び上がるほど喜ぶだろう。けれど、返信のないコメントを入力し続けるのはちょっとストーカーじみているのではないか……

たかがSNSのコメントひとつに、こんなに悩むなんて馬鹿馬鹿しいかもしれないが、とにかく蓮斗に悪く思われたくない。その一心で、今日も日和はなにも書かないままに、蓮斗のサイトを閉じた。

スマホの待ち受け画面の表示時刻は午後三時五分、なんとも中途半端な時刻である。

いっそ函館駅まで行ってみるか……と思っていると、手帳型のスマホケースに挟んであった深緑色のチケットが目に入った。ホテルにチェックインしたときにもらった市電の一日乗車券である。一泊に付き一枚なので二枚ある。二泊三日の旅行のうちのどこで使うかは考えどころだが、今日はもう午後も遅い。冬の北海道の落日は早いし、日が沈めば寒さは増すに違いない。

星形の頂点巡りをやめたせいで時間は余っているけれど、やはり一日乗車券は、明日と明後日に回すことにして、日和は近くの飲食店を探し始めた。

日和の場合、旅の楽しみの半分、いや三分の二ぐらいは飲食にある。北海道は食の宝庫、とりわけ函館の海産物の美味しさには定評がある。さぞや美味しいものがたくさん食べられることだろう、とわくわくしてやってきた。ところが、いろいろな店の口コミを見てわかったのは、あまりにも厳しい現実だった。

——この店も、この店も、み～んな『活きイカがなくて残念』って書いてある……。獲れ立てで歯ごたえたっぷり、お皿の模様が見えるほど透け透けのイカを楽しみにしてきたのに！

そういえば、ホテルからここに来るまでにも、『活きイカ未入荷』という張り紙を掲げた店がいくつかあった。ランチ営業だからそんなものかと思っていたが、この分では夜も似たり寄ったりかもしれない。函館と言えばイカ、夜景の美しさを増しているのはイカ釣り船だとも聞いた。それほどの名物を味わえないなんて、と日和はがっかりしてしまった。

とはいえ、いつまでもここでがっかりしているわけにはいかない。雪景色の五芒星は堪能したし、とりあえずいったんホテルに戻ることにして、日和はベンチから立ち上がった。

下におりる階段を目指して歩き始める。さっき見たコンピューター手相占いのコーナーを通り過ぎようとしたとき、係の女性と目が合った。いかにも人の好さそうな女性ににっこり笑いかけられ、思わず立ち止まる。さっきは、コンピューター手相占いなんて……と思ったけれど、それはデート中のカップルの話で、日和自身は占い全般に興味を持っている。当たり前だ。さもなければ、パワースポット巡りなど始めるわけがない。人見知り女王にとって、占いというのはかなりハードルが高いものなのだ。

手相占いだってやってみたいが、占い師と向き合うのが恐くて二の足を踏んでいた。その点、コンピューター占いというのは大変ありがたい。占い師にじっと見つめられることもなく、会話を交わすこともなく、結果だけを得られる。しかも、手相は個人差が大きいから、星座占いや血液型占いよりも信憑性がありそうだ。

時間はたっぷりある。料金だって三百五十円、これはやってみるしかない、ということで、日和は手相占いのコーナーに近づいた。

「あの……」

「占いですね。三百五十円になります。女性は右手でお願いします」

流れるような指示に従ってお金を払い、読み取り機のガラス板に右手を置く。ほんの数秒で撮影終了、数分後には結果が書かれた紙を受け取っていた。

——人生は転ばぬ先の杖　あなたの運命を先取りしよう……え、運命って先取りできるの？

心の中で欄外に書かれている文字に突っ込みを入れる。それでも、何食わぬ顔で係の女性に会釈してその場を離れる。さすがに、ここで自分の『運命』を読みふける気にはなれない。どうせなら、もっと静かなところでじっくり読みたかった。

とりあえず丁寧に畳んで鞄に入れ、階段を下りる。お土産売り場を二回りぐらいしているうちに雪が少しだけ弱くなった。天気予報は夜まで雪になっていたから、やむことはないだろう。今のうちにホテルに帰ったほうがいい、と判断し、日和は五稜郭タワーをあとにした。

ホテルを目指して、ひたすら歩く。風が吹くたびに、帽子を持っていくように言ってくれた麗佳への感謝が募る。確かにフードは風に太刀打ちできないが、ニットの帽子なら頭をぴったり覆って脱げることはない。頭から逃げる体温を防げるし、髪もさほど濡れない。

やはり達人は違う、と感心しているうちに、ホテル近くの交差点に辿り着いた。ホテルに入る前に飲み物とおやつを調達しよう、と思って周りを見回した日和は、横断歩道の向こうに百貨店があることに気づいた。

百貨店の食品売り場、いわゆるデパ地下には美味しいものが溢れている。北海道ならではのものがあるかもしれないし、お土産も探せるかもしれない。これはいい時間潰しだ、と喜んだ日和は、百貨店に行くことにした。

建物に入ったとたん感じたのは、かなりの暖かさだった。暖かいと言うよりも暑いに近い。

そういえば、日和の会社にも北海道出身の人がいるが、彼はいつも東京の冬は寒いと嘆いている。周りの人に、東京が北海道より寒いわけがない、と言われるたびに、家の中の温度が違うと反論し、『がんがんに暖めた部屋でビールもしくはアイスクリーム』が正しい冬の過ごし方だと言い張っていた。彼の話を聞くたびに、さすがにそれは……と思っていたが、この百貨店ぐらい暖めてあれば、ビールやアイスクリームが欲しくなるのも頷ける。もともと北海道は東京よりも湿度が低いから、喉も渇きやすい。さぞや美味しいことだろうと納得してしまった。

コートについていた雪がみるみるうちに溶けていく。

これでは雨に降られたのと同じだ。とりあえず、ハンカチで拭いていた日和は、あとから来た人を見てはっとする。ほとんどの人が、ドアの前で頭を振り、肩や腕をぱんぱん払ってから入ってくる。外の気温は低く、雪はさらさら。それだけの動作で、髪もコートも濡れることなく、何食わぬ顔でそれぞれが目指す売り場に散っていった。

次からは私もああしよう、と心に決め、日和は下りエスカレーターに向かう。目指すは、地下食品売り場だった。

――いいなあ、なんかこぢんまりしてて……

それが売り場を一回りしてみた日和の感想だった。

慣れない雪道を歩いて疲れていた日和にとって、この百貨店は非常にありがたい。総菜もスイーツも一通りは有名店が入っているし、北海道ならではの店もある。それどころか、五稜郭を訪れる観光客を当て込んでか、北海道土産をまとめたコーナーまである。

函館だけではなく、全道のお土産が並んでいる。北海道のお土産には人気が高いものが多いが、道外で行われる物産展では扱われないものもある。ここで買えるのは嬉しい限りだ。

とはいえ、今すぐ買い込むのはさすがに早い。とりあえず物色……ということで、日和は並んでいるお土産をひとつひとつ見ていくことにした。

——修道院のクッキーとバター飴（あめ）は外せないとして、お父さんが羊羹（ようかん）を買ってきてって言ってたけど……あ、これね！　長いのと短いのがあるのか。羊羹は重いから、短いので勘弁してもらおう。海産物はやっぱり朝市で買いたいなあ……うわ、このチーズケーキ、ここで買えるんだ！

丸くてふわふわのチーズケーキは北海道屈指、とりわけ函館のお土産として近年大人気のスイーツだ。東京にも一店舗だけ出しているそうだが、日和は食べたことがない。せっかく函館に行くのだから、是非とも買って帰りたいと思っていたが、こんなところで出会えるとは……

ますますホテル選びの大成功を確信しつつ、日和は心の中で購入決定ボタンを押す。もともとこのお菓子は日持ちがしないから、最終日に買おうと思っていた。ホテルのチェックアウトは十一時、百貨店は十時開店だから、朝一番で買いに来ればちょうどいい。

お菓子のお土産候補を決めたあと、魚や肉の売り場にも回る。東京ではあまり見かけない生のニシンやホッケ、巨大なカニの脚、羊の肉などを興味深く眺めているうちに時が過ぎ、気づいたときには午後五時を回っていた。

――わ、もうこんな時間！　いったんホテルに戻ろうと思ってたけど、このままご飯を食べに行っちゃおうかな……。あまり遅くなると道が凍って歩きづらくなるだろうし、早めにご飯を済ませて、あとはホテルでゆっくりしよう。

そういえば、昼ご飯のあと夕食の店を選ぼうとして途中でやめてしまった。口コミで今日の入荷状況がわかるわけではないから、活きイカがあるかどうかは店に行って確かめるしかない。ということで、日和はさっき口コミサイトで見たいくつかの店を見に行くことにした。


案内されたカウンター席で、おしぼりを使いながら、日和は深いため息をついた。全国屈指のイカの名産地である函館で、こんなに活きイカが見つからないとは思わなかったのだ。

ホテルのチェックインタイムを待ちながら探したとき、行ってみたいと思った店は四つほどあった。ホテルからの徒歩圏であることを条件に検索したため店はいずれも近く、四店を回るのに大した時間はかからなかったが、どこに行っても、活きイカは入荷していない旨の張り紙があった。

ひとつだけ『活きイカあります』と書かれた店があったが、日和の財布では無理そうな価格設定で泣く泣く断念、四つの店のうちのひとつに入ったところだった。もちろん、すんなり入店できたわけではない。たまたま店の外に出てきた店員に声をかけられてようやく、だった。

ひとり旅も六回目、気になる店にはなんとか入れるようになってきた。それでも、夜の店、特にお酒を出すところは、やはり二の足を踏んでしまう。おそらく、店の中にどんな人がいるかわからない、しかも、ほとんどの客はアルコールの影響を受けている、という状況が怖いのだろう。

酔った客に絡まれたことは一度もないが、せっかくの旅にいやな思い出を添えたくないという思いは強い。それでも酒を出す店に入ろうとするのは、旅を続けているうちに、酒を出す店ではその土地ならではの食材や料理に出会いやすいことと、酒が料理の味をいっそう引き立てるということを知ったからだ。

もちろん、日和自身が下戸ではなかったことも大きい。一家揃って食べるのが好き、美味しいものを探すのも好き、見つけたご馳走を肴にわいわい言いながらお酒を呑むのはもっと好き。そんな家族の一員であることは、旅の楽しみをより大きくしてくれていた。

お酒が呑める体質に生んでくれた両親に感謝しつつ待っていると、学生バイトらしきお姉さんが突き出しを持ってきてくれた。チェーンの居酒屋で出されるよりも一回り大きな鉢に、枝豆がたっぷり盛られている。続いて、店頭で声をかけてくれたお兄さんがジョッキを持ってきた。

「お待たせしました、生中でーす！」

「……ありがとう……ございます」

　口の中でもごもごと礼を言い、早速ジョッキに手を伸ばす。

　歩いた距離は高が知れているのに、喉がからからになっている。やはり北海道の空気が乾いているからだろう。百貨店同様、店の中はとても暖かく、ジョッキはしっかり汗をかいている。やっぱりビールはこうでなくちゃ！　と喜びつつ、日和はジョッキに口をつけた。

　ぐびぐび、と二口呑む。ちょうどいい温度に冷えたビールが、するすると喉を通っていく。生だけあって軽快かつ爽やか、いくらでも呑めそうなビールに、活きイカがなかったことに少しだけ感謝する。

　もしも活きイカが入荷していたら、一杯目から日本酒を注文しただろう。新鮮な魚と日本酒が、いかに相性がいいかはわかっている。脂がのった魚にビールを合わせる人もいるけれど、日和はちょっと苦手だ。特にイカの刺身は日本酒でいただきたい。ビールの苦みが、イカの淡泊な味わいとけんかしそうな気がするのだ。

　これまでの旅で、『おひとり様』の場合は『とりあえずビール』的な考えは捨てたほうがいいと学んだ。ひとりで何品も食べきれるわけがないのだから、最初から料理にぴったりの酒を選ぶべきだ。揚げ物が食べたいからビール、はありだが、新鮮な刺身が食べたいなら一杯目から日本酒。ものすごい呑兵衛だと思われたとしても、それこそ『旅の恥は掻き捨て』だった。

結果オーライ、と自分に言い聞かせつつ、日和は品書きを開く。『ザンギ』という文字のところで目を止めると、注文を待っていたお兄さんが話しかけてきた。

「『ザンギ』は鶏の唐揚げのことです。どっちかって言うと竜田揚げですけど」

下味をしっかりつけた素材に粉をまぶして揚げるのが『ザンギ』で、鶏肉に限らず、魚のザンギというものもある。それでも北海道で『ザンギ』といえば大抵は鶏で、場所によってはさらにタレをつけるところもある、とお兄さんは教えてくれた。おそらく妙に力の入った日和の歩き方を見て、『北海道の人』ではないと判断したのだろう。

実は日和は、『ザンギ』が鶏の唐揚げであることは知っていた。東京で開かれる北海道物産展でも鶏の唐揚げが『ザンギ』という名で売られていることが多いからだ。むしろ『ザンギ』を前提にビールを選んだぐらいだ。だが、タレをつけるところがあるというのは初耳だった。

タレですか……と驚く日和に、お兄さんはなんだか嬉しそうに説明してくれた。

「はい。釧路とかではタレがついてないのは『ザンギ』じゃない、って言うみたいですよ」

「知りませんでした……」

旅に出るたびに、世の中知らないことばかりだと痛感する。それでも、竜田揚げだろうが、タレ付きだろうが、揚げ物である限りビールとの相性は抜群のはず。あとは、一皿に何個載っているのか、だった。

「それであの……この『ザンギ』って、一皿で何個ぐらいですか？」

「五個です」

「それなら……」

　定食屋の唐揚げだって五個ぐらいだし、と思っていると、慌てたようにお兄さんが言った。

「うちの『ザンギ』は大きいんです。おひとりだとちょっと……」

　こんなに申し訳なさそうに言うぐらいだから、かなり大きいのだろう。もしかしたらチェーンのフライドチキン屋さんぐらいあるのかもしれない。食べ切れたとしてもお腹はいっぱい。ほかになにも入らなくなる。それではあまりにもつまらない。諦めてほかのものを探そうとしたとき、カウンターの向こうから声がした。

「減らしますよ。お好きな数をおっしゃってください」

　見たところ、店長かそれに近い立場の人だろう。申し訳ないけれど、甘えさせてもらうことにして、日和は指を二本立てた。

「じゃあ……ふたつお願いします」

「はーい！　ザンギ二個いただきましたー！」

「あーりがとうございまーす！」

　お兄さんが元気よく通した注文に、カウンターの向こうの人が歌うような調子で応えた。

そして冷蔵庫の中から大きな密閉容器を取り出すと、粉が入ったバットに肉切れをふたつ移す。

確かに、これが五個もあったら大変だ、と思ってしまうようなサイズだった。ただ、密閉容器の中の鶏肉は深い鼈甲色、いかにもしっかり味が染みていそうだ。これだけ大きければ外はカリカリ中はジューシーという揚げ物のお手本みたいな仕上がりが望める。揚げ立てに齧り付けば、肉汁はジュワーッ、そこにこのビールを……と考えただけで生唾が湧いてくる。

ほっとして枝豆をつまみつつ、またビールを一口呑む。

そういえば、このビールも『生中』にしてはジョッキが大きい。この店はなにもかもが大きいのね、と思ったが、よく考えたら昼に食べたハンバーガーも相当大きかった。北海道というところは、どの店もビッグサイズなのかもしれない。ありがたいけれど、ひとり旅にはちょっと辛い。すべての店が、この店のように量を減らしてくれるとは限らないし……と不安になりかけたころ、カウンターの向こうの人がフライヤーから『ザンギ』を取り出した。

いったんバットで油を切って皿に盛り、そのままカウンター越しに渡してくれる。両手で捧げ持つように受け取ると、『ザンギ』の表面ではまだ細かい油が躍っている。湯気が上がっていないのは、おそらく店内が暖かいせいで、うっかり齧り付いたら火傷確定、揚げ立て中の揚げ立てだった。

がぶり、とやるのは二個目にして、とりあえず小さいほうの端っこを齧ってみる。衣はカリカリ、はっきりした醬油(しょうゆ)味とほのかな甘み、うっすらとニンニクの香りも感じた。

　そういえばお昼のハンバーガーの中身も唐揚げだったな、と気づいたものの、日和はもともと鶏の唐揚げが大好きで、何度続いても平気だ。家で出てくるものも、定食屋さんのものも、スーパーで売られているものだって大喜びでいただく。たとえ揚げ置きでも、冷めたものには冷めたなりの美味しさがあるとすら思う。それにしても、今目の前にある『揚げ立てのザンギ』には脱帽だった。

　この肉汁の多さ、圧倒的な旨味(うまみ)は一切れが大きいからこそだろう。もしも相客がいたら、大口を開けるのが恥ずかしくて食べるのに苦戦したかもしれないが、幸い日和はおひとり様。おまけに案内されたカウンターは六席しかなく、そこに座っているのは日和だけである。誰の目を気にすることなく『ザンギ』と生ビールを楽しみつつ、日和はまた品書きに目を走らせる。

　ふたつにしてもらったおかげで、まだお腹には少し余裕がある。せっかくの函館に来たのだから、魚も食べたい。できれば日本酒も少し……

　活きイカがないことはわかっていたが、居酒屋に刺身がないとは思えない。品書きの本日のおすすめのところに大好きなカンパチがあったのでそれに決める。問題は日本酒の銘柄だ。

どうせならお互いの味を一番引き立てるものを選びたいが、品書きは一ページ丸ごと日本酒の銘柄で埋まっている。この中からひとつを選ぶなんてできそうにない。

こういうときは、店に任せるのが一番、ということで、日和はカウンターの向こうの人に目を向ける。大声を出す勇気なんてなくても大丈夫、こうしていれば、ちゃんと気づいてくれる。急いでいるわけではないのだから、辛抱強く待ちさえすればいい。

だが、忙しい店のわりには店員の目配りは素晴らしく、ものの数秒でカウンターの中から声がかかった。

「なにかご用意いたしましょうか？」

「カンパチのお刺身とお酒を……」

「銘柄はお決まりですか？」

「お刺身に合いそうなものをなにか……」

日和の言葉に小さく頷き、店員はすぐに銘柄を挙げてくれた。きっとこんな相談には慣れているのだろう。

「おすすめはいくつかありますが、今なら新政（あらまさ）のエクリュがいいでしょう」

日本酒は秋から冬にかけて新酒を出す蔵が多いと聞いたことがある。日和は日本酒の銘柄には疎く、新政も知らない銘柄だったが、もしかしたら新酒が出たばかりなのかもしれない。

ところが、それに続いた店員の説明は、もっとシンプルなものだった。

「ついさっき、新政のエクリュの注文があって、瓶が空いたところなんです。今ならきっと封切りになると思います」

酒は生き物だから、封を切ったことで空気に触れ、味が変わっていく。味の変わり方を追う人もいるが、それも本来の味を知っていてこその楽しみだ。封を切ったばかりだと、その酒本来の味がわかるのだ、と店員は説明してくれた。さらに彼は言う。

「変化が進んでいくうちに、味に重みが出てくることがあります。その点、封切りの酒はとにかく呑みやすい。フレッシュという言い方は少し違うのかもしれませんが、普段から日本酒を呑み慣れていない方にも十分お楽しみいただけるはずです」

「そうなんですね……じゃあ、それを……」

「はーい、新政エクリュ、一丁！」

低い、それでいてよく通る声が響き、奥からそれに応える声がした。若い声だから、おそらく先ほどビールを運んでくれた人だろう。そんなことを思っていると、案の定、先ほどのお兄さんが一升瓶とグラスを持って現れた。

枡(ます)とグラスを日和の前に置き、瓶の封に手をかける。キリリ……という乾いた音で蓋(ふた)が開いた。カウンターの向こうの店員が、にやりと笑って日和を見る。確かに、彼の言ったとおりの封切りの酒だった。

満杯に酒が入った瓶はかなりの重さだろう。それなのに、お兄さんは軽々と持ち上げグラスに酒を注ぐ。たっぷり注ぎこぼしたあと、元気よく言った。

「お待たせしました！　新政エクリュです！」

「ありがとうございます……」

深々とお辞儀をしてしまったのは、この銘柄なら『封切り』が出てくるはずと言ったカウンターの向こうの店員さんの慧眼に恐れ入ったからだ。それでも、お兄さんはいかにも嬉しそうな笑顔で去って行った。

ほどなくカンパチの刺身も届き、いよいよという感じで、日和はグラスに口を近づけた。

――すっきりとして呑みやすいなあ……

そう考えたあと、ちょっと苦笑する。今まで何度か日本酒を呑んだけれど、そのたびに同じ感想を抱いた。自分にとって日本酒の感想というのは、『すっきりとして呑みやすい』だけらしい。

いつも似たような料理を注文し、それに合う銘柄を、と頼むのだから、似たような味わいの酒をすすめられるのは当然なのかもしれない。あるいは、日本酒が秘める繊細な味わいをまったく感じ取れない馬鹿舌である可能性も否めない。

せっかく旅先でその土地ならではの料理を楽しむのだから、お酒についてももう少し勉強しよう。そうすることで、旅の楽しみもより大きくなる。そしていつかは店員に頼ることなく、この料理ならこの酒と自分で決められるようになりたい。

日和の旅の師匠である麗佳は、自分で酒を選べる人だ。日和が所属する総務課は、会社の親睦会などの店選びをすることも多い。そんなとき麗佳が選ぶのは、料理もさることながら酒の品揃えがいい店と決まっている。とりわけ日本酒にはこだわりが強く、インターネットで品書きを確かめては、地酒を豊富に揃えている店を探すのだ。

そしていざ宴会が始まると、会社の面々は銘柄選びを麗佳に託す。社長の小宮山はその典型で、新しい料理が出てくるたびに、『加賀くん、次はどの酒がいいかね？』なんて訊ねる。小宮山本人が相当な呑み手であるにもかかわらず、である。

麗佳は麗佳で、『もしかして、私を試してます？』なんて笑いながら、それでも酒を選ぶ。時折麗佳が選んだ酒に小宮山が反論し、両方頼んで呑み比べることもある。その上で、やっぱりこっちのほうが……などと意見を戦わせるのだ。

社員の中には、狐と狸の化かし合い、と言う者もいるが、そこに悪意はない。それぐらい、酒について話すふたりは楽しそうだった。

麗佳はこれまで、どれほど酒を呑んできたのだろう。あれほど自信を持って人にすすめる酒を選べるのだから、かなり勉強したに違いない。お金だって時間だって相当かけただろう。

日和が麗佳の域に達する日が来るとは思えないが、せめて自分が呑む酒ぐらいは選べるようになりたい。

封を切ったばかりの日本酒が、カンパチの脂の甘さを引き立てる。まったりとしているのに酒ごと呑み込んだ瞬間、すっと消えていく味わいを楽しみながら、日和はそんなことを考えていた。

——あー、やっぱり最高！

コンビニで二リットルサイズの水を買ってホテルに戻った日和は、大満足でベッドに寝転がっていた。

ベッドの寝心地は申し分なかった。以前福岡に行ったときと同じ系列のホテルだから大丈夫だろうとは思っていたが、まったく同じメーカー、同じ規格のベッドで、多少寝相が悪くても転がり落ちたり、壁にぶつかったりする心配はない。

机や椅子も大きめだし、昨今大流行のカプセル式のコーヒーメーカーまで置かれている。日和はホテルでは休むことに専念するし、部屋でコーヒーを入れることはまずないが、出張などでちょっと仕事をしたい、なんて人は大助かりだろう。

戻るなり行ってみた大浴場は清潔で、団体客と出くわすという悲劇も起きず、ゆっくりとお湯に浸かることができた。

函館には湯の川という有名な温泉地があるが、温泉旅館は大抵一泊二食付きだから、地元のお店に気軽に入るわけにいかないし、そもそも料金が高い。コストパフォーマンスは悪くないのかもしれないが、連泊するには負担が大きすぎる。かといって一泊だけ使おうとすると荷物の問題が出てくる。荷物の移動も預け先の心配もない連泊はやはり便利だ。

いつかは『温泉旅館でおひとり様』をやってみたいという憧れはあるが、今はユニットバスではなく大浴場があるだけで十分、それに寝心地のいいベッドと品数の多い朝食ビュッフェがつけば言うことなしだった。

夕食の居酒屋で締めに頼んだウニの軍艦巻きは、これまで食べた中で一番と言っていいほど美味しかった。

突き出しの枝豆に大きな『ザンギ』、カンパチの刺身にビールと日本酒……昼ご飯が遅かったこともあって、日和のお腹はいっぱいになりかけていた。締めはやめておこうかとも思ったが、朝食はトーストで昼はハンバーガーだったため、ご飯が食べたい気持ちがあった。

こういうときはお茶漬けを頼むのがいいのかもしれないが、お茶漬けほど店によって量が違うメニューはない。『ザンギ』があれほど大きかったのだから、お茶漬けだって大きいかもしれない。丼にたっぷりのご飯が入って出てきたら、とてもじゃないが食べきれない。

諦めてコンビニでおにぎりでも買って帰ろう、と思いかけたとき品書きに『鮨（すし）』の文字を見つけた。しかも一皿二貫から注文できる。これなら今の自分にぴったりだ、と大喜びでウニの軍艦巻きを注文した。

例のお兄さんは、今はイカだけじゃなくてウニも不漁で北方四島産なんです、とひどく申し訳なさそうに言っていたけれど、軍艦巻きのウニは濃いオレンジ色で形もしっかりしている。

色の濃淡は品種によるけれど、これだけ崩れていないのは新鮮な証だ。どこで獲れたものであってもかまわない。美味しければいいのだ。そう思いながら口いっぱいにほおばったウニの軍艦巻きは、想像を超える味だった。

口に入れた瞬間、磯の香りがすっと鼻に抜けた。海苔とは違うウニ独特の香りだ。とはいえ、海苔だって負けていない。巻き終わりの角がぴんと立っている。きっと、作ってすぐに持ってきてくれたのだろう。かすかに残るパリッとした感触が柔らかいウニの食感と対照的で、そこに酢飯も加わって口の中がとても忙しい。それでもしっかり嚙んで味わう。呑み込むのがもったいないと思うほどの味だった。

もうちょっと食べたいけれど、お腹はいっぱい、体重計の数字も頭をちらつく。さすがにこれ以上は……ということで、ホテルに戻ってきたのである。

北海道に来た目的のひとつはイカとウニを食べることだった。今日はイカには出会えなかったけれど、朝市に行けば食べられるはず。明日はきっと……

膨らむばかりのイカへの期待を胸に、日和は心地よいベッドで函館初日を終えた。

——やった、雪がやんでる！

カーテンを開けると空は真っ青、夜の間に降った雪が日の光を反射してまぶしい。

町の中でこれほどならば、スキー場ならもっとまぶしいだろう。色の入ったゴーグルを使う人が多いのも納得、サングラスを持ってこなかったことを後悔するほどの晴天だった。

　昨日は雪で五稜郭も歩けなかったけれど、今日はなんとかなりそうだ。まずはエネルギー補給ということで、日和は朝食会場に向かった。

　――いっぱい用意してくれてありがとう……でもこれ、絶対食べきれない！

　そう言いたくなるほど、品数が多い。博多でも思ったけれど、今回は二泊だから二日に分けることができる。お腹がいっぱいになってしまったら明日に回そうと思えるけれど、一日だけならさぞや心残りだろう。どれを食べてどれを諦めるか考えるだけでも、相当な時間がかかりそうだし、一品でも多く、と思うあまり、満腹でしばらく動けなくなりかねない。それでは観光計画に大いに支障を来すだろう。

　北海道の料理はどれもご飯が進みすぎる。これはもしかしたら、雪国の暮らし、特に雪かきにはたくさんのエネルギーが必要だから、しっかり食べろということだろうか。だとしたら、雪かきなんて一切しない自分が、同じ調子で食べていたら大変なことになるのではないか……

　そこまで考えて日和は苦笑した。

　ホテルに泊まっている客の大半は、地元の人ではないはずだ。その人たちに出されている食事を基に、雪国の暮らしを考えてどうする。確かに一品一品はご飯が進みまくる料理だとしても、普通の家庭の食卓に、一度にこれほどの種類が並ぶはずがない。

訪れてくれた人に美味しいものを食べてもらいたいという気持ちなのだから、もっと素直に楽しむべきだ。幸い今日は天気もいいようだし、太りたくないなら、しっかり歩いて消化すればいい。

鮭の塩焼きを出すホテルは多いが、ときどき水分が行方不明になっているものがある。だが、このホテルのものはずいぶん小ぶりなのにみずみずしい。箸を入れてもすっと崩れるし、ほどよい塩気もある。茶碗蒸しは熱々であんには細かい蟹の身がたっぷりという贅沢な作りだ。間でつまむもずく酢の酸味で口の中をリセットし、また次の料理へと箸を進める。

トレイの上の皿や小鉢はきれいに空っぽ、最後に熱いコーヒーを一杯いただき、日和は満足のため息とともに朝食を終えた。

――さあ、出発だ。まずはトラピスチヌ修道院からだね！

青空の下、ホテルから五稜郭への道を歩く。

トラピスチヌ修道院に向かうバスには、五稜郭タワー前のバス停から乗車する。本数は少ないが、事前にしっかり調べて余裕を持って出てきたから乗り遅れる不安はない。

家族連れが楽しそうに雪と戯れる様子にほっこりしながらバスを待つ。雪玉をぶつけ合っているのは幼稚園児や小学生ではない。どう見ても大人、大学生あるいは社会人かもしれない。

そうこうしているうちにバスがやってきた。定刻より数分遅れていたが、このところ旅に出るたびに利用しているから、バスが電車ほど時間ぴったりにはやってこないことぐらいわかっている。家族連れはしきりに、もう行っちゃったのかな……と心配していたけれど、日和は余裕綽々だった。

バスに乗り込み、ひとり掛けの席に座る。窓から見える風景は白一色だが、道路に雪はない。

かなり降ったように思えたが、夜のうちに除雪し、朝日で溶けてしまったのだろう。平然と走って行く車を見て、さすが雪国……と感心しているうちに修道院前のバス停に着いた。

時刻は九時半になるところ、帰りは十時二十六分発のバスに乗る予定だから、小一時間ここで過ごせる。修道院の敷地はかなり大きいようだが、観光客が入れるのはごく一部に限られる。日和はもともと、説明書きを全部読みたがるタイプではないので、おそらく足りるはずだ。

バス停に降りたものの、どこから入れるのかわからない。一緒に降りた人たちも、きょろきょろしている。それでも幸いなことに、まあ、右か左かしかないよね、と当てずっぽうに歩いた先に入り口があった。

ここでバスを降りる人の大半は観光客だろうし、初めての人も多いだろう。せめてバス停の前に『入り口はあちら』とぐらい書いておいてくれないだろうか……などと、勝手なことを考えかけてはっとする。

――ここって観光名所のひとつになってはいるけど、本来は祈るための場所だよね……。修道女さんたちが一緒に住んで、働いたり祈ったりするところ。信者さんたちにとってもそう。敬虔な場所に、祈るわけでもないのにお邪魔させてもらう観光客が、そんなことを考えちゃいけないんだ……。

昨夜、アクセス方法を調べたときに見たホームページには、『厳律シトー会天使の聖母トラピスチヌ修道院は、神に呼ばれ、心のまなざしを絶えず神に向けて、神の御顔を探し求めることに生涯を捧げ尽くす修道女たちの修道院です』という言葉があった。

案内ページには『信者、未信者を問わず、どなたでも、興味のある方はご連絡ください』という文字もあったけれど、その前にはしっかり『ミサや聖務日課に自由に参加することが出来ます』と書かれていた。

ここはまさしく生活の場、祈ることもなく、聖務に参加もしない観光客が、こちらですよーなんて大歓迎されると思うほうが間違いだろう。

不遜な思いを反省しつつ、入り口に続く坂を上る。

門に近づくにつれ、観光客たちの話し声が小さくなっていく。それまでふざけ合っていた人たちが真顔に戻るほど、トラピスチヌ修道院は厳かな空気に包まれていた。

厳かではあるが、冷たくはない。遊び半分はもってのほかだけれど、縋りたい人、祈りたい人は両手を開いて受け入れる場所――それが、日和の『トラピスチヌ修道院』の門前に立って抱いた感想だった。

　門を入るなり大天使ミカエルの像が目に入る。ミカエルだと知っていたのは、ガイドブックのおかげで、説明によるとフランシスコ・ザビエルが日本に初めてキリスト教を伝えたときに、日本の保護者と位置づけた天使だそうだ。

　詳しくは知らないが、日本のキリスト教信者は仏教徒に比べればずいぶん少なそうだ。どうせなら、もっと信者が多い国の守護天使になりたかったのではないだろうか……なんて、思いながらしばらく眺め、スマホのシャッターを一度だけ押す。商業用の写真でなければかまわないらしいけれど、いたずらに撮りまくるようなものではないだろう。

　続いて奥にあった『悲しみのマリア像』も一枚だけ撮る。彫像の白さが青空に映えて、とても美しい。スマホのカメラ、しかも日和の腕でどこまでこの美しさを留められるか疑問だが、この写真を見ることで、この光景を思い出すことができるはずだ。素人の写真なんてその程度、タグに過ぎないと割り切って、日和はさらに奥へと進んだ。

　ルルドの洞窟、薔薇の聖女テレジアの像と巡ったあと、レンガ造りの建物を眺めて引き返す。ここから先は立ち入り禁止、静かな祈りを侵すことなどあり得なかった。

　最後に訪れたのは、観光客が立ち入りを許される数少ない建物のひとつで、トラピスチヌ修道院の歴史や活動が紹介され、お土産を買うこともできる。

　実は、日和がトラピスチヌ修道院を訪れた理由のひとつに、ここでスイーツを買うという目的があった。函館にはトラピスト修道院という施設があり、そこではバター飴やクッキーが作られている。

北海道ではバター飴やクッキーは大人気のお土産で、駅や空港の売店はもちろん、昨日行った五稜郭タワーや百貨店でも売られていた。だが、トラピスチヌ修道院のスイーツはほかでは売られていない。ここを訪れた人だけが手に入れられるものなのだ。しかも、修道女たちの手作りだから、一日に作れる数が限られ、売り切れることもあるらしい。

でも、今日なら大丈夫。朝一番のシャトルバスに乗ってきたのだからさすがに売り切れはないだろう。とはいえ、入っていきなりお土産を買うのはさすがにためらわれる。まずは歴史紹介などを見てから……ということで、日和は建物の奥に進んだ。

修道院が開かれるまでのこと、そのあとの活動について書かれたパネルが並んでいる。写真も添えられており、修道女たちがどのように暮らしているかもよくわかった。

一回りした感想は、『私には無理』に尽きた。そもそも、修道院を訪れる目的がお土産という時点で失格もいいところだった。

――他の人のために働くとか、祈りを捧げるとか私にはできそうにない。毎日毎日自分のことで精一杯……それどころか、家族や会社の人に迷惑ばっかりかけてる。ここの人たちみたいに献身的にはなれそうもないけど、少しでも迷惑をかけることが減りますように……

そんな思いとともに部屋を出ようとした日和は、出入り口のそばに小さな募金箱があるのに気づいた。財布を取り出し、百円玉を一枚入れる。募金というよりは、自分を省みる機会をもらえたことへのお礼の気持ちだった。

　その後、売店に向かいお目当てのスイーツをゲットする。

『マダレナ』という焼き菓子で、添加物は一切使われていない。言葉を選ばずに表せば『焼きっぱなし』、それほど素朴な感じである。ここを訪れるまで、日和は『マダレナ』というのは、マドレーヌというお菓子の名の変化形だと思っていた。コロッケはフランス語のクロケットが訛ったものだと言われているが、『マダレナ』も同じようなものだと考えていたのである。

　だが気になって覗いてみたウェブサイトには、そもそも『マダレナ』はイエスの女弟子マグダラのマリアのことで、『マダレナ』というお菓子が彼女の涙に似ているから名付けられたとあった。どうりでインターネットなどで見る海外のマドレーヌの大半が、貝殻の形をしているはずである。日和がよく知っている丸い形は、本当のマドレーヌではないのかもしれない。

　思いがけない知識を得、日和は大満足でトラピスチヌ修道院を出た。

　向かいの『市民の森』に行ってみたが、お手洗いを拝借しただけでバスの時刻になってしまった。次のバスは三十分後だし、できれば昼ご飯は朝市で食べたい。着いたときにバスの運転手さんがくれたソフトクリームの割引券に未練を残しつつも、バス停に戻ることにする。

シャトルバスは来たときと同じコースで函館駅に向かう。もちろん五稜郭タワー前も通るし、そこで降りて市電に乗り換えるという手もある。

ところが、五稜郭タワー前が近づき、そろそろ降りる支度を、と思ったときバスの料金表が目に入った。何気なく見ると、五稜郭タワー前で降りるのと函館駅まで行くのとでは、三十円しか変わらない。バスの中は暖かいし、道だって渋滞でどうにもならないなんてこともない。それならいっそこのまま乗っていこう、ということで日和は上げかけた腰をまた下ろした。


トラピスチヌ修道院から四十分少々、バスは無事函館駅に到着した。

冬の北海道の天気は変わりやすいと聞いていたが、幸い雪が降り出すこともなく空はきれいな青のまま、日和はご機嫌でバスを降りる。すぐそこに朝市への道を示す看板が見えたので、迷うことなくそちらに歩き出す。さすがは函館名物朝市、『ウエルカム感』満載だった。

「カニあるよー」

「エビが安いよー」

道に面した店の従業員からしきりに声がかかる中、『イカ』と『ウニ』を探す。だが昨日の居酒屋の店員さんが言ったとおり、今年はかなりの不漁らしく、『活きイカあります』の文字は見つからない。あるのは『活きイカ売り切れました』ばかりだ。

――ちょっと待って、売り切れましたってことは、少しは入荷したってこと？　朝一番で来ていれば食べられたの？　でもでも、朝ご飯をしっかり食べちゃったから、朝一で来たところでお腹がいっぱいで入らなかったし……

とことん縁がない。それでも時刻は十一時半を過ぎ、お腹も空いてきた。やむなく日和は、目の前にあった店に入る。店員さんの開口一番の台詞は、『活きイカはないんですけど……』だった。

おそらく、席に着いて活きイカがないとわかったとたんに、文句を言い出す客が多いのだろう。

「あ、大丈夫です……」

もう諦めましたから、とまでは言わず、空いていたカウンターの席に座る。差し出された品書きには膨大な数の料理が書かれている。どうやら丼物や定食から酒のつまみ、生物、焼き物、揚げ物となんでもありの店らしい。

イクラ、カニ、ホタテ、ボタンエビ、マグロなどを組み合わせた海鮮丼だけでも、片手には収まらない種類がある。どの組み合わせがベストかなんて決められそうにない。それならいっそ、定食という手も……と思っていると、刺身の欄に『イカ』という文字があった。『活きイカ』はないはずなのにと思っていると、隣の客が店員に訊ねた。日和のすぐあとから入ってきた女性だ。

「このイカって、活きイカじゃないんですよね？」

そうそう、それを聞きたかったの！　と耳をそばだてる。店員はまた申し訳なさそうに応える。

「活きイカじゃありません。でも……」

「朝獲れ？」

「はい」

「よかった！　じゃあそれをお刺身にしてください。私、活きイカよりも朝獲れのほうが好きなんです」

「あー……そのほうが甘みが増すって方もいらっしゃいますね」

「そうなんですよー」

ご機嫌でイカの刺身を注文した隣の客は、ちょっと考えたあと追加注文をする。しかも、日本酒、まさかのカップ酒だった。

「冷やでいいですか？」

「うーん……寒いから、できれば燗で」

日和の母と似たり寄ったりの感じだから、おそらく五十代だろう。なんとも漢前な女性だった。

麗佳が年を重ねたらこんなふうになるのだろうか、と思いつつ、日和も注文を決める。もちろん、イカ刺定食だ。隣の女性は見るからに食通そうだし、その人が『活きイカ』よりも甘くて美味しいという朝獲れのイカを味わってみたかった。

隣の女性の注文を取った店員が、日和のほうを見てくれた。ほっとしつつ、イカ刺定食を頼む。

話しかけられるかも、と思ったが、隣の女性は我関せずでタブレットをいじり始めた。ちらっと目に入ったのは見覚えのある画面、日和も同じソフトを使っているからわかるがメールの受信画面だ。どうやら待ち時間でメールのチェックをしているらしい。漢前な上にキャリアウーマンでもあるのか、と感心しつつ待っていると、ほどなくイカ刺定食が届いた。

お盆には、ご飯とアラ汁らしき味噌汁と漬け物、切り干し大根の小鉢、そしてイカの刺身の皿が載っている。イカは純白とクリーム色の間ぐらいの色合いで、皿が透けるとか、ゲソが動いているなんてことはないが、スーパーで見るイカとは全然違う。見ただけで、指でつつけば押し返されそうな弾力を感じた。

ほぼ同時にイカ刺しと燗酒が届いた隣の女性は、何はともあれというふうにカップ酒に口をつける。あまり血色がよくないから、外を歩き回って冷え切っていたのかもしれない。うー……といううめき声が聞こえ、一気に目尻が下がった。

よかったですね、と心の中で言いながら、日和はイカ刺しに箸を伸ばす。『活きイカ』ではないにしても、函館に来て初めてのイカだ。しっかり味わうべく、醤油をちょんとつけて口に運んだ。

——本当だ……すごく甘い！　ねっとりして絡みついてくる。これは美味しいわ……

よく考えたら、ここは函館だ。イカの漁場と港は目と鼻の先、生きたまま店に運ばれたか、数時間前まで生きていたかの差でしかない。東京のスーパーで見る朝獲れとは訳が違うのだ。そしてその数時間が、イカを熟成させた。このねっとりした味わいを醸すための大事な時間だったのだろう。

東京にも『活きイカ』を出す店がある。高価には違いないけれど、お金さえ出せば食べられるのだ。むしろ獲ってから数時間後のこの甘みこそ、産地ならではの味なのかもしれない。

ありがとう、この味を教えてくれて……

また心の中でお礼を言い、日和はせっせと食べ進める。熱い味噌汁もご飯も、冷えた切り干し大根すらも美味しい。満足そのものの食事だった。

食後、注ぎ足してもらった熱いお茶を飲みながら、これからの予定を考える。『活きイカ』を探すために何度も市場を回ったから、お土産の目星もついている。帰りの飛行機は午後二時四十五分発だから、朝一番で買いに来れば間に合うだろう。空港行きのバスの本数は、五稜郭近辺より函館駅からのほうが断然多い。重い荷物を持って歩かなくてもいいという利点もあった。

――お腹はいっぱいになったし、いよいよ港方面に行ってみますか！

空になった湯飲みをテーブルに戻す。隣の女性はカップ酒を片手に店員と話をしている。どうやら『地元で人気の』ラーメン屋さんを訊ねているようだ。

「せっかく北海道に来たんだから、美味しいラーメンも食べたいのよ。どこかいいお店を知らない？」

「そうですねえ……観光客さんに人気なのは……」

「じゃなくて……そうだ、お姉さんはどんなラーメンがお好き？」

「私ですか？」

「そう。函館の人はやっぱり塩ラーメンをよく食べてるのかしら？」

「塩はあんまり食べませんねえ……。あんたはどう？」

そう言いながら、店員は少し離れたところで話を聞いていた彼女より若そうな女性店員に訊ねた。彼女もあっさり首を縦に振る。

「私もあんまり……むしろ、味噌のほうが好きです」

「やっぱり？　実は私も」

ふたりは、ラーメンは味噌よね、なんて頷きあっている。隣の女性が不思議そうに言う。

「意外……てっきり函館といえば塩だと思ってたけど」

私も！　と、日和も応えたくなる。北海道はラーメン処として有名だが、札幌は味噌、旭川(あさひかわ)は醤油、函館は塩だと思っていた。この店の人に限ったことかもしれないが、塩ではなく味噌派が多数だなんて思ってもみなかったのだ。

とはいえ、三人の会話に入り込む勇気などあるわけもなく、引き続き会話に耳を傾ける。

「塩が好きな人もいるんでしょうけど、私は味噌ばっかりです」

「そうなのね。で、あっさり派？」

「味噌ならこってりですね」

「あらいいわね。こってり味噌ラーメンは私も大好き。で、どこで食べてるの？」

「私は大森町です」

隣の女性もあまり土地勘がないようで、『大森町』という地名に怪訝な顔をしている。

だが、若いほうの店員にはすぐわかったらしく、いきなり声を高くした。

「私もー！　あそこ、すっごくいいですよねー！」

「ね！　日によってスープが鶏ガラだったり豚骨だったりするのも面白いし」

「そうなんですよ。あそこの味噌は本当に美味しいの！」

「そんなにおすすめなのね。じゃあ、行ってみましょう」

そう言うと、隣の女性は伝票を手に立ち上がる。椅子の背に掛けていた上着を羽織り、日和があっけにとられている間に支払いを終えて出て行った。

カップ酒もイカ刺しもきれいに平らげ、下げやすいようにと考えてか、湯飲みもおしぼりもトレイの上にまとめてあった。

――イカ刺しとお酒しか頼んでなかったから、あとで丼でも追加するのかと思ってたけど、ラーメンを食べるつもりだったのね……

店員に店を訊くぐらいだから、きっと彼女も地元の人ではないのだろう。観光か出張かはわからないが、とにかく旅の途中に違いない。それにしても訊き出し方が上手い。一口に『美味しいラーメン』と言っても、ラーメンには様々な種類がある。味噌、醬油、塩といった味の分類に加えて、使っている具材、スープ、脂の量によって全然違う。あっさりした塩味が好きな人が、こってりタイプの味噌味を好む人に訊ねたところで、美味しいと思える店に出会えるはずがない。相手がどんなラーメンが好きか確かめた上で、普段行っている店を訊ねれば、自分にとっても美味しいラーメンである確率は高くなる。それを踏まえてのやりとりは、お見事としか言い様がなかった。

日和もこってりタイプの味噌ラーメンは大好きだ。できれば彼女について行きたいぐらいだが、お腹がいっぱいでこれ以上は食べられそうにない。晩ご飯はラーメンにしようかな……などと考えながら支払いを済ませ、外に出る。イカ刺しも堪能できたし、目指すは函館港、ベイエリア散策だった。

市電の本数は思ったより多く、大して待つこともなく路面電車が近づいてきた。

レトロな車体がなんともおしゃれで、SNS映えするんだろうなと思ったりする。でもまあ日和には無理、スマホのシャッターは押したけれど動いている電車をきれいに撮れるとは思えないし、そもそもSNSに投稿などしない。せいぜいピンぼけしちゃったーなどと家族に見せて笑われるのが関の山だろう。

記録って大事よ！　自分にそう言い聞かせ、路面電車に乗り込む。ベイエリア散策には『十字街（じゅうじがい）』で降りるのが便利らしい。函館駅から乗って三つ目の停留所、およそ五分の短い旅だった。

車に邪魔されることなくするすると走って行く。

東京にも路面電車が残っているところがあるが、日和は乗ったことがない。人生初の路面電車だったが、正直普通の電車と変わらない。バスのように道沿いではなく、道路のど真ん中に停留所が作られているのが珍しいな、と思うぐらいだった。

停留所で降りたあと、港を目指してせっせと歩く。港より先に目に入ったのは赤煉瓦（あかれんが）の建物、金森（かねもり）赤レンガ倉庫だった。中にはお土産屋さんがたくさんあるらしいが、とりあえず今は港、海が見たい一心で倉庫を通り過ぎどんどん進む。ほどなく港、遊覧船が浮かぶ海に辿り着いた。

――海だあ！

日和はまた心の中で歓声を上げる。

――熱海や福岡でも海は見たけど、寒いところの海はちょっと違うなあ……

海は大好きだけど、いつも優しいというわけではない。ここで生活している人にとっては、戦いの場、怖いところでもあるのだろう。とりわけ冬は……

北海道の冬は厳しい。美味しいものがたくさんあるのは、その厳しい暮らしへのご褒美なのかもしれないな、と勝手なことを思いながら、日和はしばらく海を眺めていた。

――けっこう並んでるなあ……

海を眺めたあと、再び歩き始めた日和は、黄色く丸い看板の前で立ち止まった。昨日のお昼を食べたハンバーガーショップは函館市内にいくつも店を出していて、ベイエリアの店はとりわけ人気が高いらしい。港を眺めながら食事をしようと思う人が多いのだろう。昼時は少し過ぎているけれど、カフェ代わりに利用している人もいるのかもしれない。

昨日の店は、これほどの行列はなかった。よしよし、と頷いてまた日和は歩き出す。次なる目的地は、ハリストス正教会を始めとする教会群のある元町だった。

足が悲鳴を上げかけていた。

歩き回ったのは小一時間、大して長くもない。金沢に行ったときはもっともっと歩いた。にもかかわらず、こんなに太股が存在を主張するのは、このエリアにあまりにも坂、しかもかなり急な坂が多いせいだろう。

函館山から港に向けてはどうしても坂にならざるを得ない。それはわかっていても、ここまで急である必要はないだろう、なんて恨み言を唱えたくなってしまう。

けれど、この高低差があるからこそ函館山から町を一望できるのだ。遥か遠くに望むのではなく、眼下に広がる夜景の素晴らしさも、この坂のおかげと言われればぐうの音も出ない。日和は、足の痛みに耐えながらハリストス正教会の薄緑色の屋根や、カトリック元町教会の赤い屋根を見て回った。

足は痛いが、目は間違いなく喜んでいる。時折聞こえてくる鐘の音に、耳も癒やされている。

洋風建築の白い壁や空を貫くようなとんがり屋根はかっこいいし、真っ赤な屋根も絵本みたいでかわいらしい……などと、東京ではあまり感じられない異国情緒を楽しめたのはそこまで、ロープウェイの駅に向かう坂を上り始めるころには、空の青さはすっかり失われていた。それどころか、思いっきり密度の濃い灰色の雲が広がってきた。昨日も見たから知っている。あれは雪を降らせる雲だ。しかも、明らかに昨日より元気そうな雲……

雲を表すのに『元気』という言葉はふさわしくないとわかっていても、そう言わずにいられないほどの勢いで空を覆っていく。そして、あれよあれよという間に雪が降り出した。

――すみません。雪国の天気の変わりやすさをなめてました……

それが、なんとかロープウェイの駅に辿り着いた日和がまず感じたことだった。

ついさっきまで青空だった。それなのに三十分もしないうちに雲が空を覆い尽くし、雪が降り始めた。しかも昨日はなんとか上から下に落ちてきていた雪が、本日は横殴り。ほとんど吹雪と言っていい降り方だった。

こんなに降っていてはロープウェイが動かなくなるのでは？　と心配しながら駅の建物に入っていく。幸いロープウェイは運行中、日和には吹雪としか思えない降り方でも、北海道ではよくあることのようだ。

建物に入った日和はきょろきょろと周りを見回した。何はともあれロープウェイの乗車券を買わなければならない。幸いすぐに見つかったものの、なぜか乗車券の自動販売機の周りは閑散としている。昨日の五稜郭タワーですらエレベーターチケットを求める十人ぐらいの列ができていたのに、誰ひとり並んでいないのだ。こう言っては失礼かもしれないが、五稜郭タワーよりも函館山に上りたがる人のほうがずっと多いだろうに……

もうみんな買ってしまったのかな、と首をかしげながら自動販売機に近づいた日和は、すぐに誰も並んでいない理由を察した。なぜなら、自動販売機の真上にモニター画面があり、そこに現在の山頂の様子が映し出されていたからだ。画面は見事に鼠色、なんとか雪が動いている様子がわかるかわからないかの視界不良である。自動販売機は二台あるが、もう一台の前に立った人がモニター画面を見て踵（きびす）を返した。これではわざわざ上る意味がない、と判断したのだろう。

そのまま壁際に向かい、スマホをいじり始めた。きっとホールのあちこちに立っている人も同じ、しばらく待って天候が回復すれば乗車券を買うし、無理そうなら引き返すつもりに違いない。

時刻は午後三時、雲は厚く動きそうもない。いくつかあるベンチは先客で埋まっているし、立ったまま待っているのも辛い。

教会群や旧イギリス領事館を見たあと、ふらふら歩いているうちにロープウェイの駅を示す案内版を見つけてそのまま上ってきてしまったけれど、あたりはまだまだ明るい。いくら北海道の日没が早いといっても、暗くなるまでにあと二時間ぐらいかかるだろう。ここで待ち続けるには長すぎる時間に思える。スマホの検索結果によると、ここからホテルまでは三十分ぐらい。少し休めば疲れ果てた足もまた動くだろう、ということで、日和はいったんホテルに戻ることにした。

市電の停留所までは歩いて九分、だが足は明らかに拒否している。タクシーを使う距離ではないし、そもそも電話で呼ぶのも、走っているのを止めるのも苦手だ。やっぱり歩くしかない、と諦めて建物の外に出たとき、通りの向かいに人が立っているのを見つけた。どうやらバス停らしい。慌てて行ってみると、時刻表には『函館駅行き』の文字がある。さらに雪に邪魔されつつ確かめると、次のバスまではあと数分だった。

グッドタイミング、と心の中でガッツポーズを決める。このバスで函館駅まで行って市電に乗り換えよう。バス停と市電の駅は隣り合わせではないにしても、同じ『函館駅前』だ。少なくともロープウェイの駅と市電の十字街駅よりは近いはずだ。

バスを待つ人の列に並ぶ。ほどなくバスが近づいてくるのが見えた。車内は暖かそうだし、人影があまり見えないから空席もたくさんありそうだ。やっと座れる、とほっとしながら、日和はバスに乗り込んだ。

――またやっちゃった……

部屋の中はすでに薄暗かった。

バスと市電を乗り継いでホテルに戻った日和は、そのままベッドに倒れ伏した。旅先のホテルで、ちょっと横になるつもりで爆睡してしまうのはいつものことだが、今日も見事に眠り惚けたらしい。坂道をさんざん歩き回ったのだから無理もない。

立ち上がってカーテンの隙間から外を覗いたが、依然として空は厚い雲に覆われている。それでもなんとか雪はやんだらしく、視界を遮る物はなかった。

枕元のデジタル時計は十八時二十三分を示している。ロープウェイは午後八時まで動いているから、まだ十分間に合う。雪がやんだなら行くしかない。百万ドルの夜景をこの目で見たいという一心で、日和はまた市電に乗り込む。一眠りしたことで足は無事回復、これなら十字街からロープウェイの駅まで歩けることだろう。

――人が多すぎる！

十字街からてくてく歩いてロープウェイの駅に着いた日和は、建物に入ったとたんのけぞりそうになった。雪がやむのを待っていた人に加えて、もともと夜景を狙っていた人が重なったのか、そもそも夜の函館山はこれぐらいの人出なのかはわからないが、とにかく大変な数の人がいる。まるで渋谷駅前のスクランブル交差点のようだった。

週末ということで、ロープウェイは五分おきに発着している。にもかかわらず乗車待ちの人は増える一方、乗り込むまでに三十分ぐらいかかってしまった。振り返ってみると列はさらに長くなっており、ここから乗車まで四十分という張り紙が見える。やはり函館に来たからには夜景を見たいというのは、万人に共通する思いなのだろう。

やっとのことで辿り着いた山頂駅は、これまた人でいっぱい。それなのに意外に静かなのは、夜景の美しさに圧倒されているからかもしれない。

日本、いや世界中に夜景が美しいところはいくらでもあるだろう。マンションやビル、あるいは丘、少し高い場所から見下ろせばそれなりにきれいな夜景が見られる。だが、今目の前にある風景は別格だ。スマホの画面と映画館のスクリーンぐらい迫力が違うのだ。こんなものを目の前に広げられたら、言葉を失うのは当然だ。

誰もが一瞬息を呑み、夜景に見とれている。それでも、いつまでもベストビューポイントを独占することもなく、しばし眺め、写真を撮って去って行く。

きれいな風景の前では争いも起きにくいのかな、と感心しながら日和も精一杯腕を伸ばしてシャッターを押す。だが、何度撮っても、どう角度を変えても函館の町のすべては収めきれない。素人の手に負えるものではない、と悟ったあとは、ひたすら肉眼で見つめる。

同じところにずっといるのは迷惑だから、少しずつずれながら……かくなる上は、記憶に焼き付けるしかない、という一念だった。

いずれにしても、この場所に来たがる人が多い理由が頷ける。出直してでも来てみてよかった、と日和は大満足でロープウェイ乗り場に向かう。帰りもかなり待たされたけれど、上ってきたときほど気にならない。やはり極上の夜景が与えてくれた気持ちのゆとりだろう。

心は十分満たされた。次はお腹を満たしたい。雪はやんでいるし、寒さもさほど感じない、ということで日和は市電の停留所を目指して歩き始める。暗くて少し不安だったけれど、同じように歩いている人が多かったおかげで、迷うことなく十字街に辿り着いた。

――どこでご飯を食べよう。そうだ、お昼に訊いたラーメン屋さんに行ってみようかな……

昼ご飯を食べたときに、店員と隣の客の会話から『大森町』のラーメン屋がおすすめだと知った。あのときはお腹がいっぱいで無理だったけれど、今なら大丈夫。やんでいるとは言え、夜の雪道を歩いたせいで身体は冷えているし、熱々のラーメンはさぞや美味しいだろう。

ところが早速スマホを取り出して調べた結果は、ひどく残念なものだった。『大森町』にあるラーメン屋さんはすぐにわかったけれど、もっぱら昼ご飯を食べに来る客相手の店でこの時間には営業していない。日和の晩ご飯問題は、あっという間に振り出しに戻ってしまった。

ほかにも有名店はあるだろうけれど、どうせならおすすめの味噌ラーメンを食べてみたい。ラーメンは明日の昼に回そう、といったんスマホから目を離し、窓の外を見る。そろそろ函館駅に着くはずだ。ここで降りるか、ホテルのある五稜郭まで戻るか……と考えながら外を眺めていた日和は、今まさに通り過ぎようとしている店を見て声を上げそうになった。

——あれ、ウニで有名な店だ！　函館駅の近くに新しいお店ができたって書いてあったけど、ここだったんだ……

函館に行くと決めたときに、食事ができる店についても調べた。その中に、今通り過ぎたばかりの店の名前もあった。函館、いや北海道でウニ料理と言えばここ、というほど有名な店で、朝市にも店を出している。

昨夜居酒屋で食べたウニの軍艦巻きは絶品だったが、口にしたのはたった二貫だ。おなかがいっぱいだったから仕方がないが、もっと食べたかったという未練が残った。

そうこうしているうちに市電は店を通り過ぎた。だが、そろそろ次の停留所に着くはずだ。

急いで調べてみたところ、営業終了まではまだ間がある。予約でいっぱいかもしれないが、そのときはそのときだ。とにかく行ってみよう、ということで日和は市電を降り、来た道を引き返した。

「いらっしゃいませ」

着物姿の店員さんが、優しい声で迎えてくれた。

おどおどしながら、予約はしていないこと、ひとりであることを伝えると、軽く頷いてカウンター席に案内してくれた。カウンターは調理場ではなく窓に向けて設けられている。かなり高級な感じの店だし、料理人よりも窓と向かい合うほうが気楽だ。日和はほっとして、席に着いた。

おしぼりを使いながら、品書きを見る。調べたときからわかっていたことだが、日和には少々厳しい数字が並んでいる。それでも、この店のウニは正真正銘の生ウニ、しかも折り紙付きだ。

ウニは保存のためにミョウバンを使うことがあるらしい。量を間違えると苦みが出ると聞くが、この店は一切ミョウバンを使っていないそうだ。きっと、ウニ本来の味が楽しめるに違いない。

朝市で見て回ったときは、海水づけのウニしか見つけられなかった。清水(きよみず)の舞台から飛び下りる気持ちだが、挑戦する価値はあるだろう。

ウニ丼の値段は、昨夜居酒屋で払ったよりも高く、予算としてはぎりぎりだ。ただ品書きには小盛りの丼も載っている。一人前を頼んで丼だけを堪能するか、ほかの料理も頼んで小盛りにするかは悩みどころだったが、少し考えて小盛りに決めた。一緒に『スマガツオの刺身』も頼むことにする。ドリンクメニューに、『まさか』の名前を見つけたからだ。銘柄ではなく蔵の名前、そして日和にとっての『まさか』ではなく、父にとっての『まさか』だった。

北海道に旅行すると父に言ったとき、北海道のどこに行くのかを訊ねられた。函館だと聞いてがっかりしているので、理由を訊ねたら、札幌に行くなら買ってきてほしい酒があったのだという。北海道の蔵だが、特約店でしか扱っておらず、そのほとんどが札幌近辺だという。インターネットで扱っている店もあるものの量が少なく、売り切ればかりだそうだ。直接特約店に行けば買えるかもしれない、と父は期待したらしい。

そのとき聞いた蔵の名前が、目の前に記されている。そこまで父が欲しがるお酒を試してみたい。あわよくばお土産に……という気持ちが高まる。『スマガツオ』というのは食べたことがないが、かなり美味しい上に滅多に出会えないレアな魚だと聞いたことがある。希少なお酒に合わせるにはもってこいのような気がした。

品書きを置いたのを確認して、着物姿の店員さんが注文を取りに来てくれた。呼ばずにすんだことにほっとしつつ、日本酒と『スマガツオ』の刺身、そして小盛りのウニ丼を注文した。

頼んでから五分ぐらいでお酒が届いた。

よく枡に立てられているような細めのグラスではなく、手に馴染みやすい丸みを帯びたグラス、注がれているのは『冬花火　純米大吟醸』、まさに父が欲しがっていた酒だった。

料理はまだ来ていない。空酒で大丈夫だろうか、と思ったものの、つい待ちきれず口をつける。華やかとしか言い様のない香りが漂い、このグラスに注がれた理由を知る。ウイスキーのロックにも使われそうなこのグラス、これだけ口が広ければ立ち上る香りを十分に楽しむことができる。

まず香りを楽しみ、それから少しだけ口に含んでみる。半口にも満たない量なのに、味わいが口中にぱーっと広がる。名前のとおり、花火みたいなお酒だった。

程なく刺身が届いた。早速食べてみると、マグロのトロかと思うほど脂がのっている。とはいってもしつこさは微塵も感じられない。グラスの中のお酒と引き立てあう上品な味わいだった。

お酒と刺身がなくなりかけたころ、ウニ丼が運ばれてきた。味噌汁と漬け物もついている。

また少し酒を含み、鮮やかなオレンジ色のウニをひと欠片口に運ぶ。丼なんだからご飯と一緒に食べるべきかもしれないけれど、日本酒だってもとはお米だ、と変な理由をつけながら口の中で転がしたウニは、『はい百点!』と言うしかない味だった。

『甘い』という言葉が白々しく思える。もっとなんか表現する言葉はないの? と辞書をひっくり返したくなる。結局『美味しすぎるウニ』としか表せない自分に絶望しつつも、どんどん食べ進む。お酒も丼もノンストップで消えていく。これほど器の底が見たくないと思ったことはない。そんな怒濤のうちに、食事が終わっていった。

使った箸を袋に戻し、先を丁寧に折り返したところで、店員さんがお茶を持ってきてくれた。

どうしようかと迷ったけれど、やっぱり気になって訊ねてみる。

「この酒蔵さんって……」

「ご存じですか？」

「家族から聞いたことがあります。ここのお酒って、手に入れるのが難しいって……」

「ええ。普通にインターネットで売っているものもありますけど、うちでお出ししているのは、限られた販売店でしか扱えない特別なお酒なんです」

店員さんがちょっと得意そうに説明してくれたのは、父から聞いたとおりの話だった。

「特約店さんですよね？　もともと数が少ないし、ほとんどが札幌のあたりだって言ってました」

「そうなんですよ！　道南ではここだけだと思います」

「あの、それで……これって……」

言いよどむ日和を、店員さんは孫を見るお祖母さんのような眼差しで見守ってくれる。

その優しさに助けられ、日和は思わず訊ねた。

「瓶で売ってもらうことってできませんか？」

聞いたとたん、困った顔になった。なんとか父の念願のお酒を手に入れたい一心だったが、やはり無理らしい。諦めようとしたとき、彼女は少々お待ちください、と奥に入っていった。代わりに出てきたのは、スーツ姿の女性だった。

もしかしたら……と期待が高まる。だが、彼女の口から出てきたのはやはり断りの言葉だった。

「瓶でお酒をお求めになりたいということですが、うちではちょっと……」

「そうですか……そうですよね……」

ここは食事処であって酒屋じゃない。売ってくれるわけがない。けれど、しょんぼりと肩を落とした日和を見かねたのか、彼女はポケットからメモ用紙を出した。ついでにボールペンも出し、なにかを書き付けたかと思ったら、日和に渡してくれる。

「うちが仕入れている酒屋さんです。ここに行けば買えます」

「もう閉まってますよね？」

「けっこう遅くまでやってますから、たぶん大丈夫ですよ」

「歩いて行けますか？」

「それはちょっと……あ、タクシーなら……」

千円かからないのではないか、と彼女は教えてくれた。それぐらいならなんとかなる。日和はすぐに立ち上がった。

「ありがとうございます！」

支払いを済ませて駅に向かう。幸いタクシー乗り場はすぐ見つかり、近づいてくる日和に気づいた運転手さんがドアを開けてくれた。もらったメモを見せると、運転手さんは、はいはい、とすぐに車を出してくれた。どうやら有名な店のようだ。

走り出して五分ほどでタクシーは酒屋に着いた。

外国の古い町にある雑貨屋さんみたいな外装で、ここで本当にお酒が買えるの？と疑いそうになったが、店名に間違いはない。赤枠のドアを開けて中に入った。

――うわあ、たくさんのお酒……。ここ、お父さんが来たら大喜びだ！

日和の両親は酒好きだ。呑んだくれるわけではないが、父は夕食が肴になりそうな料理だと嬉しそうにグラスと酒を持ち出してくる。しかもグラスは最低ふたつ、日和が望めばもうひとつ増える。休みの前など、食事も風呂も済ませてあとは寝るだけという状態で呑み始めることもある。もちろん夫婦で、だ。成人した子どもがふたりもいる夫婦にしては仲がいい、と感心することも多いが、こんな深夜の呑み会に支えられる部分もあるのかもしれない。

いずれにしても日和の両親はお酒を楽しんでいるし、お酒を用意するのはもっぱら父だ。これほどたくさんお酒が並んだ店に来たら、大興奮で物色し始めるだろう。ただ、今ここに父を連れてくることはできないのだから、日和が代わりを務めるしかない。もちろん、先ほど呑んだお酒があまりにも美味しくて、なにがなんでも買って帰りたいという気持ちも強かった。

ところが、ガラスケースの中に目当ての酒がない。たくさん並んでいるから見過ごしているのかも、と何度も確かめてみたがやっぱりないのだ。なかなか手に入らないと父が言うぐらいだから、出荷量自体が少ないのかもしれない。先ほどのウニ料理店のようなお得意様に回してしまえば、店売りできる量はさらに少なくなる。店に来れば買えるというものでもないのだろう。

これぱっかりは仕方がない。ダメ元で訊いてみてもいいのだが、お店の人はあいにく電話中。とりあえずまたガラスケースの中を見ていると、ようやく電話が終わる気配がした。

「なにかお探しですか？」

この時間にひとりで店番をしているのだから、おそらく店主だろう。父ほどの年齢ではないが、恰幅がよく落ち着いた感じの男性で、いかにも酒の目利きに長けている感じがする。きっと父同様、お酒について語り始めたら止まらないに違いない。ガラスケースの前を行ったり来たりしている日和を気にしつつも、電話を終えられずに困っていたのかもしれない。

「あの……お土産に……なにか北海道のお酒を……」

「お土産ですか。渡す方は普段どんなお酒を呑まれますか？」

「どんな……？」

「辛いとか甘いとか、すっきりとか呑みごたえがあるとか。普段呑んでいらっしゃる銘柄でも」

普段呑んでいる銘柄はいろいろだ。銘柄を決めてそればかり呑む人もいるだろうが、父は東西南北、いろいろな土地の酒を呑んでいる。むしろ呑んだことのない酒を狙い撃ちする傾向すらあるのだ。銘柄を挙げろと言われても困ってしまう。やむなく日和は、もともと欲しかった酒の銘柄を告げることにした。

「本当は『冬花火』ってお酒が欲しかったんです。それに似た感じなら……」

「『冬花火』ならありますよ」

「え、でも……」

困惑顔でガラスケースを見直そうとした日和に、店主は申し訳なさそうに言った。

「すみません。前に仕入れた分が売り切れて取り寄せ中だったんです。ちょうど今日届いたんですが、まだ出せていないんです」

今持ってきますね、と店主は裏に入っていき、すぐに戻ってきた。ただ、彼の手には二本の酒瓶がある。一本は『冬花火』だったが、もう一本は知らない銘柄だった。

「お待たせしました、こちらが『冬花火』です。それと……もしよかったらこちらもいかがですか？」

そう言いながら見せてくれた緑色の瓶にはラベルが貼られていない。店主曰く、同じ蔵で造られていて、こちらも手に入りづらい銘柄らしい。

「『冬花火』をご指定で、しかもうちが扱っているとご存じなぐらいですから、こちらもお気に召すと思いますよ」

「いいえ、あの……もともと知っていたわけでは……」

店主に怪訝そのものの顔で見られ、やむなく日和はここに至った経緯を話した。彼はウニ料理店の名前を聞いて、なるほど……と頷いた。

「そういうわけでしたか。わざわざタクシーを飛ばしてまで来てくださったんですね。ありがとうございます。それならよけいにこちらのお酒をおすすめしたいところですが……、あ、そうだ」

そこで店主は意外な提案をしてくれた。写真を送って、必要かどうか訊ねてみてはどうか、というのだ。店の様子や商品を写真に撮られることを嫌がる店もある。宣伝になる半面、望まない客を呼び込む危険性が高いと考えるらしい。こだわりの強い店はその傾向が大きいようだし、品揃えの豊富さに、ここもそんな店のひとつかと思っていた日和はびっくりしてしまった。

「かまわないんですか？」

「もちろん。これは、限られた酒です。どうせなら、喜んで呑んでいただける方にお届けしたいです」

店主の言葉には、酒に対する深い思いが籠もっていた。この人ほどではないが、父にも似たようなところがある。せっかくの申し出ということでありがたく受け取り、日和は早速スマホで撮った写真を父に送った。

すぐに返信が来なかったらどうしよう、という心配はまったくの杞憂だった。写真を送って一分もたたないうちに、スマホがぽーんと軽い音を立てる。これは家族でグループを組んでいるSNS専用の着信音だ。父からの返信に違いない。ほっとしつつSNSのページを開く。最新の書き込みは父で、車のアイコンの横に『い』の文字だけがあった。すぐに、またぽーんと音がして『る!』が表示……。どうやら『いる』と入力するつもりが、途中で送信キーを押してしまったのだろう。

日頃の父からは考えられない慌てっぷりに、日和は思わず笑ってしまった。こんなにすぐに返信してくるぐらいだから、父はこの酒のことを知っているのだろうし、かなり欲しいのだろう。では買って帰ろう……と思っていると、さらに着信音が鳴った。もちろん父からで、今度はかなりの長文、しかも日和には少々難しい注文が書いてある。だが、文面は明らかに必死だし、よく知らない相手に頼み事をする不安よりも父に喜んで欲しい気持ちが勝った。

「お父さんはなんと?」

「このお酒もいただきたいそうです。それと、『しずくどり』はありませんか、できれば分けていただきたいのですが、って」

父の注文を聞いたとたん、店主はにやりと笑った。

「『しずくどり』までご存じですか。さすがです。もちろんありますよ」

そして店主は、宅配便で送ってはどうかと提案してくれた。もともとそのつもりだ。一本でも重い酒の瓶を三本も持ち帰れるはずがない。三本まとめて送ってもらうことにして、発送伝票を記入する。その途中でまた着信音……中身は『料金は払うからクールで！』だった。
　そこまで言われなくても、日本酒はクール便で送ったほうがいいことぐらい知ってい
る。ことあるごとに日本酒のデリケートさや運搬、保存についての注意事項を聞かされ
ているのだ。しかもこの店主は酒のプロ、差し出された配送伝票にはしっかり『クール
便』の文字があったし、日和だってちゃんと働いているのだから函館から東京への配送
料ぐらい払える。本当にもう、頼むから落ち着いて、と言いたくなってしまった。
　その後、伝票を書き終え、支払いも済ませた日和は店から出ようとして立ち止まった。
来たときはタクシーだったけれど、帰りはどうしよう。走っているタクシーを捕まえ
るか、電話で呼ぶしかない。なんとか捕まえたいけれど、この時間にそんなにたくさん
走っているだろうか……
　よほど困った顔をしていたのだろう。店主が心配そうにこちらを見ている。やむなく
日和は、店主に聞いてみることにした。
「あの……この前の道って、タクシーは通りますか？」
「タクシーですか？　まったく通らないわけではありませんが……。なんならお呼びし
ましょうか？」
「え、でもご迷惑じゃ……」
「大丈夫です。俺の友達がタクシーの運転手をやってるんです。近頃、客が減ってるっ
て嘆いてますから、喜ぶと思います」

俺も恩が売れますし、と笑いながら、店主は早速電話をかけ始めた。

うまく連絡がつけばいいけど、と思っていると、まもなく相手が出たらしく、短いやりとりで電話は終わった。

「近くにいました。すぐ来ると思います」

「あ、じゃあ外で待ってます」

「いやいや、寒いですからここにいてください」

着いたら軽くクラクションを鳴らすはずだから、という言葉に甘えて、そのまま待たせてもらう。五分もしないうちにクラクションが聞こえ、タクシーがやってきた。乗り込んでホテルの名前を告げると、すぐに走り始めた。夜に入って道は凍り始めている。こんな道をよく走れるものだと感心しているうちにホテルに到着、日和は無事に部屋に戻ることができた。

――親切な人だったなあ……

馴染みならまだしも、初めて来た客のタクシーの世話までしてくれるなんて素晴らしい。旅に出るたびにいろいろな人に助けられる。ありがたいことだと感謝しつつ、スリッパに履き替える。

明日は最終日、買い物三昧(ざんまい)の予定だ。まずは目の前にある百貨店のお土産売り場、それから市電で函館駅まで行って朝市で海産物、時間があれば赤レンガ倉庫のあたりまで足を延ばそう。お昼はあのラーメン屋さんで食べられればいいな……

飛行機の時間いっぱいまで楽しむぞ！ と心に決め、日和は部屋着に着替える。このホテルには大浴場があるから、しっかり身体を温めて休めば明日も元気に動き回れるに違いない。

翌日、朝食を終えた日和は時計を見て考え込んだ。

昨日は九時のバスに乗る予定だったので、朝食は八時過ぎだった。だが、今日はもうこれ以上食べられない、というぐらい満腹になったのに、まだ七時にもなっていないのだ。

百貨店の開店は十時だから、まだ三時間もある。ホテルには十一時までいられるけれど、ぼうっとしているのは時間の無駄すぎる。ということで、日和は予定を変更し、朝市に行くことにした。四時間あれば、朝市で海産物を買ったあと百貨店に戻っても十分だ。

——お土産を全部買ってホテルに戻って荷造り、チェックアウトして函館駅に行って、荷物をロッカーに預けてゆっくりお昼ご飯、そのあとバスで空港へ。よし、完璧（かんぺき）！

素晴らしいリスケだ、と自画自賛しながら、日和は市電の停留所に向かう。休日な上に早朝とあって車内はがらがら。のんびり座っていくことができて、これまたご機嫌の日和だった。

——鮭とばとハラス、イカの塩辛にコマイ……お酒のおつまみばっかりだな。結局、ウニの海水づけも買っちゃったし……。だって、味見させてもらったらすごく美味しかったんだもん。でも、いいよね、お酒を三本も送ったんだから、おつまみだってたくさんいるに決まってる！

　昨日しっかり見ておいたおかげで、買い物は極めてスムーズに終わった。人混みも思ったほどではなく、かといって周り中の店から声を掛けられまくるほど少なくもなく、日和にはありがたかった。朝市での買い物が終わった時点で、時計はまだ八時半、そのまま市電で十字街に向かい、港や赤レンガ倉庫のあたりをもう一度散歩することもできた。さらに、歩いているうちにすでに開いているお土産物屋を見つけて、お菓子やストラップも買うことができた。

　早起きは三文の得というのは本当なんだな、と悦に入りながらホテルに戻ってチェックアウト。

　今は、函館駅のコインロッカーに荷物を預け、昨日聞いた大森町のラーメン屋で味噌ラーメンを堪能したところだった。

　本日のスープは豚骨、脂に負けじと味噌が頑張りました、という感じで、豚骨ラーメンも味噌ラーメンも同じぐらい大好き、という日和には堪(こた)えられない。市電の停留所から歩いてきて冷えた身体をしっかり温めてくれたことも含めて、大満足の一杯だった。

　天気は快晴だ。やはり今年は暖冬らしい。それでも日和は、わざわざ私の旅に合わせて雪を降らせてくれたのね、なんてほくほくしながら店を出る。時刻は十二時を過ぎた。

そろそろ、空港に移動したほうがいいだろう。

来たとおりの道順で函館駅に戻り、コインロッカーから荷物を取り出す。

買い込んだ品々は、送るかどうか迷ったあげく全部持ち帰ることにした。不漁で値が上がりすぎて、カニに手が出せなかったのは不幸中の幸いかもしれない。大きめのキャリーバッグを持ってきたから、お菓子や小物類は全部入るし、生ものは大きめの保冷バッグに収まる量だ。二日かけて送るよりも、持ち帰ったほうがいい。

結局今回も大荷物だ。家族が喜ぶ顔を早く見たい、という思いが、身軽な旅を遠ざける。荷物は最少、お土産は一切合切宅配便任せで颯爽と、なんて旅慣れた人にはなれそうもなかった。

それでもやっぱり旅はやめられない。お土産を披露しつつ、家族に思い出を語るまで含めてのお楽しみだ。次はどこに行こう、とわくわくしつつ、日和は空港行きのバスを待っていた。

第二話　房総

――メロンパンと城の名の酒

——最近、お城ばっかり行ってる気がする……

バス停からの経路を調べようと検索サイトを開いた日和は、思わず苦笑してしまった。

雪景色の五稜郭を観たのは、先月の終わりのことだった。五稜郭は一般的なお城の概念からは遠いけれど、あれだってお城には違いない。

あれからまだ一ヶ月も経っていないのに、日和はまたお城にいる。しかも修道院や朝市も含んだ函館旅行のときと異なり、今回はお城だけを訪ねる旅行だ。もっといえば、今回の目的地は国宝級の城でも観光名所でもなく、小さな町の小さな城である。歴史マニアでも城マニアでもない日和が、あえてここを訪れたのは、麗佳から蓮斗の噂を聞いたからだ。

一昨日(おととい)の金曜日、昼休みの終わりごろ麗佳が鞄(かばん)から袋を取り出した。日和もよく利用しているからすぐわかる。最寄り駅にある大きな書店のものだった。

どんな本だろう、旅行のガイドブックかな、と気になって見ていると、袋の中から出てきたのは旅行ではなく、城についてのガイドブックだった。

ぱらぱらとめくっていた麗佳は、日和の視線に気づいたらしく、目を上げて笑った。

「珍しいでしょ？　私がお城なんて」

「ええまあ確かに……」

「梶倉さんってば。普通はそんなことありませんよ、とか言うでしょ」

そう言いながら、麗佳は軽く睨んでくる。だが、怒っているわけではないことは明らか。その証拠に、彼女はすぐに相好を崩し、ガイドブックの一ページを見せてくれた。

「このお城、知ってる？」

「久留里城……？　聞いたことありません」

「でしょうね。わりと小さいし」

「なにか特別なお城なんですか？」

「特別と言えば特別だし、そうじゃないと言えばそうじゃないし……」

「どういうことですか？」

わざわざそのページを見せてくれた意味がわからず、日和はきょとんとしてしまった。

「『南総里見八犬伝』って聞いたことない？」

「あ、あります！　なんか、ワンちゃんがいっぱい出てくる話でしょう？」

「ワンちゃんは一匹だけ。どっちかって言うとワンちゃんみたいな名前の人がいっぱい、かな」

麗佳は苦笑しつつも、『南総里見八犬伝』が室町時代を舞台に書かれた安房里見家のお姫様を助けるために集結した八人の若者の物語であることを教えてくれた。八人の若者はそれぞれ名前に『犬』の文字が入っていて、身体のどこかに牡丹の形の痣があったという。

「すごくはしょって説明したけど、要はそんな感じ。気になったら読んでみて。ただし、ものすごく長いけど」

「えーっと、ごめんなさい。私、読書は好きなんですけど、時代物ってあんまり……」

「本当に正直ね、梶倉さん。そういうとこ、嫌いじゃないけどね。まあ、『南総里見八犬伝』は読まなくてもいいけど、久留里城のことはちょっと知っておいたほうがいいかも」

「どうしてですか？」

「近々、誰かさんが行きそうなのよ」

そこで麗佳はにやりと笑った。その笑みで、『誰かさん』が蓮斗のことだとわかってしまう。

一日中彼のことばかり考えているわけではないけれど、ちょっとしたキーワードですぐに意識に上ってくる。彼に出会った『熱海』や『金沢』はもちろん、『茹で卵』という言葉にも反応する。

耳からだけではなく、目から入ってくる情報も相当だ。実は先日訪れた函館の朝市では、カニや魚を見るたびに、近江町市場を案内してくれた蓮斗の姿が浮かんでいた。お昼に味噌ラーメンを啜りながらも、そういえば金沢にも有名なラーメンチェーンがあったけれど、あれはお土産で我慢しようってことになったんだったな……などと考えていたのだ。

とりわけ麗佳の口から出てくる言葉には敏感らしく、仕事中はともかく、休憩時間の雑談などに出てくる『彼』とか『あの人』、そして『誰かさん』は全部蓮斗のことに思えてしまう。

どうやら自分の頭の中には広大なお花畑があり、その真ん中に蓮斗が居座っているらしい。据えられた本人も大迷惑だろうが、日和自身も困惑。気分は、まったくもう……だった。

麗佳は時折、というか、かなり頻繁に蓮斗の話を聞かせてくれる。旅行関連でもない本をわざわざ見せてまで話を持ち出してくれたのも、日和の気持ちを察しているからだろう。

麗佳と蓮斗は高校時代の同級生、彼女の彼氏と蓮斗は昔からの親友だそうだ。ＳＮＳにコメントを入れるのが精一杯という不甲斐ない後輩のために、せっせと情報を流してくれているに違いない。

ありがたいと思う半面、そこまであからさまなのか、とため息が出る。それでも明らかに応援してくれる麗佳の気持ちが嬉しかった。

引き続き麗佳は、蓮斗と久留里城がどうつながるのか話してくれた。

「私の彼氏が誘われたらしいのよ。あのあたりにある酒蔵に行くんだけど、一緒にどう？　って。でも浩介は、その日は先約があって断ったの。日を改めてくれるのかなって期待したのに『そうか。じゃあひとりで行く』って言われちゃったんだって。がっかりしてたわ、浩介」

自分が断ったくせにね、と麗佳は笑う。『浩介』というのが、彼氏の名前なのだろう。断られて日程を調整するのではなく、それならひとりで行く、というのが潔い。麗佳は酒豪だから、彼氏もきっとそれなりに酒を嗜むのだろう。蓮斗はそれを承知で、酒好きなら蔵元にも興味があるはずだ、と声をかけた。最初から、都合が合えば行けばいいし、行けないならそれはそれで、というつもりだったに違いない。いかにも彼らしい振る舞いだった。

「まあマイペースな蓮斗らしいけどね。で、その誘われた日が今度の日曜日。ついでに久留里城にも行ってくるって言ってたそうよ。それで情報提供がてらこの本を持ってきたの。興味があるなら貸すわよ」

行きたくなったら行けばいいし、と麗佳は片目を瞑った。あとは日和の判断と運次第、ということだろう。

日和は自分を飛び切り運の良い人間だとは思っていない。これまでも、なんでこんな目に……と天を仰ぎたくなるようなことはたくさんあった。それでも、時折、信じられないような幸運に恵まれることもあった。私の人生はこんなものなのだろう、というのが正直な感想だ。

けれど、こと蓮斗に関してはかなりの幸運続きなことは確かだ。熱海でたまたま一緒に卵を茹でた相手と、金沢で再会するなんてあり得ない。ましてや、それが同僚の知人だったなんて、ご都合主義の小説の中でしか起こらないことだろう。

もしかしたら運不運ではなく、縁があるのかもしれない。それを確かめるためにも、久留里城を訪れてみたい。本当に縁があるとしたら、駅で見かける、あるいは酒蔵でばったり、ぐらいのことは起こるような気がするのだ。

かくして日和は次の日曜日に房総に出かけることを決め、蓮斗が行こうとしている酒蔵を割り出そうとしてみた。そして、画面に表示された地図を見て、軽いうめき声を上げる結果となった。

なぜなら千葉県の蔵元地図に載っていた名前はおよそ四十、久留里城に近そうな場所に絞っても十五以上あったからだ。

酒蔵なんてそんなにたくさんあるものじゃない。『ついでに久留里城に寄れる』というヒントがあるのだからすぐにわかるはず、という予想は見事に裏切られ、確定には至らなかった。

仕方がない。酒蔵は諦めて久留里城に行こう。いっそ第一目的である酒蔵ではないほうが、縁の有無を確かめやすい。『ついで』の久留里城で会えたとしたらおそらく縁はあるし、会えなかったとしても久留里城が見られる。

久留里城に寄ろうと考えるぐらいだから、おそらく蓮斗も『南総里見八犬伝』のことを知っているのだろう。久留里城を見に行って、『南総里見八犬伝』も読んでみよう。これまで時代物はちょっと……なんて尻込みしていたけれど、蓮斗が興味を持っているなら話は別だ。案外面白いと思えるかもしれないし、少なくとも次に会ったときの話題にできるだろう。これまではお互いの旅の話がもっぱらだったのだから、今後も旅の話は出るに決まっている。彼の話ならなんでも聞きたいけれど、予備知識があればより楽しい時間を過ごせるに違いない。

再会できるかわからない。むしろ会えない可能性のほうがずっと大きいのに、やたら前向きな考えが浮かぶ。今まで引っ込み思案でマイナス思考がデフォルトだったのに、こんなふうに考えられるようになったこと自体が、日和にはとても嬉しかった。

——思った以上に遠かった……でも、なんてかわいいお城！

それが、久留里城に着いた日和の感想だった。

酒蔵が特定できず、まっすぐに久留里城を目指すことにしたものの、お馴染みの道案内アプリの『一推し』は高速バスを使うルートだった。なんとか鉄道利用で行けないかと調べたけれど、最寄り駅から徒歩三十五分と教えられ、さすがに無理だと諦めた。路線バスもあるにはあるが、こちらもバス停から二十五分ぐらい歩かねばならない。結局、道案内アプリの言うとおり、高速バスで久留里城三の丸にあるバス停まで行って二十分歩く、というのが最も簡単で早いルートだった。高速だって路線だってバスはバスでしょ！　三の丸のバス停に路線バスも止まってよ！　と思ったけれど、それは叶わぬ願いだった。

　とはいえ、行く気が失せたかと言われるとそうでもない。バスは苦手という人もいるだろうけれど、日和は平気、というかむしろ好きなほうだ。幸い車酔いしない質だし、高速バスは路線バスとは乗り心地が全然違う。おまけに乗り過ごす心配も少ない。なにかというと道に迷ってばかりいる日和にしてみれば、ぼーっとしていても目的地まで運んでくれる高速バスはありがたすぎる乗り物なのだ。唯一難点があるとすれば、それはあくまでも普段の場合で『縁を確かめに行く旅』の話ではないということだ。

　ホームページで確かめたところ、久留里城見学にかかるのは、資料館までしっかり見てもおよそ一時間、歴史に深い興味がなければもっと短くなるだろう。時刻表によると高速バスはおよそ一時間に一本、都内に戻るにしても鴨川方面に行くにしても、一本乗り過ごせば久留里城で二時間過ごすことになる。究極の歴史好き、あるいは写生でも始めるのでなければ到着した次のバスで移動してしまうだろう。つまり、久留里城まで行かなくても高速バスに乗り合わせるかどうかで縁の有無は判断できるのだ。

　それでも、『次に会ったとき』に備えることはできる。麗佳の言ったとおり、日曜日は快晴の予報が出ている。房総は温暖だから、気の早い桜が咲いているかもしれない。たとえ蓮斗に会えなくても、楽しい一日になると信じ、日和は高速バスを使うことを決めた。

そして迎えた日曜日、バス停にも車内にも蓮斗の姿はなかった。都内にもいくつか停留所があるから、どこかから乗り込んで来るのではないか、という期待も虚しく、バスは『蓮斗抜き』で走り続ける。とんでもない事態に気づいたのは、都内最後の停留所を過ぎ、もう蓮斗が乗ってくることはないと諦め、スマホを取り出したときだった。

――やだ！　充電できてない⁉

現代の旅において、スマホの存在はかなり重要だ。特にひとり旅の場合は移動ルートや観光地情報、食事処の検索から、時間潰しのゲームまでスマホにはお世話になることが多い。そのスマホがまさかの充電切れ間近……日和はバッテリー残量を示す数字を見て、愕然としてしまった。

充電を忘れたわけではない。昨夜、寝る前にきちんと充電器につないでおいた。自分にとってスマホは、命綱のようなものだとわかっていたからだ。

日和が使っている充電器の性能は抜群で、一時間半でフル充電が可能となる。当然充電は終わっていると信じ、確認することなく持って出てしまった。だが、何度確かめてもスマホの充電残量表示は、十パーセントになっている。この数字は、昨夜充電器につなぐ前と変わっていなかった。

――なんで⁉　今まではちゃんと充電できてたのに！

充電器が壊れたのか、接続ケーブルが断線したのか。とにかく夜の間にまったく充電されなかったスマホを見つめ、日和は途方に暮れてしまった。

帰りならまだしも出発早々この事態、しかもモバイルバッテリーは持っていない。仕事や泊まりがけの旅行のときは欠かさず持っていくが、今日は日帰りだから、と置いてきた。いつもと違う鞄にしたのが間違いだった。

電器屋かコンビニでもあれば、間に合わせのバッテリーを買うこともできる。だが、本日の行き先は久留里城だ。モバイルバッテリーを売っている店はあるだろうか……

いつもならさっさとする検索も、残量十パーセントではためらわれた。ふと見ると、座席の足下近くに充電用の差し込み口がある。せめて充電ケーブルだけでも持っていれば……と、悔やんでも後の祭りだった。

久留里城近辺にモバイルバッテリーが買える場所があるかどうかも調べられず、スマホで時間潰しをすることもできなかった。それ以上に、トラブルに出くわしたときにスマホなしでどう対応したらいいのだ、と不安ばかりが募る。間違いなく、昨年の六月から始めて七回目となったひとり旅の中で、一番遠いと感じる旅になりそうだった。

だが、なすすべもなく窓の外を眺めているうちに、不思議と気持ちが落ち着いてきた。

どうせ日帰り、行き先だって一ヵ所だけなのだ。このままバスに乗っていれば、間違いなく久留里城に着くだろうし、誰かと待ち合わせをしているわけではないから、行き違って連絡を取る必要は生じない。帰りのバスの時間は停留所に案内があるはずだ。降りたときにメモしておけば大丈夫だろう。たとえスマホの充電が切れても、腕時計がある。とりあえず時刻を知ることはできるのだから、乗り遅れることもないだろう。
となると、スマホが使えないことにそこまで不安になる必要はない。幸い、まだ残量は十パーセントある。このまま極力使わないようにすれば、万が一に備えることもできるはずだ。

とにかく落ち着いて、と自分に言い聞かせ、母宛に、スマホの充電切れが近いことを知らせるメッセージを送る。こうしておけば、連絡は最小限に留めてくれるだろうし、こちらから送らなくても無駄に心配させずに済む。

――とりあえず、これでよし。最初は慌てたけどスマホが使えなくてもどうにかなる、と腹がくくれたのはいいことよね。

これも旅を続けてきた成果かもしれない、と思いながら、日和はスマホを鞄にしまった。

乗車してから一時間四十四分後、久留里城三の丸跡バス停に到着、そこから二十分歩いて日和はようやく久留里城に到着した。

天気は最高だし、来る途中の風景もすごくきれいだった。千葉県は舞浜や幕張といった都会っぽいところと、佐原やこのあたりのように自然があふれるところの両方があって面白い。蓮斗に会えなかったのは残念だが、世の中そんなものだろう。

お城の形そのものは、時代劇などによく出てくるものとあまり変わらない。よくある天守閣、という感じだが、おそらく大きさは全然違うのだろう。

途中にあった看板の説明によると、久留里城は、築城後三日に一度の割合で雨が降ったことから『雨城』とも呼ばれているらしい。日本人にとって、というか、日和の個人的な見解かも知れないが、どうせ別名をつけられるなら『晴城』のほうがいいと思う。背景が雨雲と青空では受ける印象が全然違う。戦の場合だって、『晴城』から出陣するのと、『雨城』からでは士気も変わるのではないか。たまたま雨続きの年に建てられたせいで、後々まで『雨城』と呼ばれるのは気の毒すぎる、と同情してしまった。

とはいえ、本日は雲ひとつない晴天、雨なんて降りそうにもない。絶好の観光日和だ。看板に偽りありね、なんて思いながら通り越し、天守閣に向かった。普段は断然パスだが、この天守閣なら上ってもそんなにへとへとにならなそう……というよりも、帰りのバスまでの時間を持てあましそうだったからだ。

天守閣をゆっくり一回りし、来た道を戻る。特に興味を引かれるものはなかったが、もともと城マニアではないのだから当然だろう。それでも、春の一日を都会の喧噪から離れたお城で過ごすのはなかなか乙だ。泊まりがけの旅は楽しいけれど、調べ物や荷造りに手間暇がかかることも多い。その点、日帰りの旅はなんとも気楽。言葉は悪いが、期待値が低い分、別に面白くなくてもいいや、と思えるのだ。

今回は運試し的な要素があったけれど、そんなものなくてもかまわない。日和にとって日帰り旅行は大規模な散歩、移動そのものを楽しむ旅なのだ。

スマホで調べ物もできないし、写真も撮れない。でも、そういう旅もあってもいいよね、と思いつつ歩いて行くと、久留里城址（じょうし）資料館があった。もちろん入ってみる。きっと『南総里見八犬伝』についての知識を得られることだろう。

崩し字というよりは、もはやなにかの模様にしか見えない文書と説明を比べては、でたらめ書いてあっても気づかないよねーなんて不届きわまりない感想を抱く。これはものすごく行儀の良いミミズがのたくった跡です、と言われても信じられそうだ。だが、そんなものを後生大事に展示する意味はない。ミミズだってびっくり仰天だろう。

後ろから声を掛けられたのは、日和が『ちょっと待て、それ違うから！　いいから捨てろ！』などと慌てまくっているミミズを想像し、クスクス笑っていたときだった。

「えーっと、梶倉さん？」

「うひゃあ！」

はい、おめでとう。縁は確かにありましたね……とか、思う余裕なんてあるわけがない。

バスの中ではあれほど待ちわびていたのに、いざ現れたとなったら、のたくった跡を展示されたミミズどころではないパニックぶりで、我ながら情けなくなるほどだった。

「ごめん、びっくりさせちゃったね。でも、なんだかすごく楽しそうだったからつい……」

蓮斗はひどく申し訳なさそうにしている。普通に挨拶（あいさつ）しておけばいいのに、日和はさらに失態を晒す。ついさっきまで考えていたことをそのまま口にしてしまったのだ。

「だ、大丈夫です。ちょっとミミズのことを想像して……」

「ミミズ？」

「ええと……あの……この文書、本当はミミズが這った跡なんじゃないかな、もしそうならこんなところに展示されて、ミミズもびっくりしてるだろうなーって……」

「それは確かに大迷惑だろうね。でも、そんなことを考えながらこれを観てる人も珍しいよ」

　俺にはそっちのほうがびっくりだ、と蓮斗は大笑いしている。反論の余地なしだった。

「それにしても奇遇だね。君って城マニアだったっけ？」

「ええっと……そういうわけじゃないんですけど、あんまり良いお天気だからどこかに行きたくなって……」

　まったく久留里城を選んだ理由になっていない。自分でもそう思う。だが、あなたに会えるかもしれないと思って、なんて言えるはずがない。それでも蓮斗は、特に怪訝そうな顔もせずに頷いた。

「確かに旅行好きとしては見逃せない好天……って、俺は雨でも雪でも出かけるんだけどね」

「泊まりで予約しちゃってればそうですけど、日帰りは別かも……」

「そう？　俺は日帰りでもあんまり変わらないよ。天気が悪い日に家にこもってると余計に気が滅入っちゃう。それならいっそ出かけちゃえ、ってなる。ま、天気によって行き先が変わることはあるけど。今日だって、もしも雨だったら違うところに行ってた」

天気予報が外れなくてよかった。日和はつくづく天気の神様に感謝する。もしも雨や曇りだったら、蓮斗はここに来ていなかった。こうして話すこともなかったのだろう。

「季節は春、しかも雲ひとつない晴天。こんなドライブ日和はないよ」

「本当ですね、バスの窓って高くて大きいから、遠くのほうまですごくきれいに見えました」

「え、梶倉さん、バスでここまで来たの!?」

蓮斗が素っ頓狂な声を上げた。それ以外にどんな方法が？ と訊き返したくなる。電車よりもバスのほうが歩く距離が短かった、という答えに、蓮斗は軽く唸った。

「そうかもしれないけど、俺はパスだな……」

「え、じゃあどうやって？」

そこで、蓮斗が口にしたのは、日和には絶対選択できない手段だった。

「車で。ついでに回りたいところもあったし、電車やバスだと接続が悪すぎて」

「……車って便利ですもんね」

「だろ？ これぐらいの距離なら車一択。そういえば梶倉さん、免許は持ってないの？」

「あるにはありますけど……」

日和は免許こそ持っているが、完全無欠のペーパードライバーだ。免許を取って以来、家の車ですら運転していない。どこに行くのも公共交通機関利用、あるいは家族に送ってもらうのが常だが、車が好きでドライブが趣味という人は多いのだろう。

だが、蓮斗はやたらと運転する利点を強調する。

「旅行をするにしても、車を使えるかどうかでプランはかなり変わるよ。車が使えれば公共交通機関より自由度がずっと上がる。車じゃないと行けないところ、行けるけどすごく面倒くさいところとかたくさんあるでしょ？」

たとえばここみたいに、と蓮斗は笑った。さらに、どれぐらい時間がかかったか訊ねてきた。

「八時半過ぎのバスでしたから、歩いた時間を含めて三時間ぐらいですね」

「だろう？　車だと半分だよ。九時過ぎに起きて外を見たらすごく良い天気、のんびり飯を食って、じゃあ行くかって出かけて一時間半で到着。ね、早いだろ？」

「確かにそうかもしれませんけど……」

「費用だってガソリン代とせいぜい高速代。ガソリン代なんて高が知れてるし」

「そうですね……」

車の利点はわからないでもない。だが、日和はバスや電車の窓から外を眺めたり、スマホでこれから行く場所を調べたりするのが好きなのだ。移動の間にうとうとできるのも、自分が運転していないからこそだ。以前も大学で同じゼミだった子にせっかく免許を取ったのにもったいないとしつこく言われたことがあったが、いくらすすめられても、車の運転に再挑戦する気にはなれない。

「やっぱり私はいいです……」

「絶対やるべきだと思うけど」

蓮斗はそう言うと、ショーケースの中に目を戻した。日和も反対側の展示物に目をやる。観覧者はそう多くはないけれど、それだけに館内は静かだ。話し声は迷惑になるだろう。

それ以後、日和の存在など気にもとめない様子で、蓮斗は展示物を観ていた。

そのまま言葉を交わすこともなく閲覧を進める。日和は、蓮斗が出て行ったあともその場に止（とど）まった。帰りのバスはもうしばらく待たないと来ない。彼は車だからバスを待つ必要はないし、ほかにも回るところがあると言っていたから、さっさと行ってしまうだろう。もしかしたら、麗佳が言っていた酒蔵を訪れるのかもしれないが、日和には関係ない話だ。

縁があるかないかの検証は終わった。確かに縁はあった。バスでは会えなかったけれど、時間に縛られない車で来た蓮斗と同じタイミングで資料館に入れたなんて縁以外の何物でもない。けれども、もうほどけてしまった。

私の人生はやっぱりこんなものよね、と肩を落としつつ、日和は出口に向かう。そろそろバス停に向かわなければならない時刻だ。蓮斗が出て行ってから、十分以上経っている。彼はほかにも行きたいところがあると言っていた。おそらく酒蔵だろうし、麗佳によるともともとはそちらが目的のはずで、ここに長居する理由はない。きっともう出発したはずだ。

バス停までの道のりは果てしなく遠かった。

行きと帰りで距離が変わるわけがない。むしろ帰り道が近く感じることのほうが多いのにこんなに遠く感じるなんて、と呆れながらも黙々と歩く。時折車が通り過ぎる。せめてバス停までで乗せてくれないものかしら、などと思っていると、追い抜いていったばかりの車がハザードランプをつけて止まり、見覚えのある男が降りてきた。

「お嬢さん、乗ってかない？」

そう言ったあと、蓮斗は盛大に笑いこけた。

「これじゃあほんとにナンパだな」

金沢で出会ったときに、似たような会話を交わした。タクシーで回るつもりだけれど、一緒にどうかと誘ったあと、彼は『これじゃあナンパだ』と言ったのだ。

あのときはナンパなんてされるタイプじゃないと思ったし、今だってそう思っている。なにより、さんざん歩き回って棒みたいになった足を抱えて途方に暮れていた日和にとって、タクシーで回ろうという誘いは天の助け、ナンパだってかまわないと思うほどだった。

この人はただただ親切な人なのだろう——それが日和の結論だった。

親友の彼女の同僚ということもあって、余計に放っておけなくて声を掛けてくれる。しきりに車の運転をすすめたのも、日和の旅をより充実させようと思ってのことに違いない。そうでなければ、わざわざ通り過ぎてから車を止めたりしないはずだ。

——他の人に無理強いされた思い出を重ねて腹を立てるなんて間違ってる。この人に出会ってから今まで、いやな思いをさせられたことなんてないのに……

蓮斗の顔を見つめながらそんなことを考えていると、蓮斗が困ったように言った。

「どうしても歩きたいっていうなら止めないけど、せめてバス停まで乗っていかない？なんなら久留里駅まで送ってもいいし」

とっくに出発したと思っていたが、資料館を出たあと、蓮斗はもう一度久留里城に上ってみたそうだ。いろいろな資料を見たら、もう一度上ってみたくなったのだという。そして、城を堪能して車で走り始めたところで、歩いている日和を見つけたとのことだった。

「そうだったんですか……。ありがとうございます……じゃあ、バス停まで……」

「バスで大丈夫? 電車のほうが楽じゃない?」

車ならバス停でも駅でも時間的には大差ないよ、と蓮斗は屈託ない様子で言う。だが一時過ぎのバスは渋谷行きなので品川も通るし、かかる時間も電車と変わらない。スマホで乗り換え検索ができないので、むしろバスのほうが楽だった。

「バスのほうが便利なんです」

「ＯＫ」

　乗って乗って、と蓮斗はわざわざ助手席のドアを開けてくれた。

　車の色は濃紺、有名メーカーのもので『HYBRID』のマークが入っている。そこら中で見かけるし、日和の両親が乗っているのも同じ車種だ。五人乗りにしてはコンパクトだから、都心でも乗りやすいと選んだらしいが、もしかしたら蓮斗も同じ理由かもしれない。確かにこれなら、ガソリン代も大してかからないだろう。

　やっぱり人気の車なのね、と思いながら乗り込む。座ったとたん感じたのは、甘い香りだった。

　そういえば、昼を過ぎたというのに食事も取っていない。それなりに期待はしていたが、どうせ蓮斗に会えることなどないだろうし、久留里城のあたりでなにか食べればいいと思っていた。

　ところが、実際に出会った上にあの成り行きで、食事などする気になれずにバス停に向かうことになってしまった。もちろん空腹はマックス、そこにこの匂いである。たまらず日和は大きく息を吸い込んだ。

　その微かな音で、エンジンのスタートボタンを押そうとしていた蓮斗がこちらを向いた。

　息を吸い込んだ理由に気づいたのか、ふっと笑って後ろに置いてあったレジ袋を取ると、日和に渡してくれた。中にはパンが入っている。しかも、日和が大好きなメロンパンだ。

「来る途中で休憩したときに買ったんだ。バスの中ででも食べなよ」

「え……でも、これってけっこう有名なやつですよね？」

　プリンみたいな形のパンにクリームを詰め、上から粉砂糖がかけてある。富士山を模していると有名なメロンパンで東京湾アクアライン上のサービスエリアで売られている。日和も話には聞いていたが実際に食べたことはなく、来る途中に通ったときも、休憩があれば買えたのに、と悔しくなったほどだ。状況を考えたら、メロンパンよりもスマホのバッテリーでしょ！　と突っ込みたくなるが、それほど興味を引かれていたのだ。

　都内から久留里城に来るには、東京湾アクアラインを使うのが便利だから、蓮斗も同じルートで来てそのパンを買ったのだろう。名物だと知っていたからこそに違いない。

「せっかく買ったのに、私がいただいちゃうのは申し訳ないです」

　喉（のど）から手が出るほど欲しいとはこのことだが、さすがにそこまで甘えられない。送ってもらうだけでもありがたいのに……と日和はレジ袋を返そうとした。だが蓮斗は、受け取ろうとはせずにエンジンをかける。

「いいから持ってって。実は俺、城に着くなり一個食べたんだ」

　メロンパンを買って車に乗ったのはいいが、焼き立てだったために甘い匂いが車に充満した。

運転している間中、胃袋を刺激されまくり、車を止めるなり食べてしまった、と蓮斗は苦笑いした。残った分をあとで食べるつもりだったのでは？　と訊ねてみても、帰りにまた焼き立てを買うからかまわないという答えだった。

車は走り出してしまったし、バス停までは数分。押し問答するのもためらわれ、日和はありがたく受け取ることにした。ただし、ただでもらうわけにはいかない。

蓮斗が運転に集中しているのをいいことに、気づかれないように鞄に手を突っ込んで財布からお金を出す。助手席側のポケットに入れておいて、降りるときに告げればいい。運転席からは届きづらい場所だから、すぐには返せない。バスはもうすぐ来るだろうから、そのまま乗ってしまおう。

停留所に着いてみると、すでにバスは来ていた。これ幸いと『これで買い直してくださいね』とドアポケットを指さし、車を降りる。送ってもらった礼もいい、啞然としている蓮斗を尻目にバスへ……

かくして日和は『メロンパンの買い取り』に成功、無事に帰途についた。

あのあと蓮斗がどこに向かったのかはわからない。朝起きて食事だけしてここに来たようなことを言っていたから、酒蔵にはまだ寄っていないのだろう。これから行くに違いない。

金沢のときのように誘われることがなかったのが残念……と思いかけて、苦笑する。ついさっきまで、考え方が違う、縁はあるけどほどけちゃった人、なんて思っていたくせに、誘われなかったことを寂しいと思うなんて勝手すぎる。

バス停まで送ってくれただけでもありがたい。ずっと食べてみたいと思っていたメロンパンももらった。彼は基本的にひとり旅を楽しむタイプだろうから、酒蔵巡りもひとりがいいに決まっている。文句を言っては罰が当たるというものだ。

結局、どこの酒蔵に行くつもりだったかはわからなかった。だが、もしかしたらまたSNSに記事をあげてくれるかもしれない。ついでにメロンパンが写っていれば、買い直したことがわかっていいのになあ……と思いながら、日和は富士山形のパンを齧る。幸いバスは空いていて、隣に座る人はいない。安心して食べることができた。

表面にかけてある砂糖が舌の上で溶ける。生地の風味を一切損ねず、甘みだけを増す。グレースもいいけど、シンプルな砂糖もこれはこれで……とほくほくしつつ食べ進むと、カスタードクリームが出てきた。メロンパンもクリームパンも大好き、メロンパンの中にクリームが入っているなんて最強だ。さすがに甘すぎるのでは、と思ったけれど、カスタードクリームの甘さは控えめで、表面の砂糖と合わせてちょうどいい具合。これほどお腹が空いていなかったとしても、満点をつけたくなるだろう。だが、これをメロンパンと呼んでいいかどうかは疑問だ。

——ものすごく美味しいパンだけど、メロンのメの字も感じない。香りはメロンじゃないし、形すら似ていないのに、なんでメロンパンって言い張るんだろ？

ココア風味やイチゴ風味のメロンパンすらある。メロンパンの定義ってなんだろう、と首をかしげつつ、日和はバスに揺られていた。

久留里城に行ってから二週間後、蓮斗が行った酒蔵がわかった。しかもそれは彼のSNSではなく麗佳からの情報、正確に言えば酒を渡されたことからだった。

月曜日の朝、日和が給湯室でお湯を沸かしていると麗佳がやってきた。手には保冷バッグがある。会社に保冷バッグを持ってくるなんて珍しい。どこかに旅行に行って、お土産に生菓子でも買ってきてくれたのかな、と思っていると、中から日本酒の瓶が出てきた。それを日和に渡しつつ、麗佳が言う。

「これ、蓮斗が梶倉さんにって。浩介経由で頼まれたの」

「え？」

「あなた、久留里城で蓮斗に会ったんですって？　やっぱり縁があるのね」

「そうでもないと思いますけど……」

「またまた。あるに決まってるでしょ、たとえあなたが私からの情報で出かけたとしても、実際には会えない可能性のほうが大きかったと思う。それでも会っちゃったんだから、縁はあるのよ」

「縁だけあっても……」

あったはずの縁がほどけることもある、と呟（つぶや）いた日和を、麗佳は呆れたように見た。

「ほどけたらまた結べばいいのよ。ネバーギブアップ！」

「はあ……」

「ま、いいわ。とにかく会えたことは事実。で、そのときにあなた、メロンパンを『押し買い』したそうね」

「『押し買い』ってなんですか？」

「蓮斗によると、無理やり売るのが『押し売り』で、無理やり買うのが『押し買い』だそうよ。お金なんてもらうつもりはなかったのに無理やり置いて行かれた、パン代には多すぎたからその代わりにこれを、ってことらしいわ」

「代わりって……足、出まくってますよね？」

あの日、日和がドアポケットに入れてきたのは千円札だ。メロンパンの値段はわからなかったけれど、さすがに高級食パンでもない限り、一個で千円もしないだろう。送ってもらったお礼も含めて、ということで決めた金額だった。

日和だって四合入りの日本酒ぐらい買ったことがある。函館では三本も買い込んだ。大抵千円以上するし、銘柄によっては三千円、四千円とするものもある。パンと日本酒四合をあわせて千円では、赤字もいいところだ。これでは、なんのためにお金を置いてきたのかわからなくなる。

ところが、いただくわけにはいきません、と日和が後ずさりすると、麗佳はポケットから出したペンで日本酒の箱に『梶倉』と書いた。

「私はただの使いっ走り、私に返されても困るのよ。とりあえず所有権はあなたにあるから、ここに入れておくわ。返すなら直接どうぞ」

そして彼女は日本酒の箱を冷蔵庫に入れ、給湯室から出て行った。

お湯はまだ沸いていない。待っている間に、冷蔵庫から箱を取り出して見る。

箱には久留里城ではない城の名前が入っている。これがこの酒の銘柄なのだろう。酒蔵の名前も前に調べたときに見た覚えがあるが、そのときは蓮斗の目的地ではないと除外した。その酒蔵と久留里城はそう離れていないものの、調べても路線バスがつながっているかどうかまではわからなかったし、電車で移動しようとするといったん千葉市内まで戻って別の路線に乗り換えなければならない。時間にして三時間の道のりで、さすがにそこまで面倒なことはしないだろうと考えたが、車を使えば四十分弱。日和は日頃から旅行のときに車を使う習慣がまったくなかったせいで考えもしなかったが、車を持っているなら当然の選択肢だし、ぎりぎり『ついで』の範囲だろう。

そこで薬缶（やかん）がピーッと音を立てた。ため息とともに、日和は箱を冷蔵庫に戻す。

麗佳まで動員したあちらのほうが一枚上手、ということで、日和は酒を受け取らざるを得なくなった。ただ、蓮斗がわざわざ蔵元を訪ねるほど気に入っている酒を知れてよかったと思う。持って帰れば、父や母も喜ぶだろう。少々重いけれど、麗佳だって持ってきてくれたのだから文句を言ったら罰が当たる。

——お礼を言わなきゃならないけど、感想とかつけたほうがいいのかな。うちのお父さんは、自分が好きなお酒をほかの人がどう思うか気になるタイプだし、蓮斗さんも同じかもしれない。とりあえず呑んでみてからにしよう……

この間、函館から送った日本酒もまだ残っている。だが、それより先にこの酒を開けてもらうことにしよう。父は日本酒経験が豊富だから、日和よりも的確に評価できるに違いない。

問題は、そのお礼と感想をどうやって伝えるかだ。SNSに書き込めば、日和が蓮斗のサイトを見ていることがバレてしまうし、その書き込みをほかの利用者に見られるのもいやだ。

『自分は特別』とばかりに、個人的なやりとりを披露する人もいるが、『匂わせ』とか言われて嫌われがちだ。人気のあるサイト主だと、やっかみから叩かれたりもしている。蓮斗がどれぐらい人気のあるサイト主なのかはわからないが、危ない橋は渡らないほうがいいだろう。

そこまで考えて、日和は苦笑した。

悩む必要はない。蓮斗が麗佳経由で渡してきたのだから、こちらだって麗佳経由でいい。お礼と感想は麗佳に言付ければいい。面倒には違いないが、麗佳なら蓮斗の個人的な連絡先を知っているはずだ。少なくとも、重い日本酒の瓶を持たされるよりはましだろう。

そしてその日、運良く残業もなしで仕事を終えた日和はスーパーに寄り、父の大好物の鯵の刺身を買った。すでに帰宅していた父は、酒と肴を抱えて帰った娘に大喜び、すぐさまグラスを用意した。事情を説明するのが億劫で『お土産にいただいた』という説明に、疑問を呈するでもなく宴会が始まる。

　グラスに注がれた酒は、本当に軽くて呑みやすくて刺身はもちろん、その日の夕食だったホイル蒸しにもぴったりだった。

　熱々の鮭や鱈のホイル蒸しにレモンを搾り、両親は醤油を二、三滴、日和はさらにマヨネーズを足す。ホイル蒸しにおけるマヨネーズの要否、マヨネーズを和食に馴染ませる醤油の功績とカロリーという罪についてわいわい話しているうちに瓶は空になっていた。配分としては、父が二合、母と日和が一合ずつ呑んだ感じである。

　父も知らなかった蔵らしいが、あとで調べてインターネットで買えそうなら注文しよう、と言っていた。母は母で、これには『生酒』と書いてあるけれど、ほかにもきっと種類があるはず、今度は別のものを試してみたいと言う。普段から父が選んだり、日和がお土産に買ってきたりするものを黙って呑んでいる母が、そんなことを言うほどだから相当気に入ったに違いない。

　蓮斗のおかげで楽しい一夜になった。あとはお礼を言うだけだ。両親が気に入ったことも加えれば、彼もきっと喜んでくれるだろう。

　翌日、いつもどおりに出勤した日和は、麗佳が来るのを待っていた。

　だが、始業時刻が迫っても彼女はやってこない。遅刻なんてしたことがないし、出張の予定もなかったはずだ。電車でも遅れているのかな、と思いつつ掃除をしていると、電話が鳴った。

かけてきたのは麗佳だった。しかも普段の張りのある声とは似ても似つかぬかすれ声だ。昨日から少々喉が痛かったのだが、起きてみたら声がほとんど出なくなっていた。熱も少しあるし、身体の節々が痛いとのことだった。

「申し訳ないけど、今日は休ませてもらうわ。係長に伝えておいてくれる？」

「もちろんです。くれぐれもお大事に」

声を出すのも辛そうな様子に、日和は最低限の会話で電話を終わらせた。

すぐに係長の仙川に伝えると、彼はぶすっとした顔で『鬼の霍乱だな』と言う。失礼すぎる言い草だが、彼なりに動揺しているのだろう。なにせ麗佳は総務課に入って七年目、誰よりも総務の仕事を把握している。仙川がなんとか係長でいられるのも麗佳のフォローがあってこそ、まさに総務課の要と言うべき存在なのだ。

その麗佳が休みとなったら、仙川の不安は推して知るべし。しかも、三月末という時節柄、麗佳は疑ってもいないようだが、熱と節々の痛みがあるならインフルエンザかもしれない。近頃のインフルエンザは季節を問わないらしいし、どこかで拾ってしまった可能性はある。もしインフルエンザだったら最短でも五日、どうかしたら一週間以上出勤停止になる。仙川にとって最悪の状況だろう。

「さっさと治して出てきてもらわないと……」

仙川が不安そうな声を出し、日和の一年後輩である霧島結菜も頷いている。日和とて気持ちは同じ、とにかく早く治って！　だった。

にもかかわらず、その日の午後、一同はさらに打ちのめされることになった。案の定、医者に行った麗佳はインフルエンザの診断を受けてしまったというのだ。連絡は電話ではなく、日和のスマホにSNSのメッセージで届いた。もはや声を出すのも辛いのだろう。おまけに、と麗佳が使っているパソコンのパスワードまで添えてある。なにかあったら調べていいから、という言葉が一日や二日では復帰できない、と考えている証だ。

状況は最悪、麗佳のいない総務課は火が消えたようだった。

「梶倉くん、加賀くんがやりかけている仕事はあったかな？」

その質問を日和にする時点で間違っている。係長なんだから、部下の仕事ぐらい把握しておくべきだ。だが、それができないのが仙川の仙川たる所以なのだろう。

日和とて完璧にわかっているわけではないが、仙川よりはましだ。麗佳に教えられたパスワードを使ってパソコンを立ち上げ、タスクリストを調べてみる。麗佳は仕事用のカレンダーも作っていて、それぞれの期限を書き込んでいたから、両方確認すれば彼女が抱えていた仕事の概要はわかる。期限が近いものからこなしていくしかない。日和が手伝っていた仕事もあるから、なんとかなるだろう。

ずっと代わりを務められるかと言われれば、無理に決まっている。けれど、麗佳が治るまでの一週間、しかもその間に期限が来る仕事だけなのだ。

入社以来ずっと、麗佳は日和を助けてくれた。自分の仕事に集中しているようで、日和の仕事が順調に進んでいるか目を配ってくれていたのだ。ひとり旅を始めてからも、様々なアドバイスをくれた。おかげで旅の楽しさを知れたし、多少困ることがあっても意外になんとかできるものだという開き直り、いや自信がついた。それでもなお、仕事についての失敗は多い。

でも……と、日和は画面の文字を追いつつ考える。

――自分を信じろ、日和！ 私だってもうすぐ三年目に入る。今までさんざん支えてもらったんだから、ちょっとは役に立たないと！ それに、この加賀さんの不在を乗り切れれば、きっと仕事についての自信もつく。仕事もプライベートも加賀さん頼りっていうのは情けないけど、精一杯できることをしよう！

頑張れ日和、と自分に言い聞かせ、日和はタスクリストに優先順位をつけていった。

時間さえかければなんとかなる。それが一日の業務を終えた日和の感想だった。

以前、麗佳に言われたことがある。入社して半年ぐらい経ったころだ。なにをやるにも時間がかかり、期限に遅れそうになって麗佳に手伝ってもらう。ふたりして残業になったことも少なくなかった。あまりにも申し訳なくて、どうしたらそんなふうに仕事ができるのか、と訊ねた。正確に言えば、訊ねたのではなく独り言を麗佳に聞かれた形だった。

「あのねえ、梶倉さん……」

　麗佳はしょんぼりする日和を呆れたように見て言った。

「周りはみんなして、『加賀さんはすごい』っていうけど、私がやっている仕事に難しいことなんてひとつもないのよ。ただ、なにかを判断するための材料が豊富にあるだけ。たとえば、リンゴを買ってきて、と頼まれたとき、『リンゴ』という単語しかないのと、『一個あたり百五十円ぐらいで』とか、『酸味が少ない』、『歯ごたえがある』という言葉が添えられるのでは、全然違うでしょ？」

　判断材料をたくさん持っていればいるほど、仕事にかかる時間は少なくなる。そして、その判断材料の大半は経験というものだ。総務の仕事は毎年の繰り返しが多いから、ひとつひとつをしっかりこなして記憶していくことで、どんどん仕事が楽になるし、早くもなる──

　そう説いたあと、麗佳はにっこり笑って付け加えた。

「打てば響く、って言う人もいるけど、七年も八年も同じ仕事をしてれば、さすがに覚えるでしょ。知らないことを訊かれたら、私だって考え込むわ。梶倉さんはまだ入ったばかりなんだから、焦ることないの。むしろ同じようにされたら私の立場がないわ。ゆっくりでいいし、間違えたり間に合わなくなったりしそうなときはフォローするから大丈夫。今は先に備えてしっかり経験を積んでね」

　さらに彼女は、こんなことまで言ってくれた。

「梶倉さんは素直だから、困ってるときは困ってるって顔をしてる。私は隣からそれを見てて、そろそろやばいな、って思ったら手を出すことにしてるの。逆に言えば、私から声をかけられるまでは大丈夫ってこと」

そんな麗佳の言葉に、日和はどれだけ安心したことか……。それでも残業になるのが申し訳なくてしきりに詫びる日和に、麗佳は呵々大笑した。

「私だって、たまには残業したっていいでしょ？」

それなりにプライドはある。むしろ、人より高いぐらいだ。だから、自分の仕事がこなせなくて残業というのには抵抗があるが、後輩のフォローなら大義名分が立つ。たまに残業すると、懐に余裕ができる、とのことだった。

「とまあ、私はこの程度の人間よ。あまり仰ぎ奉らないでね」

自分で『この程度の人間』と言う人が、その程度だった例しはない。懐云々だって、日和を安心させるためのトークに決まっている。だからこそ、何度も同じことを訊かずにすむように初めてのときに頑張った。

わからないことはしっかり訊ねる。忘れないようにメモを取る。メモを取ったらそのままにせずにノートにまとめ直す。その作業に余計に時間を取られることになったけれど、麗佳はむしろ褒めてくれた。急がば回れね、と……

麗佳が任されている仕事は、彼女が言うとおりひとつひとつは難しいものではない。ただ、ひとつの資料を作って、それを基にまた別の資料を作って、といった組み合わせが多い。基になる資料については日和に任されていたものもあり、その際に説明も受けていたので、仕事の流れはわかっている。麗佳ほどてきぱきとはいかないが、時間をかければできる。期限にしても、ぎりぎりまで放置しているものなんてひとつもない。数時間残業すれば遅れることはないはずだ。

そして日和は仙川のところに行き、残業の許可を求めた。

仙川は、最初は相手にしてくれなかった。日和に麗佳の仕事ができるわけがないと思っているのと、部下の残業時間が増えると自分の管理能力が問われかねない、という不安からだろう。

だが、その話をしているときに、たまたま社長の小宮山がやってきた。小宮山は、日頃から仙川が日和に辛く当たること、そのせいで日和が仙川を苦手としていることを知っている。その日和が仙川と話しているのを見て、また日和がいじめられているのではないかと心配してくれたのかもしれない。

仙川から日和の要望を聞いた小宮山は、数秒考えて答えた。

「そうだなあ……梶倉くんに任せるのはちょっと……」

日和は、小宮山はそれなりに自分を評価してくれていると思っていただけに、この人もそう考えるのか、とがっかりしてしまった。仙川は満足そのものの顔で頷く。

「ですよね？　梶倉くんでは力不足です」

「いや、力不足ってことじゃない。部下のフォローは上司がするものだろ？　加賀くんのフォローを梶倉くんがする意味がわからない」

　暗に、おまえがやれ、と言われたようなもの。とたんに仙川が慌て出した。

　無理もない。仙川は麗佳がインフルエンザだと知ったとたん、彼女の仕事について日和に訊ねたほどの『お飾り係長』なのだ。代わりが務められるはずがない。

　その上、仙川はなにより残業を嫌う。一説によると、仙川家は共働きで奥さんは医療従事者、夜勤も多いため、終業後直ちに帰宅して家事をしなければならない、とのことだった。

　仕事はまったくできないのに家事は得意なのか、と会社の人たちは首をかしげるが、この上家庭にも居場所がなくなったら大変だ、という声もある。いずれにしても、終業即帰宅は仙川のお決まりだった。

「で、でも、それなら課長のほうが……」

「加賀くんは君の部下ではないとでも？」

「そういう意味ではなくて課長のほうが適任かと……」

「まあそうだな。君に加賀くんのフォローは……いやなんでもない」

　くくく……と笑ったあと、小宮山は総務課長の斎木を見た。

「ということだが、斎木くんはどう思う？」

「私がフォローすべきでしょうね。でも現状、決算期でもありますし、ひとりでは難しいです。梶倉くんは普段から加賀くんと一緒に仕事をしていることが多いですから、手伝ってもらえると助かります」

「じゃあ、そういうことで頼むよ。それと斎木くん、これは緊急対応ってことで、多少残業が増えたところで管理能力がどうとかは言わないから」

「そんな心配してませんよ」

「そうか？　ならいいけど。世の中にはいろんな心配をするやつがいるからね」

そこで小宮山はちらりと仙川に視線を投げ、すぐに日和に向き直って言う。

「ってことで、よろしく頼むよ。困ったこと、わからないことは斎木くんに聞けばいい」

その言葉で不安が一掃された気がした。もとよりひとりでやるつもりだったが、斎木が助けてくれるなら百人力だ。

斎木は今年の一月に入社したばかりだが、とても有能な人だ。前の課長の定年退職にあたって補充人員を募集したところ、斎木が応募してきた。年齢は確か四十七歳、なんでも、関西のＩＴ企業に勤めていたが、介護のために東京で仕事を探していたそうだ。しかもその介護の相手というのが義理の父、つまり奥さんのお父さんだという。自分の両親はすでに亡くなっているし、認知症が始まっている義父の介護に義母が疲れ果てているのが見るに忍びない、ということで、転職を決めたらしい。

小宮山によると面接の際、奥さんの両親のためにそこまでできるなんて……と感心したところ、『そんなに褒められるような話じゃありません。もともと東京出身なので帰る機会を虎視眈々と狙ってただけです』なんて答えたそうだ。小宮山は、そんな彼の控えめかつちょっととぼけた人柄を大いに気に入り、採用を決めたとのことだった。

もちろん、人柄だけではない。長年IT企業に勤めていただけあって情報機器には詳しいし、経理や人事管理に必要なソフトの扱いもお手の物。小言だけは一人前の『お飾りの係長』とは訳が違うのだ。

「わかりました。精一杯頑張ります」

ぺこりと頭を下げた日和に、よしよしと頷き、小宮山は社長室に向かった。


自分から言い出したものの、本当にできる自信はなかった。どちらかというと、言い出すことで退路を断つという意味合いが強かったのだ。だが、実際に始めてみると拍子抜けするぐらい上手くいった。できる限り自分で対応し、どうにもならなくなりそうなときは斎木に頼る。いざというときに助けてくれる人がいると思うだけでも肩の力が抜けた。

自分の仕事と麗佳の急ぎの仕事を一覧にし、どんどん片付けていく。思ったより残業時間は増えず、大抵一時間、最大でも二時間ですんだ。さらに、麗佳が休み始めてから四日目の金曜日には、期限が迫った仕事はすべて片付けた上、定時で退勤という快挙を成し遂げた。

その陰には、新しく導入したソフトの使い方を教えてくれた斎木の存在がある。彼が着任したあと、便利だからと入れたソフトなのだが、使いこなせていたのは斎木と麗佳ぐらいで、日和にはさっぱりだった。それでも、仕事をする上でそのソフトを使えるかどうかで能率は雲泥の差、難しいものではないからこの機会に覚えるように、と斎木に言われたのだ。

　ただ指示するだけではなく、側に立ってちゃんと説明してくれたし、説明自体ものすごくわかりやすかった。テキストを見てもちんぷんかんぷんだった専門用語を、日和でもわかる言葉に置き換え、ところどころにユーモアも交えてくれたから飽きずに聞けた。半分ぐらいは『オヤジギャグ』と言われるものだったが、斎木の口から出ると不思議と不快ではなく素直に笑えた。

　ソフトの扱いだけではなく、人になにかを伝えるためには知識と人柄の両方が必要だと教えられた気がした。前の課長も悪い人ではなかったけれど、やっぱり今度の課長はすごい。この人を採用した社長もすごい。そして、インフルエンザでひどい目に遭っているのに申し訳ないが、こんな機会を与えてくれた麗佳にも大感謝だった。

　麗佳は水曜日の夜に連絡をくれた。身体は大丈夫なのかと心配になったが、薬がよく効いて熱はすっかり下がったし、SNSのメッセージの入力ぐらい大した負担ではないと言う。おそらく仕事が心配なのに出社もできず、いても立ってもいられなかったのだろう。

　斎木と自分で急ぎのものから片付けている、ソフトの扱いも教えてもらったから大丈夫、と伝えたところ、安心したのか、それ以後連絡はない。水曜日の午後から熱が下がったのであれば、土曜日の夜で丸三日、月曜日から出社できるかもしれない。無理はしてもらいたくないが、隣に麗佳がいないのは寂しすぎた。

——早く出てきてほしいなあ……もう四日も加賀さんの顔を見てないもん。

金曜日の夜、定時で帰宅して食事と入浴を済ませた日和は、久しぶりにのんびりとスマホをいじっていた。ここ数日気持ちの余裕がなく、メッセージを確認するぐらいでお気に入りのサイト巡りともご無沙汰だ。明日、明後日は休みだし今日はゆっくり……と思ったところで、日和はぎょっとした。蓮斗にお礼を伝えていないことを思い出したのだ。麗佳に伝言してもらうつもりだったのに、この騒動ですっかり忘れていた。蓮斗は、なんて失礼なやつだと思っているだろう。

とはいえ、麗佳は今も療養中だ。熱は下がったと言っていたがぶり返していないという保証もない。こちらから連絡するのはためらわれた。仕事に関わることならともかく、お礼の伝言なんてとんでもない話だった。

このまま麗佳が出社してくるのを待つしかない。だが、それだと丸々一週間以上放置することになってしまう。無事受け取ったことだけでも伝える方法はないか、と考えた日和は、金沢で名刺をもらったことを思い出した。

あの名刺には、確かメールアドレスが書かれていたはずだ。仕事用とはわかっているが、お礼だけなら許されるのではないか。

蓮斗が仕事で一日どれぐらいのメールを受け取るかはわからない。過去にやりとりのない相手からのものはゴミ箱に直行という可能性もある。それでも出すと出さないとでは自分の気持ちが違う。自己満足上等、ということで日和は名刺のアドレスにメールを送ることにした。

バス停まで送ってもらったこととお酒へのお礼、それに連絡が遅くなって申し訳なかったというお詫びを添えたメールへの返信は、翌週月曜日に届いた。週末に旅行をしていることが多いから、おそらく蓮斗も土日が休みの仕事をしているのだろう。

メールを送ったのは金曜日の夜だから、月曜日に出社して気づいたに違いない。仕事用のアドレスに送っておきながらこういうことを思うのは勝手だが、昼休みに入ってから返信してくるあたり、仕事と私用をきっちり分けているんだな、と感心させられた。

ゴミ箱直行ではなかったのね、と安心しつつ開いてみる。どうやら蓮斗も麗佳のインフルエンザ罹患(りかん)について知っており、彼女の体調を心配すると同時に、お酒が無事届いたかどうかも気にかけていたらしい。口に合ったようでよかった、連絡してくれてありがとう、とのことだった。

さらに末尾に別のアドレスが記載されており、今度会ったらSNSのIDを交換しましょう、それまではこちらで、という言葉まで添えられている。あらゆる意味で、二度見したくなるメールだった。

――このアドレスって個人用のやつだよね。最初に、仕事用のアドレスに送って申し訳ありません、って書いたからだろうな……。てか、わざわざメールのやりとりをすすめてくるって珍しいよね。SNSのIDを交換するつもりがあるなら、最初からそっちを書けばいいのに……

なぜそんな二度手間なことを……と思いかけて、気づいた。彼は『今度会ったら』と書いている。会わなければ交換する必要はない。日和が使っているのは、老若男女を問わず広く使われている連絡用SNSだが、IDはそう簡単に変えられるものではない。一度教えるとやっかいに違いない。なにせ、そのメッセージを読んだかどうかまですぐにわかってしまうのだ。うるさくつきまとわれる可能性もあるし、できれば教えたくない、と考えたのだろう。

まあいい。とりあえずお礼は伝えたし、これ以上連絡することもないだろう。寂しさは否めないけれど、それが現実というものだよね、とため息をつき、日和はスマホのメール画面を閉じた。

そこにやってきたのが麗佳だった。

予想どおり、朝一番で病院に行き、完治したことを確認してから出社してきたらしい。まずは総務課を一周し、迷惑をかけて申し訳なかったと詫びて回る。病気では仕方がない、お互い様なんだからそこまでしなくても、とみんなに言われても、麗佳はひとりひとりに丁寧に頭を下げた。最後に日和のところに来て、より深くお辞儀をする。

「本当にごめんね。ただでさえ忙しい時期なのに、一週間も休んじゃって。とばっちりが全部梶倉さんに行っちゃったわね」

「大丈夫ですよ。というか、おかげですごく勉強になりました。ソフトの扱いも覚えたし」

「そう言ってもらえると気が楽になるけど、大変だったでしょう？」

「大変は大変でしたけど、私でもやればできるんだ、ってちょっと嬉しくなりました」

「あら、私は前から梶倉さんは『やればできる子』だと思ってたわよ？」

「それって『やればできるのにやらない子』ってことですよね……」

あー恥ずかしい、と机に突っ伏した日和を見て、麗佳は大笑いだった。

「誰もそんなこと言ってないでしょ。でも、そういう返しもできるようになったのね。すごい進歩だわ」

休んでいる同僚のフォローもできる、新しいソフトも使える、突っ込みにもさらっと返せるようになった。全般的に極めて前向き、これなら嫌みな上司もへっちゃらね、と嬉しそうに言ったあと、不意に真顔になって言う。しかも小声で……

「私が休んでる間、大丈夫だった？」

さりげなく流した視線から、仙川のことだとわかった。

言われて気づいたが、普段ならいちいち引っかかる嫌みな言葉や、これ見よがしのため息が一切耳に入ってこなかった。というか、そもそも仙川は先週なにをしていたのだろう。席にはいたようだが……

「大丈夫でした。たぶん私、今まで暇すぎたんですね。だからあの人の一挙一動が気になって、いつ叱られるかって怯えてたみたい。でも先週は……」

「それどころじゃなかった、ってことか。ま、あちらにしてもここまで頑張ってたら文句のつけようがなかったんでしょう。めでたしめでたし」

おとぎ話の最後のように締めくくり、麗佳はパソコンを立ち上げた。タスクリストを表示させるのを待って、処理済みの案件とそれについての詳細を伝える。

いくつか質問を重ねたあと、麗佳はいきなり日和の頭をぐりぐり撫でた。

「素晴らしい！　よくやってくれたわね。これなら私、いつでも安心して休めるわ！」

これまでは、多少体調が悪くても仕事が気になって出勤することもあった。特に金曜や祝前日は、翌日は休みだからと無理をしてせっかくの休みを体調不良で潰すこともあったのだという。

とてもそんなふうには見えなかっただけに、日和は驚いてしまった。

「体調が悪いのに無理して出社したことあったんですか……。全然気がつきませんでした」

「そりゃそうよ。気づかれないように精一杯頑張ってたもの。正直、頑張り方を間違えてるなあ、とは思ってたんだけど、どうしようもなくてね。前に仙台にウイスキーを買いに行ってもらったことがあったでしょ？　実はあのときも……」

父の誕生祝いに贈りたいのに、予定があって買いに行けなかった、と言われた覚えがある。だが本当は予定があったわけではなく、行こうと思っていた日に体調不良で断念したのだそうだ。

「わざわざ予定を空けて、この日に行こうと決めてたのに、具合が悪くなっちゃってね。たまたま母から連絡があって、ついうっかり話したら、体調が悪いのに出かけるなんてもってのほか、さっさと寝なさい！　って叱られたの。父の誕生日プレゼントのつもりだって言っても、来年にしなさい！　って」

実際、仙台まで行けるような体調ではなかったし、泣く泣く諦めたが、日和が旅行を計画していると知って仙台をすすめずにいられなかったのだ、と麗佳は済まなそうに言った。

「そういうことって、ちょくちょくあるんですか？」

「ちょくちょくってこともないの。半年に一度ぐらいかな……たぶん、勝手に動き回って、勝手に疲れてるんでしょう。自業自得そのもの」

ちゃんと調べたこともあるし、健康診断の結果も問題ない。おそらくストレスから来るものだろう、と彼女は言う。

「みんなが私を頼りにしてくれてるのはわかってたの。だからこそ、頑張らなきゃって思ってた。でも、私じゃなきゃできない仕事なんてないのよね。梶倉さんについても、これは荷が重いかなーなんて勝手に判断して……。これって、すごく失礼なことよね」

できっこないと決めつけていた。全部背負い込んで体調を崩すぐらいなら、最初から任せたほうがいい。予定になかった仕事が降ってくるのが一番迷惑なのだから、と麗佳は苦笑した。

「今回はインフルエンザだったけど、それだって体力が落ちてなければ罹らなかったかもしれない。だいたい特効薬を飲んでも二日も熱が下がらないって情けなさ過ぎる。もう年ね。今までなら一日で下がったのに……ってことで、これからは梶倉さん、ううん、みんなに助けてもらうことにするわ」

「そうしてください！」

思いっきり頷いたあと、私なんて……と言わなかった自分を褒めてやりたくなる。今までなら、そんなの無理だと逃げ出しただろう。けれど、そうやって後ずさりばかりしていたせいで、麗佳に負担をかけまくっていたと知った今、できることはなんでもやるし、できないことはできるようになりたいと強く思う。旅だけでなく、仕事の上でもひとり立ちする。それが今後の目標だった。

麗佳に、彼女が休んでいた間の報告を済ませたあとは、いつもどおりに時間が過ぎていった。

自分の仕事を進めながらも、隣に麗佳がいてくれることの心強さを知る。なるべく負担をかけないようにと頭では思っていても、わからないことが出てくるとつい訊いてしまう。

そして、ほとんどの場合、即座に答えが返ってくることに改めて驚く。いつか自分もこんなふうになりたいと願いながら、日和はパソコンを終了させる。同じく終了キーを押した麗佳が、小さく息を吐いた。

「大丈夫ですか？　疲れました？」

心配になって訊ねた日和に、麗佳はにっこり笑って答えた。

「平気。むしろ、一週間も休んだあと、定時に退勤できることにびっくりしてる。仕事が山積みで絶対帰れないと思ってたの。梶倉さん、本当にありがとう」

「とんでもないです。私じゃなくて、課長のおかげですよ」

「それにしたって、梶倉さんが『私がやります』って言ってくれたからこそでしょ？インフルエンザだってわかって、一番に私のタスクリストをチェックしてくれたんですってね。で、係長に直談判してくれた。なかなかできないことよ」

「だって加賀さんがタスクリスト作ってるの知ってましたし、見たらすごくわかりやすかったんです。だから、私でもなんとかなるかなって……」

できない可能性もあった。だが、そのときはそのときだと思った。とにかく、なにもせずに放っておくことができなかったのだ。

「さんざん課長に面倒をおかけしました。もしかしたら、これなら自分でやったほうがましだ、とか思ってらっしゃるかも……」

そう言いつつ、日和はそっと斎木のほうを窺う。彼の席はふたりからけっこう離れたところにある。絶対聞こえていないと思っていたのに、彼は首を左右に振って言った。

「自分でやったほうがまし、なんてのは管理職の言うことじゃないよ。たとえそれが事実だったとしても、ぐっと我慢してやらせる。そうしないといつまで経っても部下は育たないし、自分が疲れ果てるだけだからね」

「課長ってば、地獄耳ですね。でも、おっしゃるとおりです。私も以後は気をつけます」

麗佳の言葉に、斎木は大きく頷いた。ついでに日和を見て言う。

「そうしてくれ。それと、梶倉くん。念のために言っておくけど、僕は『自分でやったほうがまし』とは思わなかったよ。ソフトにしても、教えたときは、わかってないかも……って心配になったけど、翌日にはちゃんと使えるようになってた。もしかして、家でもやってみた？」

「はい……実は……」

正直に言えば、半分ぐらいしかわからなかった。実は、斎木が来る前にも研修を受けたことがあるのだが、そのときはすぐに使う予定もなかったこともあって、ほとんど理解できなかった。

それが斎木の説明で半分は理解できた。日和としては、万歳！　の気分だったが、それでは使い物にならない。やむなく家に帰ってから研修でもらった資料を引っ張り出して読んでいたところ、父が気づいて、自分もそのソフトを使っている、ノートパソコンにも入っているから、と教えてくれたのだ。

相手は父だ。緊張することもなかったし、こんなことを訊いたら呆れられるかも、という不安もなく質問もできた。おかげでわからないことはさらに半分になり、理解度は七割五分に達した。

父は、使うだけなら全部を理解する必要はないと言ったが、実際それで支障はなかったのだ。

「うわぁ……お父様にまでご迷惑をおかけしちゃったのね……」

麗佳は悲痛な声を上げたものの、むしろ父は喜んでいたのではないかと思う。自分が得意なことを娘に教えて尊敬される機会なんて、そうそうないのだから……

「迷惑なんてとんでもない。父、得意満面で教えてくれましたから」

「ならいいけど……くれぐれもよろしくお伝えください」

「僕からもね。いずれにしても、梶倉くんは実に頑張ってくれたよ。ってことで、終わったのなら帰りなさい」

締めくくるような斎木の言葉で、日和と麗佳は席を立ち、総務課をあとにした。

駅までの道を並んで歩きながら、麗佳が言う。

「今度、ランチでもご馳走（ちそう）するわ」

「そんなのいいです。仕事ですから」

「気持ちよ、気持ち！　それに訊きたいこともあるし」

「訊きたいこと？」

「その後、どうかなーとか」

「その後って？」

本気でわからなくて首をかしげる日和に、麗佳は呆れたように言った。

「蓮斗よ。あのお酒、美味しかった？」

「はい。すごく呑みやすくて、あっという間になくなりました。両親も気に入ったみたいで、あとでインターネットで調べて注文したいって言ってました」

「それはよかったわ。でも、ネットで買えるかしら……わざわざ蓮斗が出かけるぐらいだから、簡単には手に入らない気がするけど」

「普通にありましたよ？」

両親とのプチ宴会を終えた翌朝、気持ちよく目覚めた日和は、もらった酒について調べてみた。

検索窓に銘柄を入力したところ、大手の通販サイトで取り扱いがあり、これなら大丈夫とサイトを閉じたのだ。もうきっと父か母が注文しただろう、と……

だが、麗佳は首をかしげた。

「本当に？　私が前に調べてみたときは、生酒は出てこなかったけどなあ……」

「え……」

慌ててスマホを取り出し、検索履歴を辿る。一週間以上前のことだから大丈夫かな、と不安だったがなんとか残っていた。画面を表示させて麗佳に見てもらったところ、返ってきたのは、やっぱりね、の一言だった。

「たぶんこれじゃないわ。箱を開けて見たわけじゃないから確信はないけど、ラベルとか違うんじゃない？」

「そういえば……」

日和がもらった酒のラベルは薄桃色だった。だが、スマホに表示されているのはお城のイラストが入っているものだ。そういえば母が、同じ銘柄でも違う種類の酒がある、と言っていた。これは『違う種類』のほうなのだろう。

「ほらね。ここに載ってるのは純米酒、蓮斗が渡したのは生酒。あ、正確には生貯蔵酒ね」

麗佳はさくさくとスマホを操作し、あの日もらった酒を表示させた。蔵元のウェブサイトにあったらしい。確かにこのラベルだったし、『生貯蔵酒』という文字もある。同じ銘柄の違う種類に違いなかった。

「生酒は味が変わりやすいのよ。純米酒はそこまでじゃないから大手流通サイトに任せてもいいけど、生酒はちょっと、ってことじゃないかな……」

大事に造っている蔵元であればあるほど、流通にも気を遣う。この蔵元もそのひとつで、生酒は蔵元から直送に限っているのだろう。しかも数に限りがあるから出遅れると手に入らない。

新酒が出る時期も蔵元によるけれど、三月というのは少々遅い気がする、と麗佳は言う。

「しばらくしてから気づいて、慌てて買いに行ったんだと思うわ」

「じゃあ、加賀さんの彼氏さんとスケジュールを合わせなかったのもそのせいなんじゃ……」

先送りしたらますます手に入る確率が下がる。待っていられない、ということだったのではないか、と日和は考えたのだ。

「さあ、どうだろ……これぱっかりは訊いてみないとわからないわ。あ、ところで蓮斗に連絡はした？　月曜日にでも感想を聞いて、それと一緒に伝えようと思ってたんだけど……」

寝込んでしまったからそのままになっている。なんなら、今からでも……と麗佳はスマホを操作しようとした。そこで日和は、なんやかんやですっかり忘れていた、金曜の夜になって思い出し慌ててメールを打ったことを伝えた。

「メール！　しかも会社に！」

「ほかに知らなかったんだから仕方ないじゃないですか。さすがにあれ以上放っておくのは失礼だと思ったし……」

「まあ梶倉さんらしいわよね。休んだ私が悪いんだし。で、返信は来た？」

ストレートに訊ねられ、やむなく日和は昼休みに届いたメールについても報告した。

「個人用のアドレスから来ました。やっぱり会社宛なんて非常識だって思われたんでしょうね。SNSのIDも『今度会ったら』交換しようとか書いてありましたし……」

メールよりもSNSのメッセージのほうがずっと連絡しやすい。今後もやりとりするつもりがあるならIDをメールに書いただろう。『今度会ったら』なんて社交辞令としか思えない、という日和の意見を、麗佳は思いっきり否定した。

「それ、違うから」

「違うんですか？」

「違うの。なんともセキュリティ魔の蓮斗らしいけどね」

「セキュリティ魔？」

「あいつ、昔からパソコンとかスマホとか使いまくってるくせに、全然信用してないの。メールやSNSは情報が漏れることを前提にしてるから、極力個人情報を載せないようにしてるのよ。SNSのIDなんてうっかりメールに書いて、変なところに誤送信されちゃったら大変だと思ったんじゃない？」

なりすましの被害があとを絶たない。個人情報の交換は面と向かってやるに限る、というのが蓮斗の主張らしい。麗佳や彼女の恋人も蓮斗とはSNSを使って連絡しているが、お互いのスマホを向かい合わせて情報をやりとりしたそうだ。

「そういうことだったんですか……」

「そう。それに蓮斗は社交辞令なんて言わないタイプよ。『今度会ったら』はあくまでも『今度』で、会うつもりがあるから言ってるの。ま、あなたたちは相当縁があるから、会うつもりはなくてもどっかで会っちゃうでしょうけど」

二度あることは三度ある。次はどんな『偶然』が起きるのかしら、なんて麗佳はやたら楽しそうにしている。だが、最初が熱海、次が金沢、この間の久留里城が三度目、さすがに四度目はないだろう、という日和に、麗佳はあっさり言った。

「久留里城はノーカウントよ。私から話を聞いて、蓮斗が行くかもしれないって思ったから行ったんでしょ？　お城マニアでもないのに、わざわざ片道三時間近くかけて。そんなの偶然とは言わない。だから、偶然の機会はあと一回残ってる」

「……そんなのありですか？」

狙って行ったのは間違いないが、本当に会えたのはやっぱり偶然だと思う。さもなければ、時間を合わせてもいないのに、ばったり出くわしたりしないはずだ。

それでも麗佳はにやりと笑って言う。

「あれをカウントするかどうかはあなた次第だけど、ノーカウントにしたほうが楽しいと思うわ。旅も仕事も順調にひとり立ちしていってるんだから、この際あらゆるものに前向きになるのがおすすめ。レッツ楽観視！」

ちょうどそこで最寄り駅に到着、なにそれ……と言いたくなるような台詞（せりふ）を残し、麗佳は改札口に消えていった。

——やっぱり加賀さんは加賀さんだなあ……。すごく前向きで。でも無理して身体を壊しちゃうこともあるって聞いたら、今までよりもずっと身近に思えてくるから不思議……。

ものすごく遠い目標ではなくて、頑張ればなんとかなりそうな気がする。それが嬉しくて、足取りが軽くなる。麗佳はまっすぐに改札を抜けていったけれど、自分はちょっと寄り道しよう。あの本屋さんに行けば、『南総里見八犬伝』があるかもしれない。

久留里城に行く前は一度読んでみようと思っていたのに、酒蔵を調べ始めてそのままになっている。インターネットで買ってもいいけど、できれば実物が見たい。ぱらぱらめくってみて、興味が持てそうなら買おう。

久留里城では一切そんな話は出なかった。それでも久留里城と『南総里見八犬伝』がつながりがあるとわかっているのだから読んでみよう。実際にお城を見たことで、より面白く読める気がする。

旅をきっかけに得た知識を、帰ってきてからさらに深める。いうなれば旅の復習だ。予習だけではなく復習までするようになった自分が、日和はちょっと誇らしかった。

第三話　大阪

——たこ焼きと肉吸い

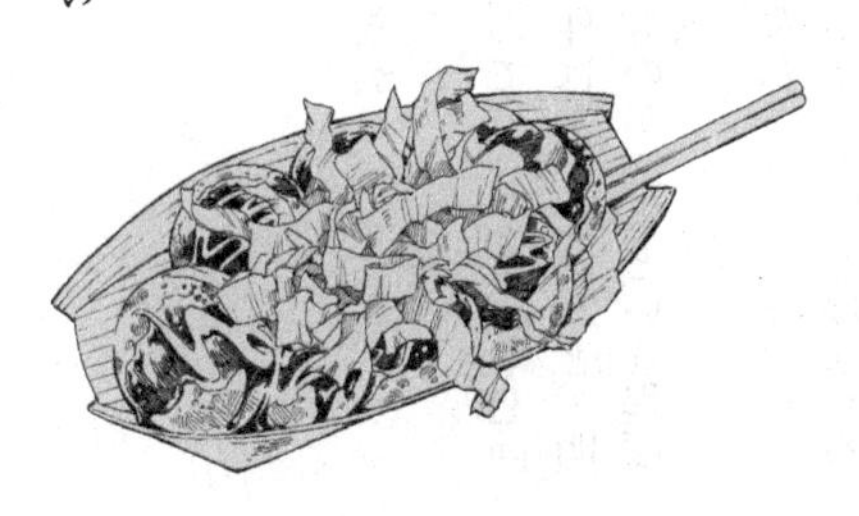

ただ食べたいという理由だけで、旅行に出かけていいものだろうか。

それは日和にとってかなり大きな疑問だった。

熱海、佐原、仙台、金沢、福岡、函館、先日の久留里城まで含めて、ひとり旅も七回を数えている。いずれもこれまで訪れたことがない場所という条件はあったけれど、明確な理由があったわけではない。ちょっと気になるもの、見たいものがあるという程度の理由で出かけたのである。

中には、『気になる』の対象が特定個人だったこともあるが、ただこれが食べたい、という理由はなかった。ものや人ならよくて食べ物に限ってはだめということはなかろう。食べ物だってもののうちではないか、とは思うけれど、自分でも意味不明な抵抗感がある。おそらく、油断するとすぐに増える体重と、微妙に根付く『卑しいのでは』という思いが邪魔をしているのだろう。

今までだって、なにかを見に行く旅の途中でさんざん美味しいものを食べた。旅に出る前の下調べにしても、食べ物が占める割合はかなり高い。それならいっそ、全部が全部食べ物になってもいいじゃないか。でもやっぱり、それではただの『食べ歩き』でしかない——

『食べ歩き』と『旅』の境界線はどこにあるのだろう。そもそも境界なんて存在するのか。『食べ歩きの旅』という言葉もあるではないか、と日和はずっと悩んでいた。

そして本日、とうとう日和はその悩みを投げ捨てることに成功した。誰にも気兼ねせず、好きなところへ行って好きなことをする、というひとり旅の原点に立ち返ったのである。『好きなこと』の中に『食』が入って悪いわけがない。

——旅の目的なんてなんでもいい。私は今、猛烈にたこ焼きが食べたい！

ただその一念で、新幹線に乗り込んだ。

大阪に行ってくると言ったとき、両親は出張だと思ったらしい。

日和が勤める小宮山商店株式会社は、東京にしか営業所がない。取引先だって大半は関東だし、そもそも日和は総務課の事務員である。その日和が、いったいなにをしに大阪に？　と父は首をかしげたし、母に至っては、相性の悪い係長に無理難題を押しつけられたのでは？　と心配する始末……。ただの旅行だという日和の言葉に安心したものの、今度は『なぜ大阪？』と怪訝(けげん)な顔をする。その上、『たこ焼きを食べに行く』と聞いて、半ば啞然(あぜん)とした。

たこ焼きなんてどこにでもあるじゃないか。デパートの地下には有名処が出店しているし、スーパーや高速道路のサービスエリアのイートインコーナーで、たこ焼きが並んでいないところのほうが珍しい。取り寄せや冷凍食品は言わずもがな。ホットプレートにたこ焼きプレートが付いているタイプもあるし、たこ焼き器だけなら二千円もあれば買えるから、自宅でたこ焼きパーティをする人も増えているではないか。うちにもあるから、明日にでも……

両親はそう口を揃えたのである。

だがしかし、日和が食べたいのはただのたこ焼きではない。あの食い倒れの町で売られている『本場の』しかも『ちょっとしぼんだ』たこ焼きが食べてみたいのである。

学生時代、同じゼミにいた関西出身の子がしきりに嘆いていた。彼女に言わせると、東京のたこ焼きは『非日常』すぎるのだそうだ。だいたい値段からしておかしい、ネギやチーズが山盛りでもない、ごく普通のたこ焼きが六百円とか七百円とかあり得ない。たこ焼きはあくまでもおやつだ、一皿であんなにお腹がいっぱいになってどうする。挙げ句の果てに、しぼまないたこ焼きなんてたこ焼きじゃない、とまで……

値段と満腹度まではわからないでもなかったが、『しぼまない』という基準は理解不能だった。

その話を聞いたのは、ゼミが始まるのを待っていたときのことで、数人いたゼミ生の大半は日和と同じように首をかしげていた。賛同したのはたったひとり、やはり関西出身の男子だけだった。

『ほんまや。あんなにがっちがちやから冷めてもしぼまへんし、腹一杯になってまうんや。熱々が旨いのは当たり前やけど、本場のたこ焼きは冷めても旨い。俺は猫舌やから、むしろ冷めかけのほうが食いやすてええなと思うときもあるねん。まあ、冷え切ったのはごめんやけどな』

そう言ったあと、関西出身者ふたりは、熱々を食べているうちにしぼみ始めたたこ焼きの旨さについて語り始め、最後は『東京のたこ焼きなんて』と口を揃えた。

そのあと、たこ焼きは熱々を食べてこそ、冷めかけなんてもってのほか、と反論した関東勢は、『そんなこと言うんは、本場のたこ焼きを知らんからや』と嗤われてしまったのである。

それからというもの、たこ焼きを食べるたびにそのやりとりが頭をよぎるようになった。だが、彼らが『たこ焼きの本場』だと主張していたのは大阪だったし、親戚がいるわけでもなく、職場も東京である日和が大阪に行く機会はまったくない。たこ焼きを食べるためだけに大阪に行こうと家族を誘うこともためらわれた。いつかきっと……と思っているうちに時が経ってしまった。

そしてつい最近、デパートの地下でたこ焼き売り場を見たとき、『今なら行けるのでは？』と思いついた。大阪と東京は新幹線なら二時間半である。望めば日帰りだって可能だ。この際、長年の懸案事項、『熱々を食べているうちにしぼみ始めたたこ焼きの旨さ』を確かめたい。ひとり旅にも慣れた今なら、きっとできるはずだ。

かくして日和は、食べ物だけが目的の旅に出ることを決め、新幹線を予約した。ついでに宿も手配する。さすがに、泊まりでたこ焼きを食べに行くのは……と思わないでもなかったが、大阪は食い倒れの町と名高い。どうせなら、他のものも試してみたい。往復の運賃は変わらないのだから、ゆっくりできるに越したことはない、ということで、宿を取ることにしたのである。

今回の宿は、北区の東天満という場所にした。最初は大阪駅、つまり梅田近辺にしようかと思ったのだが、少々気後れした。

梅田は大阪の中心地だと聞いている。きっとものすごくたくさんの人がいるのだろう。これは偏見でしかないのだけれど、あの関西出身のふたりはものすごく元気がよくて、ゼミの発表のときもそれ以外でも、マシンガントークを炸裂させていた。ふたりだけでもあの賑やかさだったのだ。周りをあんな元気な人たちに囲まれたら、どうしていいかわからなくなりそうだ。

せめてもうちょっと静かなところで……と探した結果、見つけたのが北区のホテルだった。

しかも、予約してから調べてみたら、歩いて数分のところに日本一長いことで有名な商店街がある。きっとたこ焼き屋さんもあるだろう。ついでに大きな神社も徒歩圏内だし、地下鉄に乗れば大阪城だって数駅だ。ざっと見ただけでも、商店街には面白そうな店が山盛り、あの大阪城の特徴的な青緑の屋根も見られる。神社の御利益にもあやかれる。しかもこの神社、大阪屈指のパワースポットらしい。パワースポットが大好きな日和にはもってこいだった。

『たこ焼きを食べる』ためだけだったはずの旅に、いくつもの目的が加わった。今までとは真逆の成り行きだが、結果として同じような旅ができる。

行きたいところにあわせてホテルを決めるのが一般的だが、まずホテルを決めてその周りを散策する、という方法もありだ。今回の日和のように土地勘ゼロという場合は、とりわけ有効に思えた。

どうせなら、できるだけ長くあちらで過ごしたい。時間に余裕があれば、多少乗り間違えても大丈夫だろう。そう考えた結果日和が選んだのは、品川を午前八時台に出る新幹線に乗り、十一時過ぎに現地に着くルートだった。それならものすごく早朝の出発というわけではないし、到着するころには店も開いているからチェックインまでの時間を持てあますこともないだろう。

ひとり旅にもずいぶん慣れたと言っておきながら、乗り間違うことを前提にしているのにはわけがある。大阪に行くと決めたあと、経路を調べるにあたって真顔で母に言われたのだ。

「大阪の電車、特に在来線には気をつけて。かなーり複雑だから」

『かなり』が『かなーり』と伸ばされたところが意味深だった。おそらく、過去に痛い目を見たことがあるのだろう。父も苦笑いをしながら言う。

「大阪では、同じホームから行き先が違う電車が発車するからなあ……」

「そんなの東京だって同じじゃない」

「同じじゃないの！」

母は普段の倍ぐらいの声量で言い放った。

「東京で、山手線に乗ったのに甲府に着いちゃったなんてことある？　大阪だとそういうのが普通にあるのよ！」

母はかつて、大阪城に行くために大阪駅から環状線を利用したところ、うっかりホームを間違えたことがあるらしい。大阪駅から大阪城のある大阪城公園駅に行くには、外回りの環状線を利用するのが便利なのだが、『環状線』という文字だけを頼りに辿り着いたのは内回りの乗り場だった。ゴールデンウィークだったせいで駅には人があふれ、本来のホームに行く気が失せた母は、環状線ならいずれは着くだろうという安易な考えから、内回りの電車に乗ったそうだ。

途中までは外回りの駅を正しく逆から辿っていた。車内もかなりの混雑で、母は大きな鞄を抱えて身を縮めるように立っていたという。だがその混雑も天王寺駅で一気に解消、あちこちで席が空き、母もなんとか座ることができたらしい。

ところが、やれやれと思ったのもつかの間、天王寺駅の次の駅が思っていたのと違う。電車は走り続けているのにちっとも大阪城に着かない。さすがに変だと気づいて反対側のドアの上にあった路線図を確かめたところ、乗っていたのは阪和線だったそうだ。

「つまり和歌山行きだった、と」

行き先ぐらい確かめて乗れよ、と父は呆れた顔で言う。だが、日和には母の気持ちがよくわかる。環状線の乗り場にそれ以外の電車が来るなんて考えもしないし、乗り間違えたところでいつかは着くと思ってしまうだろう。

「行き先なんて見ちゃいないわよ。だって環状線なんだもん！」

間近に行き先表示板でもあれば確かめただろうが、あいにく離れたところにしかなかった。環状線だから大丈夫だと信じ込み、人波に押されるままに和歌山行きに乗ってしまった。

今なら関西空港行きの列車があるから気がつくだろうけれど、当時はまだ関西国際空港はなかった。今思い出しても冷や汗ものだ、と母は首を左右に振り、とにかく気をつけなさい、行き先は必ず確かめるのよ、と言葉を重ねた。だが、念には念を入れたところで、間違うときは間違う。特に、日和にとって人混みは天敵みたいなものだ。週末の大阪で冷静に行動できる保証など皆無だった。

――新幹線で新大阪まで行って、七番ホームから山陽本線で大阪駅に移動。東梅田まで歩いて地下鉄に乗って……

新幹線の中で何度も経路を確かめる。とにかく乗る前に必ず行き先を確認すること、という母の教えを胸に、日和は新大阪駅に降り立った。

新幹線改札口を通り、乗車券だけを回収。さすがにこのシステムにはもう慣れっこで、改札脇で『乗車券をお取りください』と繰り返す駅員さんに言われるまでもなかった。なくさないように乗車券を財布にしまい、東海道線のホームを目指す。昨今の乗り換え案内アプリはとても親切で、ホームの番号まで明記されている。これがあれば母も和歌山行きに乗る羽目には陥らなかっただろうに、と思う半面、いくら正しいホームに辿り着いたところで、同じホームに行き先が違う電車がどんどんやってきたら間違えかねない気もする。

駅の構造上の問題かもしれない。どうしてこんなに複雑なことになってしまったのだろう、と大阪の交通網問題に思いを馳せながらも、無事七番ホームに到着。行き先表示板で『須磨行き』という文字を探す。幸いすぐに見つかり、列に並んで列車を待つ。

しばらくすると電車がやってきた。間違いなく『須磨行き』だと確認して乗り込む。

乗車四分で大阪駅に到着、大勢の人とともに東梅田駅に向かう。あちらこちらに『東梅田駅』と書かれた矢印があり、迷うことなく地下鉄に乗り、乗り換え案内アプリに示されたとおりの時刻に日和はホテルの最寄り駅に降り立った。

ここからホテルまでは徒歩二分だ。日和は、とりあえず邪魔になる荷物をホテルに預け、商店街に行ってみることにした。

——どこまであるのよー!!

行けども行けども終わりが見えない。延々と続く商店街で、日和は悲鳴を上げたくなっていた。

長いとは聞いていた。しかも日本一だと……

けれど、あくまでも商店街だ。日本一と言っても高が知れているだろう。日和も商店街はいくつか知っているが、関東有数と言われる戸越銀座商店街ですら三十分もあれば往復できる。ここだって似たり寄ったりのはずだとなめていたのである。

商店街に向かったのは十一時半過ぎだった。

五分、十分、十五分……横断歩道を渡るたびに、そろそろ終点に着くだろう、と思っているのにお店はちっとも途切れない。飲食店、喫茶店、雑貨屋に電器屋、マッサージ店、本屋、古本屋、漫画喫茶、家具、カーテン、占い、学習塾……思いつく限りの店が延々と続いている。途中からは、なにがなんでも終点まで行ってやる！　と意地になり、ようやくアーケードがなくなるところに辿り着いたときには、時計は十二時半を指していた。

天神橋二丁目の交差点から右、方角としては南に向かって十分、交差点に戻るのに十分、北に向かって三十分歩いてアーケードの端に着いた。つまり、この商店街の南の端から北の端まで歩いたら四十分かかることになる。往復で一時間二十分という数字に、日和は目眩がしそうになった。

もう一時間歩きっぱなしだ。しかも今回の始点となった交差点に戻るためには、また三十分歩かなければならない。意地を張って端まで来るのではなかった、と後悔してもあとの祭りだった。

足は棒みたいだし、朝ご飯を食べたきりだから空腹も限界だ。とにかくどこかのお店に入って、足を休めてなにか食べよう。幸い、少し戻ったところにたこ焼き屋さんがあった。来る前に調べたときにも出てきた有名店だし、あちこちに支店もあるらしいからきっと美味しいだろう。すでに行列ができていたけれど、ほかのお店を探して歩き回るよりも、並んでいるほうがまし、少なくとも足を動かさずに済む。

かくして日和は、重い足を引きずるように来た道を戻り、たこ焼き屋さんの店先に立った。ついさっき通ったときには何人も並んでいたのに、今は誰もおらず、イートインスペースもいくつか空席がある。赤い看板に書かれた平仮名の店名が、『よく来たね、お疲れさん』と言ってくれているような気がした。

這々の体で注文口に近寄る。並んでいる間に考えればいいと思っていたから、注文はまだ決めていない。メニューには個数別の料金と味付けが書いてある。ソース、塩、醤油、ピリ辛ソースという文字も見える。ネギやチーズのトッピングもあるし、ポン酢で食べることもできるようだ。それでもやはりたこ焼きと言えばソース、ここはやはりスタンダードを試すべきだろう、ということで、日和は八個入りのソース味を注文することにした。

持ち帰りかイートインかと訊ねられ、イートインでお願いします、と答えたところ、店員の若いお兄さんに飲み物をすすめられた。店内には水も置いてあるようだったが、なんとなく断りづらく、ドリンクメニューの中からサイダーを選んだ。

ドリンクメニューにはごく一般的なコーラやジュースが並んでいた。普段はサイダーを頼むことはないし、お好み焼きにはコーラと決めている。それでも、目の前で大量に焼かれているたこ焼きを見たら、サイダー以外の選択肢がないような気がしたのだ。メニューに書かれていたサイダーの銘柄は、ずっと昔からあるもので、ほかのものに比べて甘みが強い。おそらく、疲れた身体が欲していたのだろう。きっとソース味のたこ焼きにもぴったりに違いない。

マヨネーズの有無を聞かれ一瞬迷う。スタンダードなたこ焼きにマヨネーズはありかどうか悩んでいると、お兄さんがにっこり笑って言った。

「半分だけかけておきましょうか？」

「お願いします……」

なんて察しの良い……と感心しつつ、支払いを済ませた。

スーパーのイートインコーナーのように自分で運ぶのかなと思っていたら、お席にどうぞということだったので、空いていた席に腰かけて待つ。数分でたこ焼きとサイダーが届けられた。

キツネ色のたこ焼きはどれも皮がぴんと張っている。全部にソースと削り節がかけられ、半分の四個に細くマヨネーズが絞ってある。

上から青海苔(あおのり)をかけたマヨネーズが、タルタルソースのように見える。もしかしたらタルタルソースで食べるたこ焼きも美味しいのでは？　などと考えてしまった。

「熱いのでお気をつけくださいね」

そう言うと、お兄さんは戻っていった。

ぺこりと頭を下げて応えながら、関西弁のアクセントに思わず微笑んでしまう。短い間に、北は北海道から南は福岡までたくさん旅をした。テレビやインターネットの普及のせいか、あからさまな方言というのはあまり聞かれなくなった。とりわけ若者は教科書どおりの標準語を使う人が増えたそうだ。それでも、実際に接してみると、確かに言葉は標準語なのだが、アクセントは紛れもなくその土地の調子になっている。たとえば『ありがとうございます』という短い言葉であっても、関東と関西ではアクセントが違う。仙台と金沢も違うだろうし、函館と福岡はもっと違う気もする。

青森の人と鹿児島の人が結婚した場合、ひどい夫婦喧嘩にはならないという話を聞いたことがある。気持ちが高ぶって方言を話し始めた場合、相手がなにを言っているのかわからなくなって、それ以上けんかが続かなくなるのだそうだ。真偽のほどはわからないけれど、確かにありそうな話だった。

――親にけんかされると、子どもはどうしていいかわからなくなっちゃうらしいから、方言でそれが防げるのは良いことよね……

日和は両親がけんかをしているところを見たことがない。もともと仲がいいからか、子どもの前ではけんかをしないことにしているのかはわからないが、ありがたいことだと思う。

どっちにしても自分には関係ないな、と思いつつ、竹串をたこ焼きに刺す。ところが、持ち上げようとしても上手くいかない。あまりにも柔らかくて、重さでちぎれそうになるのだ。

どうしよう……と困りつつ隣を見た日和は、竹串が二本添えてある意味を悟った。隣のテーブルでたこ焼きを食べていた女性は、二本の竹串を箸のように使っている。てっきりふたりで食べるためかと思っていたが、そうではなかったらしい。試しに二本使ってみると、なんとか持ち上げることに成功、そして口に運んだ次の瞬間、声にならない声を上げた。

――あっっっっっっつうううううう!!

慌ててサイダーを流し込む。たこ焼きを買ったとき、焼き置きが回ってくることがある。待たせてはいけないと考えるからか、鉄板から移してすぐのものにあたることが少ないのだ。おかげで、すっかり焼きたての暴力的な熱さを忘れていた。しかも、生地が柔らかい分、余計に熱さが舌にまとわりつく。これでは、あのお兄さんが気をつけるように言うはずである。

大阪までやってきた目的は、少し冷めかけ、しぼみかけのたこ焼きを食べることだった。

だが、この熱々のたこ焼きが冷めるのにどれほど時間がかかるのだろう。とてもじゃないが、食べ終わるまでに『しぼみかけ』になるとは思えない。かといって、たこ焼き屋のイートインスペースに長居するのは気が引ける。現に周りの人たちは、あっという間に食べ終えて去って行く。面の皮が厚いという表現はよく聞くが、舌の皮が厚いというのもあるのだろうか……

それでもちょうど昼ご飯時だったせいか、空席はゼロにはならない。席が空くのを待っている人が出てくるまでは勘弁してもらおう、と少しずつたこ焼きを口に運ぶ。

こんがり焼けた生地にフルーティなソース、噛んでいるうちにとろとろの小麦粉と削り節から染みだした出汁が入りまじって絶妙だ。ソースだけのほうを食べて大いに満足し、これはマヨネーズはいらなかったかな、と思ったが、マヨネーズはマヨネーズでまた別な味わいがあった。

ほのかな酸味がとろとろのソースの芳醇さを引き立てる。ソースとマヨネーズの量の配分も素晴らしく、どちらかが少しでも多ければこの味わいは生まれない。さすがは大阪屈指のたこ焼き屋さん、焼き方だけでなくソースやマヨネーズのかけ方にもこだわっているのか、と唸ってしまった。

ソースだけをひとつ、マヨネーズをひとつ、もうひとつマヨネーズ……とちょっとずつ食べていく。

半分ほどを食べ終わっても、たこ焼きはまだまだ熱く、皮もピンとしている。それでも一個だけ残してサイダーをちびちび飲んでいるうちに、少しだけ皮の元気がなくなってきた。

――もう、一息！　頑張れ、頑張れ！

普通なら熱いうちに食べ終わろうとするだろうに、冷めるのを待っているばかりか、応援までし始める。その馬鹿馬鹿しさに、噴き出しそうになりながらも、ようやく『しぼみかけ』の状態になったたこ焼きを口に運ぶ。もちろん一口で……

しみじみ美味しい――それが唯一の感想だった。

ほかに言葉が出てこない。冷めかけだからこそ一口でほおばれる。熱々を少しずつ味わうのも堪えられないけれど、丸ごと一個、舌を焼かれることなく楽しめるのは珠玉だ。それでも一部はやっぱり熱くて、おっ⁉　となってしまうのもご愛嬌。そしてこの楽しみはほんの一瞬、これ以上時間が経てばただの冷めたたこ焼きになってしまう。

関西出身のゼミ生ふたりが主張した美味しさは、ここに来たからこそ出会えたものだ。イートインスペースは相変わらず、いくつかの空席を残している。あとから来て、たこ焼きをつまみにビールを呑みだした人を見てぎょっとしたが、周りは平然としている。呑んでいる人は定年退職後の年齢層、店の人とのやりとりから常連だとわかる。こうして昼からビールを嗜むことも、彼にとっては日常的な行動なのだろう。

ランチタイムから『たこ焼き呑み』ができる町……ただの『昼呑み』ではなく『たこ焼き呑み』というのがいい。つくづく、来てよかったと思う日和だった。

軽いとはいえさすがに粉もの、お腹はそれなりに満足している。ゆっくり食べたせいもあるし、サイダーの炭酸も一役買ったのだろう。食べる前は、このあとどこか別の店でも食べてみようかと思っていたが、とりあえず今はパス、ということで日和は元来た道を戻り始める。しばらく休んだおかげで、足取りがまた軽くなっていた。

昔ながらの食堂や用品店の中に、日和がよく知っているコーヒーチェーン店やコンビニ、ファミレスなどもまじっているが、不思議と馴染んでいる。新旧たくさんの店がひしめいているのに、どの店も当たり前の顔でそこにあり、浮いた感じが一切ないのだ。

店の数が多いからか、この町の持つ特性なのかわからないけれど、とにかく『なんでもありのすごいところ』というのが日和の天神橋筋商店街に抱いた一番の感想だった。

着物屋さんで和柄の小物に目を奪われたり、わざわざここで？と苦笑いしながら本屋さんに入ったり、ブランドショップかと思ったら質屋さんでびっくりしたり……ひとつひとつの店をのんびり見て歩く。そうこうしているうちに、行き交う人がどんどん増えてきた。土曜日の午後ともなると日和のような観光客もたくさん来ているのだろう。

あっちこっちから聞こえてくる『かわいいー』だの『ばえるー』だのといった嬌声が耳につき始めたころ、日和はようやく天神二丁目交差点に戻ってきた。そういえば、大阪屈指のパワースポット、大阪天満宮はこの近くにあるはずだ。スマホで調べたところ、信号を渡って少し行ったところのようだ。さすがに神社なら少しは静かかもしれない、と思った日和は、大阪天満宮に行ってみることにした。

大阪天満宮は、飛鳥時代に孝徳天皇が難波長柄豊碕宮を造ったあと、都の西北を守るために祀った大将軍社が起源だという。大宰府に向かう途中に旅の安全を祈られた社ということで、菅原道真公の慰霊も行われている。菅原道真公と言えば学問の神様として有名だ。大阪の人たちが『天神さん』と呼び、受験シーズンともなるとこぞって合格祈願に足を運ぶのはそのせいでもある。

受験とはすっかり無縁となった日和ではあるが、道真公の本拠地でもある太宰府天満宮に参ったときは本当にせいせいとした気分になれた。きっとここでもなにかしらの御利益があるに違いない。なにより、日和は神社仏閣というところが好きなのだ。境内にいると不思議と気持ちが落ち着く。たとえ特別な御利益がなかったとしても、ひとときの静寂を得られれば十分、そんな気持ちだった。

表大門をくぐって境内に入ると、目の前に本殿があった。屋根の色に見覚えがあると思ったら、写真で見た大阪城と同じだった。この屋根の青緑色にはなにか意味があるのだろうか、などと考えながら手水を使い、本殿にお参りする。

手を合わせてから、特にお願いすることはないと気づく。微かに『縁結び』という言葉が浮かんだが、さすがに学問成就の神様でそれは……と頭から振り払い、いつもありがとうございますと心の中で唱える。

ひとり旅を始めてから、いろいろな神社仏閣にお参りした。そして有名な神社仏閣は、大抵パワースポットになっている。全国各地で力を授かっているおかげか、ここしばらく日和の日常は極めて穏やかだ。家族も含めて無事に暮らしているのだから、言うべきことはお礼ぐらいだろう。

人はいるが、商店街よりは遥かに静かで、心が安まる。やっぱりいいなあ……と神社独特の雰囲気を満喫した。

　家族に身体守を授かりがてら、おみくじも引こうと思って授与所に向かった日和は、そこに三宝があるのに気づいた。積まれているのは丸い木札で、三宝には『願い玉』という文字と五つの円が描かれた紙が貼られている。

　そういえば、大阪天満宮について調べたとき『願い玉占い』についての情報が出てきた。なんでもこの小さな木札を三つ授かって、『星合池』に浮かべられた梅の形の的に向かって投げ、見事載せることができれば願いが叶う、というものだった。的の色は、青、緑、白、黄色、赤の五色。青は芸能と芸術、緑は学徳と合格、白は健康と病気平癒、黄色は商売繁盛、赤は良縁と恋愛、中央の小さな金色のところに載れば万願成就らしい。

　星合池はすぐ近くにあるようだし、これはやってみなければ！　と五百円玉と引き替えに願い玉を授かり、日和はいったん境内から出た。

　日和のすぐ前に願い玉を買った人がいたので、その人についていく。二分もかからずに池に着き、梅形の的もすぐに見つかった。勝手に案内人にしてしまった人は、すぐに的に向かって投げ始める。かなり真剣な眼差しだし、投げる前にちょっと祈るような仕草までしているから、きっとどうしても叶えたい望みがあるのだろう。

　的は大きいし、一度に複数の人が狙うことは十分可能のように見えたけれど、さすがにこの人と並んで願い玉を投げるのはためらわれる。それぐらい本気も本気、近寄りがたい雰囲気を醸していたのだ。

　やむなく、側に立っていた看板の説明を読んだり、スマホをいじったりする。その結果わかったのは、実はこの願掛けの歴史は意外に浅い、ということだった。なんでもこの『願い玉』が登場したのは二〇一七年、まだ三年しか経っていない。どうりであまり人が群がっていないはずである。おまけにこの星合池は縁結びの名所だそうで、池に架かる橋の上で出会った人と結ばれるとの説明もある。星合池にこんな面白そうな願掛けがあると知ったら、あちこちの縁結び祈願をしたい人たちが押しかけかねない。数年後には、『願い玉』を投げるための行列ができているかもしれない。

『ガチの願掛け』の女性は三つの木札を投げ終えて帰って行った。狙った色に載せられたかどうかはわからないが、小さな歓声を上げていたからどれかには載ったのだろう。

　今のところ、この場所に近づいてくる姿は見えない。願掛けをしようとしているのは自分だけ、待っている人もいない、ということで、日和は願い玉をひとつ握り、的を見た。

　――やっぱり赤よね。ここは縁結びの場所だから、おおっぴらに赤を狙っていいはず。これで恋愛運も急上昇……って、載るわけないじゃん！

梅形の周りにはたくさんの木札が浮かんでいる。どう考えても、載っている数より外れた数のほうが多いのに、載るのが前提の考えに苦笑いが浮かぶ。それでも、信じるものは救われる、とばかり、日和は右手に持った木札をひょいっと投げた。

「あ……」

思わず声が出た。いつものように心の中ではなく、実際に口に出した『あ』である。先ほどの女性のように、投げる前にお祈りをしたわけではなく、本当に『ひょいっ！』と投げただけなのに、木札は見事に的に載った。ただし、赤ではなく、真っ白な花びらの上に……

──健康と病気平癒……。いや、嬉しい、嬉しいけど……

軽く唸りつつ、気を取り直してふたつ目の願い玉を握り、再度赤を狙う。二度目は外したものの、最後のひとつはまた的に載った。ただし載ったのは、芸能芸術についての願いが叶うという青だ。日和は芸能芸術関係で叶えたい願いなどないし、もしあったとしても、もともと狙っていない色に載った場合はちゃんと叶うの？　と首をかしげてしまった。

それでもふたつも的に載せられたのはすごい。ひとつも載せられなかった人だってたくさんいるはずだ、と気を取り直し、大阪天満宮の境内に戻る。

今度は普通のおみくじを引き、『吉』という結果に力が抜ける。大吉でも凶でもなくただの『吉』というのが、いかにも自分らしいなと思う。

お札を授かるかどうか迷ったけれど、インターネット情報によると、大阪天満宮は全国でも珍しい『鎮宅霊符』を授かれる神社らしい。『鎮宅霊符』は、相当強い厄除け効果を持つというし、せっかくだから授かっていくことにした。

受け取ってみると、お札は二〇センチに満たない大きさだった。地元の神社で厄落としのときに授かったお札はもっと大きかったが、持ち帰るにはこれぐらいのほうがありがたい。鞄の中にそっとしまって、お参り終了。時刻はやがて午後四時、そろそろチェックインしておくほうがいい、と考えた日和は授与所の横手にあった門を出て、ホテルに戻ることにした。

たこ焼きは食べたし、商店街もじっくり見た。大阪屈指の神社に詣で、珍しい願掛けもした。頼もしいお札も手に入れた。日和としては上出来の午後だった。

チェックインを済ませ、部屋に入ってカードキーを専用のポケットに挿す。明かりがぱっとつき、ブラウンを基調としたインテリアが目に入る。料金の割には広いし、ベッドの寝心地も良さそうだ。ちょうど踵が乗るあたりにかけられた布カバーが赤いのは、レディースフロアだからだろうか。確かインターネットで調べたときは、茶色のカバーだった気がする。

予想どおり寝心地抜群のベッドに転がり、日和はガイドブックを開く。夕食と明日の予定を決めなければならない。

これまでの旅の場合、海産物が美味しいところが多かったから、夕食はもっぱら居酒屋だった。だが大阪が海産物の名所という話は聞いたことがない。大阪と言えばなんといっても『粉もの』だろう。

たこ焼きはさっき食べたばかりだし、さすがに夕食にたこ焼きは頼りなさ過ぎる。もう一店か二店、別のところで食べるにしても明日でいい。ここはやはりお好み焼きにしようと店を探し始めようとして、大阪にはもうひとつ名物があることを思い出した。

――お父さんが出張のときに食べた串カツが、すごく美味しかったって言ってたっけ。あれってどこのお店だったんだろう？

気になった日和はすぐさま父にSNSのメッセージを送る。土曜日で家にいたせいか、すぐに返信が来た。近くならいいな、と思いながら開いてみると、確か通天閣の近くにある店だったが、店名までは覚えていないとのことだった。

スマホで調べてみたところ、通天閣は地下鉄で一本、徒歩を含めても二十分ぐらいで行けるらしい。それぐらいならまあ……と思って店を調べようとしていたとき、スマホが着信を告げた。

メッセージではなく電話とは珍しい、と出てみると、のんびりとした父の声が聞こえた。

「スマホのアルバムを探してみたら、写真が見つかってね。店の名前もわかった。天王寺駅の近くだったたよ。ついでに調べてみたら、日和が泊まってるホテルの近くにも支店があった」

　天王寺駅近辺は通天閣を始め、見所が山盛りだ。夕食のためだけに出かけるのはもったいない。夕食は近場で済ませて、明日ゆっくり出かけてみてはどうか、というのが父の提案だった。

「串カツときたらビールだろ？　呑んだあとはさっとホテルに戻れたほうが楽だよ」

　そんな言葉に、わざわざ電話をかけてきた意味を知る。

　日和は酒が嫌いではないし、旅に出たときは呑む機会が多い。弱いほうではないにしても、父は心配なのだろう。ひとりだとわかっていればなおさらである。かといって、とっくに成人した娘に呑むなとも言えず、苦肉の策で電話をかけてきた。SNSの短いメッセージのやりとりでは難しい、微妙なニュアンスを伝えたかったに違いない。

「うん、わかった。じゃあ、通天閣は明日にする。お父さん、ありがとう！」

「おう。帰りに駅で肉まん……じゃなくて『豚まん』を買ってきてくれよな！」

「了解！　かの有名な『豚まん』ね！」

　大阪では『肉』と言えば牛肉を指す。豚肉を使っているのなら、それは肉まんではなく『豚まん』だ、というのが大阪の人の主張らしい。肉まんと言いかけて『豚まん』と言い直す父の律儀さに感心しながらお土産の約束をし、日和は通話を終えた。

　続いて、父に教えられた串カツの店を調べてみた日和は思わず笑い出してしまった。

　――お父さん、このお店なら、東京にたくさんあるよー。

日和が知る限り、現在大手と言われる串カツチェーンはふたつある。いずれも串カツの店が東京には少ないことに目をつけて立ち上げられたと聞いている。串カツだから大阪発祥だと思っている人も少なくないかもしれないが、どちらも発祥は東京。その証拠に、店の数は圧倒的に関東が多く、繁華街には大抵どちらかの店がある。

わざわざ大阪に行って、東京発祥の店に入ってしまったとは……と力が抜けそうになるが、おそらく父は『ここが本場』と信じて入ったのだろう。都内にも大展開しているけれど、本店は関西にあると思い込んだ。あるいはほかが混み合っていて、なにも考えずに比較的空いていた店に入った可能性もある。

どうせなら大阪ならではの店に行ってみたい。だが父の気持ちも気になる。別の店に行ったからといっていやな顔はしないだろうけれど、自分のおすすめ以外に行ったと知れば少しはがっかりするはずだ。

しばらく迷った挙げ句、日和はとりあえず父がすすめてくれた店まで行ってみることにした。店の前に立ってみて、雰囲気が良さそうなら入ろう。近くにいくつも串カツの店があるから、だめなら別の店に入ればいいだろう。

結局、いつもどおりの行き当たりばったりだ、と苦笑しつつ、今度は明日の予定について考え始める。たこ焼きさえ食べられれば、と思って来てみたが、ガイドブックを見ているうちに行きたいところがたくさん出てきた。

大阪城は外せないし、父がさっき言っていた通天閣だって行きたい。道頓堀だって見てみたい。

だが、一日目はすでに終わりかけている。残された時間はあまりにも短いのだ。いくら考えても、優先順位が決められない。困り果てた日和は、発想の転換を試みた。

――これまでと違うことをやってみたらどうかな……

観光旅行というのは、案外似たようなことばかりしている。電車やバスに乗って名所旧跡を訪れ、美味しいものを食べる。建物や風景、飲食物を堪能して帰るというのが、これまでの日和の旅だった。それなら今度は、建物でも風景でもないものを見てはどうか。しかも大阪でしか観られないようなもの……

そう考えたとき、一番に浮かんできたのは『お笑い』だった。

大阪は、町の人たちの会話を聞いているだけでも面白い。ちょっとした買い物をするだけでも、なにかしらの言葉が加わり、ちゃんと『ぼけ』と『突っ込み』が成立している。普通の人でもそうなのだから、プロの人たちはどれほど面白いだろう。

思いついたとたん、俄然興味が湧いてきた。

日和はすぐさまスマホで検索を始める。どこかで大阪のお笑いを観ることはできないか……

そして調べること十数分後、日和がウェブサイトから予約したのは、『なんばグランド花月』の入場券だった。

『なんばグランド花月』は吉本興業が主催している演芸場で、若手からベテランまで様々な芸人が舞台に立っている。連日全国各地のお笑いファンが詰めかけると聞いていたし、空席なんてないだろう、とダメ元で調べてみたのだ。

まさかお笑いの聖地と言われる『なんばグランド花月』の入場券が、こんなに簡単に、しかも前日の夜に入手できるなんて思ってもいなかった。

大阪に行ってたこ焼きを食べ、『なんばグランド花月』でお笑いを観る。これ以上素晴らしい大阪の楽しみ方はないのではないか。

日和の兄はかなりのお笑い好きで、いつもネット配信動画でお笑いを楽しんでいる。その兄の一推しのコンビも、明日の出演者リストに名を連ねている。兄が聞いたら、さぞや羨ましがることだろう。いや、そのコンビが出演しなくても、『なんばグランド花月』に行ったというだけで、地団駄を踏みかねない。兄には済まないが、来たもの勝ち、思いついたもの勝ちだった。

明日は絶対に楽しい一日になる。そう確信し、日和はベッドから起き上がった。時刻は午後五時を過ぎ、窓の外はすでに暗くなり始めている。お腹も空いてきたし、明日に備えて早めの夕食にしよう、ということで、日和は部屋をあとにした。

商店街に着いた日和は、さっき来たときとは全然印象が違うことに驚かされる。昼間はスーパーのレジ袋や土産物の袋を下げた人、しかもひとりとかふたり連れが多かったが、今は圧倒的にグループ客が多い。学生らしき若者はコンパ、スーツ姿の人たちは会社帰りに呑みにきたのだろう。どの人も極めて楽しそうに店に入っていく。そして彼らが入ろうと開けたドアから、店内の賑やかな声が聞こえてきた。

二の足を踏むとはこのことだった。

それでも、とにかく行ってみるだけは……と父が教えてくれた店の前に立つ。紅白の提灯がたくさん下がり、ひときわ大きなものには店名がはっきり書かれている。明らかに大阪弁由来の店名に、父が勘違いするのは無理もないと思う。ドアと言わず壁と言わず、品書きが貼りまくられているため、価格帯は明確、しかも驚くほどリーズナブルだった。

これなら失敗したって大したことない。とりあえず入ってみて、どうしても合わなければ別なお店に入り直せばいい。そんな気持ちで、日和は提灯に煌々と照らされた引き戸を開けた。

「いらっしゃいませー！　こちらへどうぞー！」

元気な声でテーブル席に案内される。ひとりだからカウンターで十分だと思ったものの、カウンターはほぼ満席、むしろテーブル席のほうが空席が多い。案内されたのがふたり掛けの席だったこともあり、日和はゆったり使わせてもらうことにした。

串カツと言えばビール、という父の言葉に異論があるわけもなく、まず生ビールを注文する。案内してくれたお姉さんが注文を通す声を聞きつつ、品書きを眺めた。

――こんなに種類があるんだ……。どれが美味しいのかな……あ、鶏皮ポン酢がある！　これは外せないとして、あとは無難に盛り合わせかな。十本は無理だから五本か八本……うわ、野菜セットっていうのもあるのね！

見れば見るほど食べたくなる。だが相手は串カツだ。品書きには写真も添えられているけれど、一本一本の大きさまではわからない。調子に乗って頼んだはいいが、巨大な串が出てきたら食べきれない。やはりここは肉や野菜が組み合わされた五本ぐらいのセットがいいだろう。

ビールとキャベツ、そしてソースの器を持ってきてくれたお姉さんに、鶏皮ポン酢と串カツの五本セットを注文する。ステンレスの容器にどかっと入ってきたキャベツはどうやら無料な上に、おかわりも自由らしい。テーブルの上には、ソースのつけ方に関する案内があった。

ビールを一口呑んで、これがかの有名な『二度づけ禁止』ね、と見入っていると、鶏皮ポン酢が届いた。早速食べてみた日和は、思わず声を上げそうになる。あまりにも熱かったからだ。

鶏皮ポン酢というのは、粉をまぶした鶏の皮を揚げてポン酢をかけただけの料理で、作り置きする店が多い。当然、口に入れたときに熱さを感じることなどないのだが、この店の鶏皮ポン酢は明らかに熱い。おそらく注文があるたびに揚げているのだろう。品書きに『カリカリ鶏皮ポン酢』と書いてあるとおり、正真正銘揚げたてカリカリだった。

鶏皮の小片を口に入れて奥歯で噛む。歯触りが消えないうちに、冷たいビールを流し込む。何度かそれを繰り返し、間にキャベツを挟む。さらさらでスパイシーなソースが、キャベツの甘みを引き立てる。この幸せにかかる料金は八百数十円、これに五本セットの串カツを足しても千四百円足らずなのだ。びっくりするほどお得、これで串カツさえ美味しければ……と期待満々で串カツを待つ。数分後、運ばれてきたのは日和の口にちょうど良いサイズの串カツ五本セットだった。

――やだ、これ美味しい！

なにが『やだ』よ、ぜんぜんいやじゃないでしょ！　と自分で突っ込みながら、串に伸ばす手が止められない。一本一本は軽く、それでいて素材の味がしっかり伝わってくる。大好きなナスが入っていたのは嬉しいし、タマネギの甘さが堪えられない。肉部門は牛と鶏、豚はどうした？　と思ったらウインナーにて参上。

そう来たか、とにんまりしつつ齧ってみると、柔らかくてどこか懐かしい感じのウインナーで、衣をつけるならこういうのがいいんだよねーと納得させられる味だった。

鶏皮ポン酢も串カツも美味しすぎてあっという間に完食、これならまだまだ食べられそうということで日和は追加注文をすることにした。

セットに入ってなかった豚串とウズラの卵、魚部門からキス、さらに椎茸と大阪の串カツといえばこれ、と名高い紅生姜を選ぶ。品書きの最後のほうに『チューリップ』という言葉を見つけて首をかしげた。チューリップが食べられると聞いたことはないし、食べられたとしても美味しいとは思えない。きっと花ではないだろうと思いつつ、気になったので頼んでみることにした。

　都合六本の追加注文を終え、またビールとキャベツをお供に届くのを待つ。ビールのジョッキはかなり大きく、先の注文をすごい勢いで食べてしまったせいで、まだ半分以上残っていた。

　最初の注文も届くのが早かったが、今回も早い。これは大阪という土地柄なのか、はたまた客の少なさ故か。こんなに美味しいのに行列ができていない。週末で観光客が多いせいかもしれない。観光に来て、全国展開のチェーン店に入る人はあまりいないのだろう。その証拠に、さっき一席だけ空いていたカウンター席に着いた人は店員さんたちと楽しそうに会話している。入ってきたところも見ていたが、いかにも通い慣れた感じだった。

『おひとり様』、しかもカウンターが空いているのにテーブル席に案内されたのが不思議だったが、もしかしたら、この店のカウンターというのは、常連客のためのものなのかもしれない。

　それでも、この店に入ったことに後悔はない。地元の有名店はもちろん素晴らしいだろうけれど、東京にあっても入ることがなかったチェーン店に旅先で入るというのも乙だ。なにより、こんなにリーズナブルで美味しいことがわかったおかげで、東京での選択肢が増えた。こういう感じなら家族で出かけてみるのも楽しいだろう。

『お父さん、ありがとう。すごく美味しいよ！　今度は東京で一緒に行こうね！』

父にSNSでメッセージを送り、追加で届いた串カツの写真も添える。

これって美味しいの？ と疑い半分で頼んだ紅生姜は、ほどよい酸味と甘みで、口の中が一気に爽やかになり、また次の串に手を伸ばさせる。わくわくしながら待っていた『チューリップ』は鶏の手羽元に包丁を入れてひっくり返し、粉をまぶして揚げたものだった。見た目はかわいらしいし、なにより食べやすい。手羽元が大好きな日和には嬉しい一品だった。

送るやいなや既読のマークがつき、すぐに『紅生姜、それにチューリップ！ どっちも旨いよな！』と返信が来た。

どうやら父も食べたらしい。続いて母から送られてきた『私も行きたい！』というメッセージに『今度みんなで行こうね！』と返し、スマホを置いた。

鶏皮ポン酢と十一本の串カツ、キャベツとビール、そして締めに雑炊を食べた日和は大満足で店を出た。ホテルまでは歩いて十分ほどだが、時計を見るとまだ七時にもなっていない。このまま戻るのはもったいないような気がする。

明日はホテルをチェックアウトしたあと、お笑いを観に行く予定だ。行き先は難波だから、ここに戻ってくることはないだろう。せめてお城だけは見ておこう、という気になったのだ。

大阪城がある天満橋までは地下鉄で一駅、歩く時間を含めても二十五分で行ける。春の夜の大阪城はさぞかし風情があることだろう。

父は、お酒を呑んだあと電車で戻るのは……と心配して近くの店を紹介してくれた。結果的に電車で出かけることになって申し訳ないが、隣の駅だし、串カツをしっかり食べたせいで少しも酔いは感じない。この際ちょっと足を延ばしてみよう。ということで、日和は道路沿いにあった入り口から地下鉄の駅に下りていった。

――皇居みたい……

それが、大阪城公園に着いた日和が最初に感じたことだった。

ライトアップされた天守閣や、木々が繁る公園やお堀そのものではなく、周りにいる人たちについての印象として、とにかく走っている人が多いのだ。しかも、適当に走っているのではなく、みんな真剣な眼差しで、時折腕時計を確かめながら走っている。まるでマラソン大会さながらの様子に、ちょうど休日の皇居近辺がこんな感じだな、と思ってしまったのだ。

大阪城公園は広く、走るのに絶好で、毎年大きなマラソン大会が開催されているという。今ここを走っている人の中にも、参加者がたくさんいるのだろう。フルマラソンはもちろん、ハーフですら走ろうと思ったことがない日和とは、無縁の世界だった。走っている人たちの邪魔にならない場所を選んで、天守閣を眺める。夜空に映える真っ白な壁が迫力満点で、恐ろしさすら覚えてしまう。

公園内には桜らしき木がたくさん見られるから、例年お花見の時季は、人でごった返しているのだろう。お城と桜はしばしば絵はがきやパンフレットに使われているけれど、美しいだけに見に来る人が多い。人混み嫌いの日和としては、お花見の時季ではなくてよかったと思うばかりだった。

しばらく遠くからライトアップされた天守閣を見たあと、さっさと駅に引き返す。天守閣に入場できる時刻はとっくに過ぎているし、開いていたところで入ったとも思えない。相変わらず『来た、見た、食べた、帰る』だな、と苦笑しつつ、日和はまた地下鉄に乗り、ホテルに戻った。


ホテルの朝食は、郷土料理満載というわけではなかったが、新鮮な果物や焼きたてのパンが数種類用意され、卵料理やサラダ、ハム、ソーセージ、生野菜なども並んでいる。仕事で泊まる人なら、どれを食べるか迷うほど用意されるより、これぐらいの品数のほうがいいのだろう。朝から動けないほど満腹では仕事にならないに違いない。

小さなクロワッサンと半分に切ったベーグル、スクランブルエッグにウインナーと生野菜。カップに半分ほど注いで飲んでみたポタージュスープはなんともほっとする味で、おかわりしてしまった。酸味と甘みのバランスが素晴らしいオレンジジを最後に、日和は朝食を終えた。

予約したお笑いは、午前十一時開演の部だ。十時十五分開場と書いてあるから、九時半にホテルを出れば十分間に合うだろう。

荷物をどうするか一瞬迷ったものの、一泊だから大きなキャリーバッグではないし、わざわざ新大阪まで預けに行くのは面倒だ。このまま持って出て、どうしても邪魔なら最寄り駅のコインロッカーにでも預けることにして、日和はホテルをチェックアウトした。

ホテルに一番近い出入り口から地下鉄の駅に下りていく。改札まで延々と歩いたあと、駅から○○分というのは眉唾すぎる、等しく『改札から○○分』と表現してほしい、なんて文句を言いたくなる。それでも、外は雨が降り始めていたから、濡れることなく歩けたことに感謝すべきだと気を取り直し、改札を通る。ホームに続く階段を下りたとたんに電車が滑り込んできたのはラッキーだった。

堺筋線に乗って四駅で日本橋に到着した。ここから『なんばグランド花月』までは歩いて七分、スマホがあるから迷うことはないだろう。駅から出たところはこれまた賑やかな商店街、まだ時間があるから少し見ていくことにした。

——これが道頓堀かあ……すごい人だなあ……

大阪には『キタ』と『ミナミ』があり、キタは大阪駅がある梅田を中心とする地区、ミナミは難波、心斎橋を中心とする地区となっている。どちらも商売の町の繁華街ではあるが、どちらかといえばミナミのほうが、日和が持っている大阪のイメージに近い気がする。きっと大阪の台所と呼ばれる黒門市場があるからだろう。市場好きの日和としては、是非とも行ってみたいとは思うがそこまでの時間はない。スマホの画面にある

『黒門市場』という文字から無理やり目を逸らし、『なんばグランド花月』のある方角に進む。

日曜日のせいか、通りには人があふれている。昨日の天神橋筋商店街もかなりの人出だったが、ここはそれ以上、さすがはミナミの中心地である。

人混みをかき分けるように歩き、『千日前』という表示を見て、ほほう……なんて周りを見回す。

また少し歩くと、さらに人が増え『なんばグランド花月』の建物が見えてきた。手前には何軒もたこ焼き屋さんがあり、行列ができている。ひときわ長い行列は、見覚えのある赤い看板。昨日日和が入った店の本店らしい。

通りすがりの人まで立ち止まって、たこ焼きが焼かれていく様を見ている。こんなにたくさんの人に見られているというのに、店員のお兄さんは気にもとめず、ものすごい勢いでたこ焼きをひっくり返す。クルリ、クルリ……ではなく、クルックルックルッ、というスピードで、キツネ色のたこ焼きはどれもまん丸だ。

もはや、これ自体がひとつの芸ではないか。こんなふうに焼けるようになるまでに、このお兄さんはいったいいくつのたこ焼きを焼いたのだろう。あるいは、大阪の人は誰もがこれぐらいの技を持っているのだろうか。大阪ではどの家にもたこ焼き器があって、日常的にたこ焼きを作っていると聞いたことがある。まさか、中学や高校の課外活動に『たこ焼き部』とかあったりしないだろうな……。全国大会を目指して、日夜たこ焼きの技能を上げているとか……

下らなすぎる想像に、ひとりでクスクス笑いながら、日和はたこ焼き屋さんを離れ、『なんばグランド花月』に入っていく。

入り口に何台も並んでいる発券機の中から、インターネット予約済みの人専用のものを探して並ぶ。幸い列は短く、操作も簡単だったおかげで、チケットはすぐに発券された。座席表とチケットを照らし合わせたところ、どうやら席は後ろのほうらしい。それでも、当日券は完売しました、という声も聞こえてくるし、観られるだけで御の字だ。

チケットを財布にしまったところで、キャリーバッグが気になった。観光客もたくさん来る場所だから……と探してみると、コインロッカーがあった。やれやれ、とキャリーバッグを預けた直後グループ客がやってきて、すべてのロッカーが埋まってしまったから、危機一髪といったところだろう。

チケットは無事ゲット、荷物も預けた。これで安心、と発券機を離れると、お弁当を積み上げた机がある。どうやら、予約されたお弁当を渡しているらしい。

もちろん日和の分はないけれど、こうやってお弁当を売っているということは、場内では飲食が許されているのだろう。せめて飲み物でも買っておこう。ついでに、ここまで来たからには、橋の上に立って『道頓堀』そのものを見下ろしてみたい……ということで、日和は道頓堀を目指して歩き出した。

いた。

――これが前説ってやつなのね……

一番後ろから五列目、中央からやや右寄りのシートに収まって、日和は舞台を眺めていた。

ステージの上のふたり組は、正直見たこともない顔だ。もともとお笑いファンではないし、前説というのは若手であまり売れていない芸人さんの仕事だと聞いているから、無理もないだろう。

それでも、なんとか『ウケよう』として頑張っている姿はほほえましいし、客のほうもちゃんと拍手や声援を送っている。こういう温かさがお笑いを育てているのだろうと納得させられた。

五分ほどの前説が終わり、いよいよ一組目の芸人さんが登場。今度は日和も名前は知っているが、見るのは初めてという漫才コンビだった。

その後、名前も知っているし顔も見たことがある、から、顔も知っているしネタも知っている芸人さん、そして日本人なら大半は知っているだろうという大御所へと移っていき、二時間ほどで前半部分が終了した。その時点で予定時刻を十五分超過、最後の芸人さんに至っては、自ら『時間ないねん、押してんねん！』と言いまくっての終了だった。

舞台は生き物だと訊いたことがあるが、大御所が途中でネタを忘れて、相方が必死に思い出させようとしていたり、そのせいで持ち時間が足りなくなって途中で切り上げたりという、テレビではあり得ない展開に、別な意味で大笑いさせてもらった。

休憩を挟んだあと、『なんばグランド花月』の真骨頂、『吉本新喜劇』があり、終わるころにはすっかりお笑いファンになっていた。テレビで見るより遥かに楽しい。家族用のSNSメッセージグループに『なんばグランド花月』に行くつもりだと書き込んだとたん、ハンカチを噛みしめ涙しているアザラシのスタンプを連打してきた兄の気持ちがよくわかった。お笑いにさしたる興味も持っていなかった日和ですら、これほど引き込まれたのだ。兄ならどれほど楽しめただろう。

——あー面白かった！　いつかお兄ちゃんもここに来られますように……

そんな祈りを胸に席を立った日和は、少し急ぎ足に階段を下りる。『なんばグランド花月』に行くなら是非、と兄にすすめられた『肉吸い』を食べるつもりだった。

『肉吸い』というのは、肉うどんからうどんを抜いたものだという。なんでも、『なんばグランド花月』に出演していた芸人さんが二日酔いのときに、近くにあったうどん屋さんに頼んで特別に作ってもらっていたものが、今では名物となって一般のお客さんにも提供されるようになったそうだ。

昨日のSNSのやりとりで、同じうどん屋さんの支店が館内にあるから是非食べてくるように、と兄にすすめられた日和は、とにかく混まないうちに……と急いだのだ。

甲斐あって、日和の前には夫婦連れらしき客が一組いただけで、すんなり入店することができた。自動券売機方式に少々戸惑ったものの、無事食券もゲット、五分ぐらいで

『肉吸い』と卵かけご飯が目の前に置かれた。

うどん丼の表面いっぱいに天かすと青ネギが散っている。ツユは東京より遥かに薄く上品な茶色、にもかかわらず濃厚な鰹出汁の香りが漂っている。薄切りの牛肉の陰に白っぽいものが覗いていたため、なにかと思ってよく見ると割り入れた卵、周りが白く煮えているから半熟状態なのだろう。

そこで日和は、うーん……と唸りそうになった。唸るというよりも、正直少し困ったのだ。なぜなら『肉吸い』と一緒に頼んだご飯は『小玉』と呼ばれる卵かけご飯で、『肉吸い』にも卵、ご飯の上にも卵ということになってしまったからだ。

『肉吸い』と『小玉』が王道だと兄は言っていたし、インターネットにも同じことが書いてあった。ということは、大阪の人は一度の食事で卵かけご飯と卵入りのお吸い物を同時に食べて平気なんだ、と日和はびっくりしてしまった。オムレツなどの卵料理で一度に二個以上の卵を使うことはあるかもしれないが、卵が入った料理を一度に二種類食べようと考えたことはない。品書きに添えられた写真には、確かに白っぽいものが写っていたが、てっきり豆腐かなにかと思っていたのだ。

『肉吸い』に卵が入っているなら、普通のご飯でよかったかな……と少々後悔する。それでも頼んだ以上は食べるしかない、と気を取り直して、レンゲで澄んだツユを掬い、一、二度吹いて冷ましたあと口に運んだ。

――うわあ……優しい味だあ……

関東のうどんのように、はっきりとした醬油の味は感じない。とはいえ、薄味かというとそうではない。塩分そのものはちゃんとあるのだけれど、出汁の味がしっかりしているせいか、なんともまろやかなのだ。薄切りの肉はほんのり甘く、ツユを吸った天かすと青ネギとの相性もばっちりだ。もともとは肉うどんだったとしても、吸い物としても珠玉。二日酔いで食欲がなく、それでも舞台に立つためにはなにかお腹に入れないと、ということでこのメニューを頼んだ芸人さんの気持ちがものすごくよくわかる。よくぞうどんを抜くことを考えついた、と拍手喝采したくなる。

卵が載せられて出てきたご飯をあえて混ぜず、白いところとあわせて一口、ご飯と卵を混ぜて一口、『肉吸い』の中にあった卵を潰してかき玉汁状態にしてまた一口……『肉吸い』と『小玉』で何通りもの味が楽しめる。これぞ『食い倒れ』の真骨頂、白いご飯でよかったのに……と思った自分を罵りたい気分だった。

大満足の昼食を終え、お土産にオリジナルグッズをいくつか買った日和は、上機嫌で地下鉄の駅に戻った。

当初乗る予定だったのは午後三時過ぎの新幹線だったけれど、『なんばグランド花月』に行くと決めた時点で変更しておいた。どうせ難波まで足を延ばすのだから、いっそ大阪港まで行ってやろうと思ったのだ。

昨今大阪港近辺と言えば、映画関連のアトラクションで有名な遊園地があるけれど、今回の狙いはそれではない。もともと日和は遊園地フリークではないし、いくら新幹線を遅らせたといっても残り時間は四時間ぐらいだ。新大阪駅まで戻る時間を考えたら遊園地を満喫することは難しいだろう。それぐらいならジンベエザメを眺めるほうがいい。

なにせ、現在関東にある水族館はどこもジンベエザメを飼育していない。全国的に見ても、沖縄県の『美ら海水族館』、石川県の『のとじま水族館』、鹿児島県の『いおワールドかごしま水族館』、そして大阪府の『海遊館』の四館に限られる。

おそらく日和と同年代、あるいはそれ以下の年齢の人たちからは、大阪、しかも天保山まで行きながらあの遊園地をスルーかよ！　と呆れられるかもしれない。だが、持ち時間と財布の中身、個人の嗜好を踏まえた上で、どちらを選ぶと訊かれたら、文句なしで水族館、いやジンベエザメと答える。それが、日和という人間だ。そもそも『しぼみかけ』のたこ焼きを食べに来て、東京発祥のチェーン店で串カツを食べ、大阪城に行っても天守閣にも上らず、走っている人を眺めて帰ってくる。おまけに二日目は朝一番から『なんばグランド花月』なのだ。日和自身は大いに楽しんでいるが、いわゆるモデルプランにはほど遠いだろう。

自分らしさで言えば満点だ。文句を言われる筋合いはない、という結論に達したころ、日和は日本橋駅に到着した。

堺筋線で堺筋本町駅まで行き、中央線に乗り換えれば十二分で大阪港駅に到着する。そこから海遊館へは徒歩で十分ぐらいだから、三時半には着けるだろう。

大阪港駅から『海遊館』に向かう道は、風が吹きまくっていた。

向かう先に見える大きな観覧車が、風に煽られていつもより速く回ってしまうのではないか、と不安になるぐらいだ。もちろん、そんなことはあり得ないし、それほどの強風なら運行自体が止まっているに違いないが、そう思いたくなるほどの強風だったのだ。

——いくら吹きさらしでも、ここまでじゃなくていいよ。これじゃあ『港のポーズ』を決めようにもコートが捲れ上がって恰好がつかないじゃない！

『港のポーズ』というのは、波止場にあるボラードに片足を乗せて海を見つめる様を言う。誰が言い出したかはわからないが、『港のポーズ』あるいは『波止場のポーズ』というだけで、あの恰好が目に浮かぶのだから大したものだ。それでも、あの足を乗っける杭をボラードと呼ぶことまで知っている人は少ない。

たまたま日和は、雑学好きの父に、知っていると一目置かれるから、と教えてもらったが、披露したこともない。そんな相手はいないし、誰かに一目置いて欲しいとも思わない。映画やドラマで見るたびに、あれはボラードっていうのよね、と心の中で確認するぐらいが関の山だった。

そんな心底どうでもいいことを考えつつ、強風の中『海遊館』を目指す。徒歩十分が倍ぐらいに感じられたころ、ようやく『海遊館』の入り口に着いた。

風は依然として強く、遮るものは皆無だ。こんな天気でさえなければ、地球やサメのモニュメントを眺めて写真の一枚でも撮っただろうけれど、それどころではない。ブースの中のお姉さんを羨ましく思いつつ、入場券を購入し、やっとのことで建物の中に入った。

入り口を抜けてまず向かったのはアクアゲート、海中トンネルだった。

日和は水族館が好きなので、かなりの数の水族館を経験しているが、規模の大小はあれ、何らかの形でこういった海中トンネルが設けられているところが多い。トンネルをくぐることで、いかにも自分が海の中にいると錯覚できるからだろう。

悠然と行くエイの周りを、色とりどりの小魚が泳いでいる。エイの数なら数えられるけれど、小魚は無数、あんたたち正真正銘『モブ』よね、私と一緒だわ……なんて、寂しい感想を抱いたものの、この巨大な水槽にエイやサメといった『主役級』しかいなかった場合の盛り上がらなさを考えてふっと笑う。

主役はモブがいてこそ目立つのよ、モブ上等！　と開き直り、群をなして泳ぐ小魚たちにしばし見入る。挙げ句の果てに、いきなり大きなエイに視界に入り込まれ、せっかく小魚を見ていたのに、などと憤慨する始末……あくまでも『モブ贔屓(びいき)』な自分を確認しながら、エスカレーターに乗る。この水族館はいったん最上階である八階まで上ったあと、らせん状に設けられた通路を下りつつ観覧する形式だという。水族館というのは知らず知らずのうちにけっこうな距離を歩くことになるが、見終わったところが出口に近いというのはありがたい話だった。

水に飛び込むカワウソや動く気配もないサンショウウオを眺めたり、寝転がりっぱなしのアザラシを見たりする。サワガニの水槽の前で立ち止まっては、同じように人間に捕まっても、こうやって水族館で暮らすのと唐揚げにされるのでは大違い。それもこれもサワガニが美味しすぎるのが悪いのよねえ、食べたことないけど……なんて、いつもどおりの水族館巡りが続く。

いつもどおりということは、大半の水槽はちらっと見て通過ということで、日和はペンギンのよちよち歩きを観察したあと、海遊館一の見所、ジンベエザメが泳ぐ大水槽に到着した。時間にして入館してから三十二分、まったくもって『通常営業』だった。

——水槽にいてくれてよかった……こんなのに海で出会ったら大パニックだよ！

ジンベエザメが浅瀬にいるはずがないから、海の中で遭遇しようと思ったらダイビングを試みなければならない。日和はダイビングどころか、まともに海で泳いだこともない。日和にとって海は『観るもの』でしかないのだ。にもかかわらず、そんなことを考えてしまうぐらいジンベエザメの威圧感はすごかった。

水槽の中の生き物は、大抵一瞬で目の前を通過していく。多少スローモーション気味のエイですら通過に一、二秒だろう。けれどこの水槽にいるジンベエザメが、日和の前を通過するのにかかった時間はおよそ四秒……とんでもない体長だった。

万が一にも水槽から出てきませんように……と祈りつつ、そろりそろりと水槽から離れる。そんなに忍び足にならなくても、ジンベエザメどころかイワシ一匹出てくるとは思えないし、出てくるとしたら水槽が割れたときだろうから、ジンベエザメに吹っ飛ばされる以前に大量の水に押し流されているだろう。

いずれにしても、ジンベエザメをこの目で見られてよかった。ここにいるジンベエザメは美ら海水族館に比べれば小さいそうだけれど、日和には十分。ジンベエザメを捕まえて無事に飼育してくれている人たちはもちろん、この水量に耐えられる強化ガラスを作った人にまで感謝し、日和は海遊館見学を終えた。


食べたいものは食べたし、観たかったものも観た。ほかにも見所はあるに違いないが、今回はこれにて、ということで日和はまた強風の中を歩き出す。大阪港駅から、中央線、御堂筋(みどうすじ)線と乗り継いで新大阪駅に向かうつもりだった。

ところが、スマホを確認したところ母からメッセージが来ていた。曰(いわ)く『時間があるなら大阪駅に寄ってきて』というのだ。

なにかお土産に欲しいものでもあるのかな、と思って返信してみると、『イカ焼きを食べてきて』と言う。『買ってきて』ならまだしも、『食べてきて』とはどういうこと？　とまた返信すると、今度はかなり長いメッセージが来た。

大阪はたこ焼きやお好み焼きが有名だが、イカ焼きという名物もあるらしい。中でも人気なのは大阪駅の近くにある百貨店のものだという。前々から気になっていたけれど、周りで食べたことがある人がいない。お土産に持って帰ってきたところで、冷めたら不味くなりそうだし、本当に美味しいのかどうか確かめてきて欲しい、というのだ。

時計とスマホを確認したところ、なんとか大阪駅に寄る時間はありそうだ。イカ焼きというのは聞いたことがなかったけれど、母がそこまで言うのなら……とルートを変更し、大阪駅に行ってみることにした。

——これでよく混乱しないものだわ……

日和はスマホに示された地図を見て脱力しそうになる。

目指す百貨店の周りには大阪駅と大阪梅田駅、さらに梅田駅が表示されている。ただでさえどっちがどっち？という感じなのに、表示されている住所が大阪駅は梅田三丁目で、大阪梅田駅が芝田一丁目、梅田駅は角田町なのだ。梅田にないのに梅田駅かよ！と突っ込みたくなる。おそらく路線が違うから平気なのだろうけれど、どうせなら東京駅みたいにひとつにまとめておけばいいのに、と思ってしまう。とはいえ、この三つの駅をまとめたよりも東京駅のほうが広そうだから、似たようなもの。広い駅の中を乗り換えたい路線のホームを目指して延々歩くよりも、いっそ駅名が違うほうがわかりやすいかもしれない……などと思っているうちに、電車は大阪梅田駅に到着した。

歩いて五分で、母に教えられた百貨店に着いた。探し探し辿り着いた『イカ焼き』売り場は、けっこうな行列だった。

——やばい……これ、間に合わないかも……

予定では新大阪駅でお土産を買うつもりだった。父の注文の『豚まん』も絶品だが、大阪以外では買えないと評判のチーズケーキも新大阪駅に店があるのだ。どちらも行列必至と言われているから少し時間に余裕を持たせてあったが、これではぎりぎり、いやどちらかを諦めなくてはならないかもしれない。

いやだ、どっちも欲しい！　でももうここに来てしまったし、『イカ焼き』だってしっかり味わいたい……と半泣きになりながら並んでいると、行列の消化は意外に速く、おまけにイカを象ったトレイで提供されたイカ焼きはとても小さい。普段なら、こんなに小さいの!?　と不満に思ったかもしれないが、今回に限ってはラッキーそのもの。これならしっかり味わったところで五分とかからずに食べ終わるだろう。

イカ焼きは、小麦粉に刻んだイカを入れて薄く焼き、上からソースをかける、という実にシンプルな作りである。ただそれだけなのに、どうしてこんなに？　と思うほど美味しい。もちろん、キャベツや具をたくさん入れたお好み焼きとは比べるべくもないが、小腹満たしのおやつとしてはかなりのもの、しかも値段も格安、行列ができるのも納得の味だった。

五分どころか三分もかからずに食べ終わり、トレイを片付けた日和は百貨店の地下を抜けて駅に戻ろうとした。そしてガラス扉から入ったところで目にしたのは赤い箱が並んだショーケース、父に頼まれた有名『豚まん』店だった。さらに、もしやと思って調べてみると日和が欲しかったチーズケーキの店もある。

夕方のデパ地下のせいか、単なる偶然かはわからないが、『豚まん』の店に行列はない。大急ぎでお土産用の『豚まん』と『シュウマイ』を買い、チーズケーキの店に回ってみた。スムーズに『豚まん』が買えたから、多少並んでも大丈夫、と思ったが、こちらもまさかの待ち人なし。

次から次へと焼き上がるチーズケーキは見るからにふわふわで、ひとりでワンホールでも食べられそうだ。かといって欲求の赴くままに食べまくったら体重計が大変なことになる。『豚まん』も買ったことだし、一個で我慢することにした。

思わぬところでお土産が揃った。最悪、もう一度新幹線の時刻変更をすればいいとは思っていたけれど、明日は仕事もある。帰宅時刻を考えたら今でもけっこうぎりぎりなのだ。

神様ありがとう！　と感謝しつつ、日和は甘い香りが漂う店をあとにする。新大阪駅までは乗車と歩く分を含めても十分、予定の新幹線には余裕で間に合うだろう。『豚まん』と『シュウマイ』に加えてチーズケーキを抱え、キャリーバッグを引っ張っての移動は楽ではなかった。

途中で空いているベンチを見つけ、買い物バッグに荷物をまとめることができたのは幸いだった。裏側にあるフックをキャリーバッグの持ち手に通せるタイプの買い物バッグで、麗佳が通販サイトの写真を見せながら、便利だからあなたも買えば？　とすすめてくれたものだ。

——これ、本当に便利。学生の通学鞄ぐらい入るのに、畳んじゃえばすごく小さくなるし、荷物をひとつにできる。やっぱり持つべきものは旅慣れた先輩よねえ……

買い物バッグにはまだ少し余裕がある。時間も少々余っている。日和は、お礼代わりに麗佳にもお土産を買うことにして、大阪名物がずらりと並ぶ売店に向かう。

着くなり見つけたのは、餃子（ギョーザ）が入った冷蔵ケースだ。青い包装紙に覚えがある。以前兄がお土産に買ってきてくれたが、まるでワンタンのようなコンパクトさで、辛みの勝ったタレをつけるとご飯が止まらなくなった。両親も日和も大いに気に入って争奪戦が始まり、なぜもっとたくさん買ってこなかった！　と兄に詰め寄ってしまった。

あの餃子なら間違いない。麗佳はひとり暮らしの上に、ダイエットにも気を配っているから、お菓子よりもご飯のおかずにもお酒のおつまみにもできる餃子のほうが喜んでもらえるだろう。

『これ美味しいのよね、ありがと！』なんて微笑む麗佳を思い浮かべ、日和は餃子の箱をふたつ手に取る。もちろん、ひとつは両親へのお土産だ。またしても一箱だけど、お土産は他にもあるから勘弁してくれるだろう。

大荷物だけれど心は軽い。今回もいい旅行だったと微笑みつつ、日和はレジに向かった。

第四話　出雲

——出雲そばと鯛飯

——大丈夫、絶対大丈夫、大丈夫って信じるのよ！

シフトレバーが『P』のところにあるのを確認し、ぐいっとブレーキを踏む。右手をハンドルに置き、左手でそっとエンジンスイッチを押すと、軽い回転音がしてエンジンが始動した。

シートベルトはとっくに締めてある。シフトを『D』にチェンジし、前方、左右、ついでにバックミラーで後方まで確認、もう一度左右を確認して、足をブレーキからアクセルに踏み替えた。

車はするすると、誰が運転していようが関係ないとばかりに動き出す。日和の初めてのドライブ旅行の始まりだった。

出雲(いずも)に行きたいと思ったのは、昨日今日のことではない。

出雲には、秋になると八百万神(やおよろずのかみ)が大集合することで有名な出雲大社を筆頭に、様々な神社がある。日本一のパワースポットと名高い須佐(すさ)神社もあれば、興味深い占いができる神社や酒造りの神として全国の酒造会社の信仰を集める神社もある。パワースポットや占いに興味津々な日和にとって垂涎（すいぜん）の地なのだ。

けれど、おそらくもう十年近く旅行の候補地として浮かび続け、そのたびに消えていった。理由は簡単だ。出雲がある島根県は東京から相当距離がある上に、日和が興味を覚えたのが公共交通機関では行きづらい場所ばかりだったからだ。

ならば運転手確保、と家族を誘ってみたこともある。だが、両親は過去に二度も行ったことがあると言うし、兄は神社仏閣への興味はゼロだ。なにより仕事が忙しくて休めない。一泊二日で島根旅行は慌ただしすぎる、と言われてしまった。

ひとり旅をするようになってから、一年三ヶ月が過ぎた。これまでは、交通の便を考えて旅先を選んできた。どの旅もとても楽しかったけれど、出雲に行ってみたいという思いは日々高まるばかり……。なんとか公共交通機関を使って回れないかと調べてみても、どうにも時間的にも金銭的にもロスが多すぎる。行ってみたいのは山々だけどやっぱり無理だ、と諦（あきら）めてばかりだったのである。

そんな日が続くことおよそ一年、ようやく日和は出雲に来ることができた。しかも、交通手段はレンタカーという快挙だ。行きたいところへはどこへでも行けるし、荷物の重さも、時間も気にせずに済む。ここに至る道のりは大変だったけれど、頑張ってよかった。よくやった日和！　と自分を褒め讃（たた）えた。

ことの発端は、東京暮らしで車を所有する必要があるか、という話が出たことにある。

大阪から帰ってしばらくして、そろそろ次の旅行計画を立てようかと思っていたころのことだ。

その日、社員のひとりが車を買うためのローンを申請してきた。小宮山商店株式会社には、住宅取得や子弟教育といった目的に沿ったローン制度が用意されている。上限があって必要額をすべてというわけにはいかないが、銀行よりも金利が低いため社員の利用は多い。車の購入もそのひとつで、年に一、二件は申請書類が上がってくるのだ。

仙川は申請書類を見て、その社員をさんざんこき下ろした。交通網が発達した東京で自家用車なんていらない。維持費は高いし、なにより環境に悪い。ましてや、そのために会社から金を借りるなんてあり得ない、と言うのだ。

別にあなたのお金を貸すわけじゃないんだから、そこまで言わなくても……と思ったけれど、口に出す勇気などない。いつもどおり聞き流そうとしていたところ、仙川が麗佳に意見を求めた。おそらく彼は麗佳が車を持っていないことを知っていて、賛同して欲しかったのだろう。

ところが、麗佳の答えはとりつく島もないものだった。

「会社にそういう制度があって、適正に利用しようとしているだけですから問題ありません。車を持つかどうかはその人の自由ですし、総務課が介入すべきことでもありません。それに、私個人としては、車は便利ですし、可能なら持ちたいと思ってます」

そして麗佳は、とどめを刺すように続けた。

「今はいろいろ問題になりやすいご時世です。下手なことを言うと、パワハラ扱いされますよ」

『パワハラ』という言葉に、仙川がひるんだ。自覚はあるんだ……と、こみ上げてくる笑みを必死に抑えて仕事を続ける一方で、麗佳が運転をするかどうかが気になった。可能なら持ちたいと言うぐらいだから、運転も巧みなのだろうか。旅をするときにも、車を使うことがあるのだろうか、と……

どうにも疑問が抑えきれず、昼休みに訊いてみたら、予想どおりの答えが返ってきた。

「もちろん。電車やバスが不便な場所に行くときには、レンタカーを使うわよ。浩介の車を運転させてもらうこともあるわね。たまには運転しないと忘れちゃうし」

彼氏の車を運転させてもらうと聞いて、日和はびっくりしてしまった。他人の車を運転するなんて、日和の家では絶対禁止事項だ。任意保険は運転者や年齢を制限したほうが保険料を抑えられるため、他人は含まれないことがほとんどだ。安易に運転させてもらって事故でも起こしたら目も当てられない、と両親は口を酸っぱくして言う。麗佳は常識をわきまえた人だと思っていたのに、そんないい加減なことをしているのかと落胆してしまった。

だが、そんな日和の気持ちを見抜いたのか、麗佳はちょっと笑って言った。

「もしかして保険の心配とかしてる？」

「ええ、まあ……」

「それなら大丈夫。一日単位でかけられる保険があって、それを使ってるから」

「そんなものがあるんですか⁉」

「ええ、便利でしょ？　スマホからでも簡単に手続きできるの。事故なんて起こすつもりはないし、起きてほしくもないけど、万が一ってことがあるから」

「じゃあ……家の車とかでも？」

「家？」

「私、免許は持ってるんですけど、全然運転しないから保険には入れてもらえてないんです」

免許を取得したのは二十一歳のときだった。その時点で車の任意保険は、運転者を両親に限定していた。保険料は加入者が若いほど高く、日和が加入すれば跳ね上がる。運転するつもりがないなら加入する必要はない、と言われてしまったのだ。

日和の説明に、麗佳はあっさり頷いた。

「そういう事情ね。もちろん大丈夫よ。運転するときだけ加入すればいいわ」

「じゃあ……練習するときに使うこともできますね」

「できるでしょうね。あんまりおすすめはしないけど」

「え？」

免許を取って以来のペーパードライバーなのだ。練習しなければ、ろくに運転できるわけがない。おすすめしないと言われても困ってしまう。

「父か母に乗ってもらって練習する、っていうのはだめでしょうか？」

「ご両親がいいっておっしゃるなら大丈夫でしょうけど……乗ってくださるかしら？　うちなんて、たまに実家に戻って運転しようとしても、車は貸してくれるけど、よっぽどのことがない限り同乗してくれないわ」

「……そうかもしれません」

　ふたりして、勘弁してくれーと逃げ出しそうだ。そもそも、横に乗ってもらったところで、自動車教習所の車のような補助ブレーキがない状態では、日和自身が不安でならない。

　久留里城で蓮斗に会ったとき、しきりに車の運転をすすめられた。あのときは否定的な気持ちしか抱けなかったけれど、あとから考えて気づいた。レンタカーが使えれば、公共交通機関では行きづらい場所が多い出雲のパワースポット巡りだって可能なのだ。『なんとなく便利そう』と『出雲に行ける』というのでは雲泥の差だ。出雲に行くためなら運転に挑戦してみてもいい、と思うようになっていたのである。

　麗佳から一日限りの保険の話を聞いて、それなら練習できる、と勢い込んだがやっぱり無理そうだ。所詮出雲は夢のまた夢か……と悲しくなってしまった。

　落ち込む日和を見て、麗佳は怪訝な顔をした。日和の想いなんてとっくに知っているこの人なら……と、蓮斗との会話も含めて説明すると、麗佳はやれやれといわんばかりだった。

「蓮斗も無責任なことを言ったものね。そこまで言うなら、あいつが運転の練習につきあえばいいのよ。車だって持ってるんだし」

「なんなら呼び出してあげましょうか?」と真顔で言われ、日和は大慌てで断った。

「と、とんでもないです！　家族でも逃げ出しかねないのに、他人にお願いなんて……」

「そんなの言い出しっぺの責任よ。でもまあ、蓮斗が隣に乗ってたらろくに運転なんてできないか」

緊張でがちがちになってよけいに危ない、と笑ったあと、麗佳は日和が考えもしなかった方法を提案してくれた。

「だったら、プロに任せるしかないわね」

「プロ？」

「そう。ペーパードライバー用の講習。自動車学校でも受けられるし、自宅に来てもらうこともできるそうよ。自宅の車で、近所やよく行くショッピングセンターとかへの運転を練習させてもらえるみたい」

そして麗佳は、一度調べてみたら？　と言い残し、昼食に出かけていった。

──ペーパードライバー講習……確かにそれはありだわ。

問題は、車という密室に初めて会う教官とふたりきりという状況に耐えられるか、ということだが、自動車学校に通ったときはなんとかなった。初めのうちは緊張して大変だったけれど、教官はそういう生徒の扱いに長けているらしく、どうにか卒業にこぎ着けた。なにより今回は免許を取ったときほど長く通うわけではないし、出雲に行くという目的もある。出雲に行ったあとも、『足の向くまま、気の向くまま』を実現できるレンタカーは、ひとり旅の強力な味方になってくれるだろう。

その日、仕事を終えた日和は帰宅するなりペーパードライバー講習について調べまくった。

自動車メーカー主催のコースが見つかり、格安で受けられたのは幸いだった。おかげで、最初の講習で車に慣れてから自宅近辺を走ってみる、という理想的な形が取れたのである。

もちろん、その後も家の車で練習を重ねた。二度の講習を受けたこともあって、家族も渋々ながらもつきあってくれた。こうして日和はペーパードライバーを卒業、空路で出雲に入ってレンタカーに乗り込むことになったのである。

メーカー講習で使ったのは家と同じ車種、今回借りるにあたっても同じ車種を選んだ。年式は違うようだが車両感覚は同じだし、操作パネルもほぼ同じだ。しかも、家の車にはないバックモニターまでついている。これならなんとかなるはずだ、と日和はカーナビに最初の目的地を設定する。

向かうは『出雲大社』、十年来の憧れの地だ。もしもレンタカーが使えなければ、バスに乗ることになっていた。飛行機の着陸予定時刻からバスの発車までは十分しか余裕がない。函館旅行のときのように、飛行機が遅れることだってある。おそらく飛行機が遅れた場合はバスも待ってくれるのだろうけれど、日和のことだから気が気じゃなかったはずだ。

その点、レンタカーは時間に縛られない。着陸後ものんびりトイレに行けたし、荷造りの際もいつもほど悩まなかった。なにせ、今回車を借りるのは空港なのだ。多少重くても荷物はトランクに放り込めるし、コインロッカーのサイズに悩むこともない。こんなふうに出発前に気持ちを落ち着かせることができるのも、時間に縛られないからこそだ。

講習を受けようと思ったのは五月、今はもう九月だ。前の旅行から半年も経ってしまったし、お金だってかかったけれど、ペーパードライバーを返上できてよかった。それに、小宮山商店株式会社では七、八、九月の間のどこかで夏期休暇を取ることができる。観光客であふれかえる週末や連休ではなく、平日に回れるのはありがたかった。

出雲は神様の集合地として有名で、十月になると八百万の神々が出雲に出かけるらしい。古来十月が『神無月(かんなづき)』と呼ばれるのはそこに起因するのだが、出雲に限っては『神在月(かみありづき)』、そこら中が神様だらけになる。今はまだ九月、『神在月』は十月だろう、と言われそうだが、気の早い神様がいるかもしれない。早めに行って場所取りをしないとも限らないし、暇に飽かせて御利益をばらまいてくれる可能性だってある。

このタイミングで運転練習が終わったことも、夏休みが取れたことも御利益のひとつなのかもしれない。ありがたいことだ、感謝しながら日和はレンタカーショップの駐車場をあとにした。

「制限速度を超過しました。安全運転を心がけてください」

出発しておよそ五分、直線道路を調子よく走っていた日和は、いきなりカーナビに叱られた。

――な、なにこれ⁉

慌てふためいてスピードメーターを確認すると、表示されている数字は確かに制限速度をオーバーしている。ただし、オーバー率は十パーセントほどで、地元ナンバーの車に次々追い越されている状況なのだ。

二度目のペーパードライバー講習で近所を走ったとき、日和はスピードを出し切れず、教官から『もっと踏んで』『周りの流れに合わせて』とばかり言われていた。今日だって、流れにおいて行かれないよう必死にアクセルを踏んでいたのだ。それなのにこの言い草、あんまりではないか……と日和は恨めしい気持ちになってしまった。

とはいえ、制限速度を守るのは大事なことだし、スピード違反で警察のお世話になるのはおおよそ制限速度の十パーセントオーバーからと聞いている。本当か嘘かはわからないが、それを信じるとするとカーナビの忠告は至って正しいということになる。

踏み込んでいたアクセルを気持ち戻し、スピードメーターの数字をなんとか制限速度近くまで落とす。それ以後も、踏み込んでは叱られて戻す、という動作を繰り返しつつ、およそ四十五分で『出雲大社』の駐車場に到着した。

都内よりもずっと交通量が少なく、道幅は広い。近所でもおっかなびっくり運転していたから、知らない道は不安だったけれど、むしろこっちのほうが気楽だ。速度超過を窘めてくれるほど親切なカーナビは道案内も完璧で、空港から出雲大社まで一切迷うことなく導いてくれた。スマホの道案内は、ときどき現在位置を読み損なってとんでもない間違いをやらかすことがあるが、このナビはそんな失敗はしそうにない。モニター画面が大きい上に、曲がるべき交差点に来ると拡大表示されてわかりやすいのだ。

──口うるさいけどカーナビ最強！　よし、君の名前は『執事くん』だ！

勝手に命名したあと、三度ほど切り返して車を止め、日和はエンジンを切った。きっと老練、口ひげがあるに違いない『執事くん』は、『運転お疲れ様でした』とねぎらいの言葉をくれる。そこでやめてくれればいいのに、速度超過率やら、急発進、急停車の割合まで教え、ようやく『執事くん』は沈黙した。

ひとり旅のつもりが、とんだお供ができてしまった。だが、このお供はどれほど罵詈雑言を浴びせようが平然と受け流してくれそうだ。普段おとなしい人ほど、運転中に人が変わりやすいという。自分が該当するかどうかわからなかったが、いきなりしゃべり出したカーナビに散々文句を言いまくってきたから、日和も運転によって豹変するひとりに違いない。黙って聞いてくれるのはなによりだった。

　とりあえず、しばらくここで待っててね、と言い置き、日和は大鳥居に向けて歩き出した。

　駐車場からなだらかな坂を下り、十分ほどで到着。ショートカットする道もあったらしいが、やはり大鳥居を潜って入りたいという思いが強かった。

　鳥居の左端で立ち止まって一礼、心の中でお邪魔いたします、と唱えて、参道に入る。両側に松が並ぶ参道は人がいっぱい、あちこちに小さな旗を持って誘導しているガイドの姿も見られた。

　平日でもこの様子なのだから、土日や祝日はいかばかりか。連休となったら、身動きできないほどの人出かもしれない。つくづく、平日に休みを取ってこられてよかったと感謝するばかりだった。

　祓社、中の鳥居、大国主大神の像を抜けて、参道を進む。手水舎はかなり混み合っていたけれど順番を待って手を清め、さらに奥へ。しばらくすると、大きな建物が見えてきた。日本一の大注連縄があり、ガイドブックや旅行番組で必ず紹介される神楽殿だった。

　離れたところから見ても相当だったが、近くで見るとさらに大きい。これが外れて落ちてきたら大変なことになる、と怖くなるほどだ。だが、神々しさも半端ではない。確かに、怖さと怖れは同じ字を使うだけあると思ってしまった。

いつもどおり柏手（かしわで）を打ちかけてはっとする。そういえば、出雲大社は参拝の方法が違う。大抵のところは二礼二拍手一礼だが、ここでは二礼四拍手一礼なのだ。ガイドブックには、無限を表す八の半分で四拍手、と書いてあったが、なぜ半分にするかまでは説明されていなかった。

だが、わからなければお参りできないということもない。作法どおり神妙に二礼し、ぱんぱんぱんぱんと四回手を打つ。心の中で、『よいご縁がありますように』とお願いし、一礼して一歩下がる。『よいご縁』は人でもものでもいいが、あの人ならもっといい。でも、念願の出雲に来られただけで十分、出雲大社とご縁があったと思えば満足だった。

無事参拝を終えた日和は、空腹を無視できなくなった。レンタカーを借りた時点で昼だったが、今はもう午後一時を過ぎている。お腹が悲鳴を上げるのは当然だろう。それでも、空港でいきなり昼食というのはつまらないし、いざ出雲大社に着いてみたら参拝よりも先に食事というのはなんとなく罰当たりな気がして我慢していたのだ。晴れてお参りを終えた今、頭の中は食事、それも『出雲そば』一色だった。

『出雲そば』が普通の蕎麦（そば）とどう違うかと問われても、日和には正確には答えられない。ガイドブックに載っている写真は、三段重ねの割子のそれぞれに違った具が載っているものが多かったので、そういう提供スタイルを指して『出雲そば』としているのかもしれない。

普段から蕎麦を食べ歩いているわけではないので、蕎麦やツユに特徴があったとしても気づけない可能性のほうが高い。それどころか、今の空腹具合なら、美味しければなんでもありとすら思ってしまうだろう。

あらかじめ調べたところ、出雲大社近辺に『出雲そば』の名店はいくつもあった。ところが、ガイドブックやインターネットで紹介されるだけあって、どの店もけっこうな行列で、中には売り切れて閉店している店まである。いくつかの店に行ってみたあと、もう『出雲そば』は諦めようかと思ったところで、日和は少し離れたところにもう一軒蕎麦屋があることを思い出した。

確か社務所と駐車場案内所の間ぐらいだったはず……とスマホで確かめてみると、今いる場所からそう遠くない。これならなんとか、と行ってみたところ行列もなく、すんなり店内に案内された。有名店の支店、しかも観光客が群れをなしている大鳥居近辺から少し離れているため比較的静かで、日和には理想的な店だった。

メニューには、蕎麦だけでなくうどんや丼物、それらを組み合わせたセットもある。ビールや日本酒もあり、日和が案内されたテーブルの隣には『蕎麦屋呑み』を楽しんでいる夫婦もいた。

観光に来て『蕎麦屋呑み』とは、なんて粋なご夫婦だろう。羨ましくなったけれど、自分はひとりだしそもそも車だからお酒は論外だ。レンタカーはもともと気楽なひとり旅をさらに自由にしてくれるけれど、代償がないわけじゃないな……と軽くため息をつきつつ、日和は三段重ねの『割子そば』を注文した。

しばらく待って運ばれてきたのは、両手の親指と人差し指で作った輪より一回り大きい器が三つ。それぞれに蕎麦が盛られ、一つ目は天かす、二つ目はとろろ、三つ目には生卵が載っている。ツユが入った徳利と蕎麦猪口も添えられている。ガイドブックで見たとおりの『出雲そば』だった。

まずは天かすが載ったものから食べることにする。異論を承知で言ってしまえば、この三種なら天かすが一番無難というか、はっきり言って『格下』感が強い。まずはこれを食べながら、次はとろろと生卵のどちらに行くか考える、という作戦だった。

さてさて、と箸を割った日和はそこで手を止めた。徳利からツユを注ごうとしたら、蕎麦猪口にはすでに白濁した液体が入っていたからだ。

——これって蕎麦湯？　あ、そうか、お蕎麦に直接かけるんだった！

ついさっき、店員さんが丁寧に説明してくれたのに、目も心も蕎麦に奪われ、耳を素通りしたらしい。どこまでお腹が空いているのよ、と自分に呆れてしまった。

徳利の先を蕎麦猪口から丸い器に変更し、天かすを避けてかける。天かすの食感が好きなので、損ないたくなかったのだ。慎重に蕎麦とツユを混ぜ合わせ、箸で掬って口の中へ。

ツユは濃厚と言うよりはすっきり系、このツユだけでは甘すぎるかもと思ったけれど、紅葉おろしの辛さが入ってちょうどいい。苦労した甲斐あって天かすはカリカリ、蕎麦は日和の好みよりも少し太めだったけれど、蕎麦猪口に浸すのではなく上からかけるスタイルなら、これぐらい太いほうがツユが絡みやすいのかもしれない。

ぶっかけタイプの蕎麦は普段はあまり食べないが、究極の空腹の場合は手っ取り早くていい。調子よく食べ進み、次は生卵に決める。なぜなら、食べ終わった器のツユは次に食べる器に移すことになっているらしく、日和は生卵を割り入れたところが好きだったからだ。生卵を先に食べることで、ツユに混じった卵ととろろが合わさって、とろろだけで食べるよりもさらに美味しくなるはずだ。

グッドアイデア、と自画自賛しながら生卵が載った蕎麦を食べる。思惑どおりたっぷり残った卵ごとツユをとろろの蕎麦の上からかけ回す。徳利のツユも少し足し、日和はご機嫌で『月見とろろ』にした蕎麦を食べ終えた。

――あー美味しかった！　さて、蕎麦湯……

先に運ばれてきて大丈夫かと思っていた蕎麦湯は、蕎麦を食べ終わるころには飲み頃の温度になっていて、独特の甘みもしっかり感じられる。しかも、徳利に残ったツユはちょうど蕎麦猪口いっぱいに見合う量で、よく考えられているなあ……と感心することしきりだった。

店員さんはみんな感じが良くて親切、蕎麦もとても美味しかった。出雲に着いて最初の食事は大成功だった。

『出雲そば』を堪能した日和は、駐車場に戻って車に乗り込む。ただいま『執事くん』、と車に挨拶し、カーナビをセットする。

次の目的地は『須佐神社』、須佐之男命が、この国は良い国だからと自分の名前をつけ、自らを鎮魂したと伝えられる神社であり、日和にペーパードライバー講習を受けてまでレンタカーを選ばせた日本一のパワースポットだった。

出雲大社だけなら電車でも行ける。だが、須佐神社は車でしか行けない。なにせ、便利きわまりない乗り換え案内アプリですら、『乗り換え案内を計算できませんでした』と白旗を揚げるぐらいなのだ。ただ、乗り換え案内アプリは路線バスまでは把握していないことも多い。

それほど気軽に行けない神社ならば、御利益はすごいに違いない。いや、御利益などなくてもいいから、どんなところか一目見てみたいと常々思っていた。いわば憧れの地である須佐神社にとうとう行ける。考えただけで、カーナビをセットする手が震えそうだった。

「一般道を通るルートです。目的地まで三十五分かかります。案内を開始します」

ではでは、とシフトレバーを動かそうとしたところ、直ちに『執事くん』に叱られた。『D』に入れるときにはブレーキを踏め、というのだ。はいはい、仰せのとおりに、と嫌みたらしく言い返し、ブレーキを踏んでシフトチェンジ、今度は『執事くん』はなにも言わず、車は無事に発進した。

天気は上々、道はあいかわらず空いているし、複雑な交差点はない。五分も走らないうちに、肩の力もすっかり抜け、日和はドライブを楽しめるようになった。考えてみれば、公共交通機関で行けないような場所というのは、大抵田舎だ。訪れる人が少ないから電車やバスが走らないのか、その逆なのかはわからないけれど、とにかく『空いている』ことに違いはない。車を運転する上でも、都心の四車線道路とは比べものにならないだろう。

正直、都会での運転はまだ怖い気持ちが残っている。だが、これぐらいの交通量なら車線変更もすいすいできるし、右折だってそう難しくない。東京から電車なり飛行機なりで移動してきたあとなら、レンタカーを割引料金で使える場合も多い。レンタカーのおかげで、一段と旅のバリエーションが広がったのだ。

乗らないならなんのために免許を取ったのだ、と蓮斗に言われたときは、自分の考えを押しつけてくる人は苦手だとも思った。けれど、彼に言われなければ、日和が旅先での移動手段にレンタカーという選択肢を入れることはなかった。今でも、パワースポットの紹介記事を見つけては、電車やバスでは行けないのか……とため息をついて諦めていただろう。

考えてみれば、誰かに意見するのはかなり勇気のいることだ。仕事でも普段の生活でもそれほど接点がない相手が、どんなふうに旅をして、どんな苦労をしようが関係ないのに、わざわざ忠告してくれた。しかも日和ときたら、あからさまに不快な顔をしてしまった……

本当に申し訳なかったと反省し、日和は車を走らせた。

須佐神社に到着したのは、カーナビの予想時刻より二分早い午後二時四十六分だった。駐車場に車を止めようとして、まず無料であることに感動する。しかも、二十台ほどのスペースがあるのに止まっているのは数台だ。平日とはいえ、東京ではあり得ない事態だと驚きつつ車から降りた。

駐車場から県道沿いに歩いて右に折れ、少し進んだところで大きな鳥居が見えた。店を探す場合と異なり、神社は鳥居という目印があっていいなあ、と思いながら歩いて行く。鳥居を潜って入った先には、静寂そのものの世界が広がっていた。

同じ神社とはいえ、先ほどまでいた出雲大社とは全然違う雰囲気なのは参拝客の数、ひいては神様の数の違いだろうか……などと考えつつ、お参りを済ませる。

賽銭箱に入れたのは五円玉、少しでごめんなさいね、でもここまで来るのも大変なの、なんて心の中で言い訳してしまう。罰当たりとはわかっていても、参拝客が少ない分お賽銭も少なくて、維持が大変なのでは、と思ってしまったからだ。

頑張って働いて、せめて五十円、いや五百円ぐらいは入れられるようになろう——そんなささやかな決意を固める。そのあと、ご神木である大杉や『須佐神社七不思議』のひとつである塩ノ井を巡り、縁起もじっくり読んだ。

この場所にいればいるほど身が清められ、大きな力が得られそうな気がする。なにより ここにいること自体が心地よい。初めてのひとり旅で訪れた熱海の來宮神社でも同じような気持ちになったが、ここは日和にとって相性の良い場所なのだろう。

とはいえ、ほかにも行きたいところはある。去りがたい気持ちを抑えつつ、日和は踵を返した。


車に乗り込み、また『執事くん』に道案内を依頼する。次なる目的地は日御碕、灯台や神在月に八百万の神々を迎えるという稲佐の浜、夜を司る日御碕神社などがある人気の観光地だ。

夕日の絶景スポットでもあるから、日没少し前に着くのが望ましいが、現在時刻は午後三時十五分。日御碕までの所要時間は四十五分から五十五分となっているから、途中でもう一ヵ所どこかに寄っていけるかも、と思った日和はガイドブックを取り出した。

——あ、ワイナリーがある！　経路からは少し離れるけど、多少時間がかかったほうがちょうどいいよね。ワインの試飲はできないけど、お土産は買えるし、カフェもあるみたいだから休憩できる。素敵なスイーツがあればいいなあ……

にんまりしながら日和は『執事くん』に『島根ワイナリー』に寄ってもらうように頼み、車を発進させた。

国道から県道、また国道と『執事くん』に言われるままに走り、三十五分で『島根ワイナリー』に到着した。

ゲートの両脇には大きな樽があり、『島根わいん』と書かれている。平仮名だとなんだかかわいいな、と思いながらゲートを潜り、まずは工場を見学する。

とはいえ、日和はワイン造りにものすごく興味があるわけではない。ブドウを収穫してからワインになるまでをさらりと眺めて売店へ。

売店には何種類ものワインが並び、自由に試飲できるようになっている。うぐぐ……と思ったところでブドウジュースを見つけ、大喜びで試飲する。

ブドウジュースの中には、酸味が強くて閉口してしまうものもあるけれど、このジュースは酸味も甘みもまろやかで飲みやすい。これが無料で味わえるなんて最高、とここに来ることを決めた自分を褒めつつ、お土産を選ぶ。甘みが強そうな白ワインとオリジナルのクッキーを買ったところで、ソフトクリームの看板を発見、一瞬も迷わず食べることを決定した。

――ソフトクリームって、どうしてこんなに美味しいんだろう。それなのに、なんだかこのごろ絶滅危惧種じゃない？

ベンチに座ってソフトクリームを嘗めながら、日和は考え込んでしまった。

近頃、ジェラートとか普通のアイスクリームばかりで、ソフトクリームが食べられるところが減った気がする。いや、気がするじゃなくて本当に減っている。少し前まで、ショッピングセンターのフードコートなどに行けば、ソフトクリームは普通に食べられた。ところが、今ではほとんどがアイスクリームチェーンやタピオカを売る店に変わり、ソフトクリームを売る店がなくなってしまった。ハンバーガーショップにもあるにはあるのだが、日和にはハンバーガーショップでソフトクリームだけを注文する度胸なんてないし、ハンバーガーを食べたあとにソフトクリームというのもなんだか違う。おかげで、すっかりソフトクリーム難民になっていたのだ。

　それでも乳製品や果物の産地では、それらを使ったソフトクリームが名物になっていることが多い。ソフトクリームを食べるためには旅に出るしかないのか、と悲しい気持ちになるが、逆に考えれば、旅の楽しみのひとつともとれる。楽観主義上等、と自分に言い聞かせ、日和は濃厚なミルク風味を堪能した。

　空は晴れ渡り、久しぶりのソフトクリームでお腹も気持ちも大満足。『島根ワイナリー』から日御碕までは二十分、モニターで見る限り道も複雑ではないし、難なく辿(たど)り着けるだろう。途中でまた出雲大社の近くを通るんだな、などと呑気(のんき)に考えつつ、日和は上機嫌で車を走らせた。

「急ハンドルを検知しました。安全運転を心がけましょう」

　もう何度目になったのかわからないほど『執事くん』が繰り返す。執事の『執』は執(しつ)拗(よう)の『執』か！　とうんざりしつつハンドルを切る。急ハンドルもなにも、日和は道に従って走っているだけだ。路肩にはみ出してもいないし、センターラインも越えていない。ただただ『そういう道』としか言い様がなかった。

——そんなに大騒ぎしないでよ！　この道で急ハンドルを切らずにいたら、崖から落ちるか山肌に激突しちゃうじゃない！

　自分で運転することはおろか、両親の車に乗ってすらこんな道を走ったことはない。道はくねくねと折れ曲がり、五回に一回ぐらいはいわゆるヘアピンカーブ、あるいは限りなくそれに近い角度を描く。唯一覚えているのは、校外学習で出かけた日光ぐらいだろう。いろは坂をくねくね上るバスの中で、クラスの大半が青ざめていた。それでも日光東照宮は正真正銘山の中、海に向かう道がこんなにくねくねなんておかしいでしょ！　と吠えてしまう。やはり日和は『運転によって豹変する人』のようだ。

　確かに目指す先は『日御碕』、岬ではなく『御碕』だ。この『碕』という字の不穏なことと言ったら……とほとんど八つ当たりとしか思えないことを考えながら、ようやく車を止めたのは、『島根ワイナリー』を出てから二十五分後、予定到着時刻を五分オーバーした午後五時二十五分だった。

「運転お疲れ様でした。運転時間は二十五分でした」

『執事くん』は、運転所要時間とねぎらいの言葉を伝えてくれる。あまりにも平然とした口調に、人の気も知らないで！　とまた文句を言ってしまう。

　とはいえ無事に着けたのは彼のおかげだ。とりあえずありがとね、とお礼を言い、灯台への道を辿る。インターネット情報によれば、本日の日没時間は午後六時二十七分、およそ一時間後である。

当初は、その一時間で灯台に行き、日御碕神社にお参りしたあと稲佐の浜に戻って夕日を眺めるという計画だった。だが、真っ青な空と海を背景にそそり立つ灯台を見ているうちに、日和は帰りたいという気持ちでいっぱいになってしまった。

この場所が自分に合わないというのではない。もともと海、というか水のある風景が大好きな日和にとって、どこまでも広がる空と海が一度に見られるこの場所が心地よくないはずがない。可能ならばいつまでだっていたいと思う。ただただ、心地よさに負けず劣らず帰り道への不安が大きかったのだ。

今日は晴天、気温もほどよく絶好の行楽日和だ。運転する上でも視界は良好、ドライブコンディションは最高だろう。にもかかわらず、ここに来るまでの道のりはあまりにも困難だった。夕日を楽しむということは、当然日が沈んでからここを出ることになる。暗がりの中、あの急カーブを無事に運転して帰れる気がしなかった。

この浜に夕日が沈むさまは、さぞや美しいだろう。ガイドブックに載っていた紫とオレンジに染まる写真を見て、この神々しさを体験したいとやってきた。だが、そんな思いも身の安全の前では揺らぎまくる。日没後は、帰る人で交通量も増えるだろう。自分だけならまだしも、事故を起こしたら他の人に迷惑をかけかねない。

ここは強力なパワースポットではあるが、それは夕日とセットではないはずだ。この地に立っただけで十分、日が暮れる前にあの坂を下りきってしまおう。

——どうか……どうか、あの坂を無事に下りられますように！

日御碕神社で、ここに来るまでは想像もしなかった祈りを捧げる。とにかく真剣に、それだけを祈った。日御碕神社は夜を守る神社と言われているけれど、こんなに真剣に祈ったのだからきっと大丈夫。それにうっかりものの神様が少し早めに渡ってきていて、暇に飽かせて守ってくださるかもしれない！

最後に清めの砂が入ったお守りを授かり、ダンガリーシャツの胸ポケットに入れる。いつもなら鞄にしまうけれど今日は別、文字どおり『身につけて』おきたい一心だった。

その後、稲佐の浜近くの駐車場でいったん止まり、砂浜に行く。神様がやってくるのはあのあたりからかな、としばし眺め、引き返す。気分は、これにて日御碕クリア！だった。

対向車線は、日和が来たときよりもずっと車が多かった。おそらく日没を目指しているのだろう。町に向かう車が少ない分、渋滞を作る心配がないのはありがたい。この道を、何台もの車にせっつかれながら走るなんて考えるのもいやだった。

ゆっくり、そして慎重に車を走らせる。きついカーブがやってくるとわかっているからか、来たときのように崖沿いではなく、山肌に沿って走ったせいかはわからないが、とにかく来たときよりも落ち着いている。それでも、気を抜いちゃだめ、と何度も言い聞かせ、なんとか出雲市駅前にあるホテルに着くことができた。

駐車場はホテルに隣接している上に、青空駐車方式だ。立体駐車場の場合、入出庫は係員に頼むことになってしまうが、これなら気楽、おまけに二十四時間出し入れできるという。

駅前立地で一日中出し入れ自由な駐車場があるなんて便利すぎる。さぞや車で来る人も多いだろうな、と思いながら、日和はエンジンの停止ボタンを押した。


——ひろーい！


部屋に入るなり、ベッドにダイブしたくなった。

もちろん、そんな行儀が悪く、ベッドを傷めそうなことはしないけれど、それほど広くて快適そうなベッドだったのだ。

ウェブサイトには一四〇センチ幅と書いてあったが、読んだときは『ふーん』としか思わなかった。けれど、実際に目にすると迫力がすごい。しかもこの幅のベッドが置けるということは、部屋そのものも相当広いということなのだ。

ダイブはしないけれど、そっと上布団をめくり横になってみる。急カーブの連続で凝り固まった腕や肩の筋肉をふわりと抱き留めてくれる感触に、ため息が出る。百点満点中百二十点ぐらいのベッドだった。

スマホの時計は六時十八分を指している。日御碕は夕日を楽しむ人でいっぱいだろうけれど、これはこれで幸せな時間だった。

——これでいいのよ、ひとり旅なんだから。あとはなにか美味しいものでも……

このホテルは一泊二食付きも用意されているが、日和はいつもどおり朝食のみを付けたプランにしている。駅前だから夕食を食べる店には困らないだろう。山陰は魚も美味しいらしいし、ガイドブックにもいくつか載っていた。口コミをインターネットで調べて……と思いながらも、日和はあらがいがたい眠気に襲われる。

とりあえず一休み……とスマホを枕元に置き、日和は意識を手放した。

――やってしまった……

目が覚めたとき、スマホの時計は午後八時二十三分を指していた。二時間以上眠っていたことになる。正直に言えば、爆睡してしまう予感はあった。だが、せいぜい一時間もすれば目が覚めると思っていたのだ。

ひとり旅を始めたころは、ホテルに着くなり眠ってしまうことが多かった。おそらく緊張しすぎて疲れ果てていたのだろう。最近はそういうことも減っていたのに、二時間も眠ってしまったのは、やはり運転の影響に違いない。

それでも、慣れないことはするもんじゃない、とは思わない。慣れないから、と切り捨てていたら、いつまで経ってもできるようにならないし、それは旅でも仕事でも同じだ。

慣れなくても必要なことなら、慣れるまで頑張る――それは、日和が一年以上ひとり旅を重ねて得た大事な教訓だった。

二時間の睡眠で体力と気力を取り戻した日和は、夕食の計画を始めた。

ところが、行ってみたいと思っていた店の口コミを読んだら、やたらと店員さんが元気らしい。

飲食店の店員さんに元気がないのは困りものだが、ありすぎるのも困る。特に日和は人見知りが強いので、なに呑む？　なに食べる？　どれも抜群だよ！　なんて迫られたら考えがまとまらなくなって、目についたものを端から注文しかねない。

人見知りについてはひとり旅に出るようになってからずいぶんマシになり、『人見知り女王』から『人見知り姫』くらいにはなった気がしている。それでも、見ず知らずの人に怒濤の勢いで話しかけられると困惑する。かといって、品書きを渡して放置しっぱなし、というのも少々困る。注文を取ってもらうために呼びかけるタイミングが難しいのだ。我ながら、ずいぶん勝手だとは思うが、それが正直な気持ちだった。

とりあえず元気すぎる店員さんが勢揃いしている店はパスして、次の候補を調べる。

幸い、ホテルとその店は目と鼻の先、というか道を隔てた向こう側だった。ノドグロを専門に扱う店らしく、口コミサイトにもノドグロがでかでかと描かれた看板が紹介されている。値段も手頃だし、女性ひとりでも入りやすそうだ。予約でいっぱいになっていることが多い、と書かれているが、席はたくさんありそうだから『おひとり様』なら入れるかもしれない。

金沢に旅行したときに入った居酒屋で、金沢はノドグロで有名だがほとんどは山陰で獲れたものだと聞かされた。地元産じゃないのか、とそのときは食べるのを諦めたが、ノドグロへの食欲は残っている。せっかく山陰に来たのだから、今度こそ地元産のノドグロを味わいたい。この店はノドグロのサイズを指定できるらしい。小さいのを選べば、ひとりでも食べきれるだろう。

よしよし、と頷き、日和はホテルを出た。狙いを定めた店までは徒歩一分、心配性の父も文句のつけようのない近さだった。

店の前に立って様子を窺う。だが、引き戸はしっかり閉まり、中の様子は一切わからない。

帰るお客さんか店員さんでも出てこないかな、と思っていると、目の前でタクシーが止まり、女性が三人降りてきた。

「なんか良い感じのお店ね！　とっても楽しみだわ。紹介してくれてありがとう！」

「どういたしまして。お楽しみください」

そんな会話のあと、タクシーは走り去った。女性たちはためらいもせずに店に入っていく。タクシー運転手は美味しい店を知っている場合が多い。そのタクシー運転手が紹介するぐらいだから、やはり良い店なのだろう。

この機会を逃しちゃだめだ、と思った日和は、三人の女性について中に入った。案内に出てきたお姉さんに、四人様ですか？　と訊ねられ、手を左右にぶんぶん振る。三人はタクシーの中から予約の電話をしたらしく、すぐにテーブル席に案内された。

店内はほぼ満席、カウンターもいっぱいだ。やはり予約が必要だったか、と思っていると、案内を終えたお姉さんが戻ってきた。

「ご予約はございますか？」

「ごめんなさい。予約はしてません……」

「……しばらくお待ちください」

お姉さんは少し困った顔になって、カウンターのほうに歩いて行った。店長らしき男性と言葉を交わしたあと、戻ってきて済まなそうに言う。

「あいにく今、満席なんです。少し待っていただければお席のご用意はできると思いますが、小さめのノドグロが売り切れてしまいました」

時刻は九時に近い。今日はなぜかひとりの客が多く、残っているのは二、三人向けの大きなものばかりだそうだ。

この店はノドグロを看板に掲げているが、ほかの料理がないわけではない。島根の郷土料理や一般的な居酒屋料理だってメニューには入っていた。とりあえず座らせておいて、ノドグロは大きなものしかご用意できません、と言うこともできたはずだ。案内する前に、ちゃんと言ってくれるのは良心的な店の証で、きっと料理も美味しいはずだ。

ひとりで大きなノドグロを平らげる自信はない。この店でノドグロを食べたかった。あまりにも残念……と思ったところで、日和ははっとした。

なにも今日にこだわる必要はない。今回の旅行は二泊三日だ。仕切り直して、明日にしよう。なんなら、今予約して帰ればいいではないか。

　そして日和は、申し訳なさそうにしているお姉さんに訊ねた。

「あの……明日の予約ってできますか？」

「明日ですか？　お待ちください」

　お姉さんはレジのところに飛んでいって、予約用らしきノートを見る。満面の笑みになったところを見ると、空席はあるのだろう。

「明日なら大丈夫です。お取りしますか？」

「お願いします」

「お時間は？」

「時間……」

　そこで日和は困ってしまった。

　実は、明日は松江まで足を延ばそうと考えていた。せっかく島根に来たのだから、松江にも行ってみたい。宍道湖も見たいし、松江城にも行きたい。城そのものよりもお堀に浮かぶ船に乗りたい。不昧公がお気に入りだったという鯛飯も食べてみたい。それらを全部こなして戻ってくるのは何時になるだろう……

　なにか支障でも？　とお姉さんは首をかしげている。やむなく日和は、明日の行動予定を話すことにした。

「松江まで行かれるんですね。それだと遅めの時間がいいでしょう。八時ではいかがですか？」

「じゃあそれで……」

「間に合いそうになければ遅らせることもできますから、お電話くださいね。お魚はちゃんと取っておきますから」

　今日の品切れが、よほど不本意だったのだろう。言葉と眼差しに、明日は間違いなくノドグロを味わっていただきます、という決意が籠もっているようだった。

　さらに彼女は、松江の見所と、鯛飯を食べたいという日和におすすめの店まで紹介してくれた。

　ありがたくメモを取らせてもらって、日和はその店を出た。明日の夜が待ち遠しい。だが、問題は今現在の空腹だ。とにかくなにか食べる必要があった。

　――明日の朝はホテルでビュッフェだし、お昼は鯛飯。夜はノドグロ……ちょっと待って、これっていくらなんでも食べ過ぎなんじゃ……？

　数字が頭の中で躍り始める。旅から帰るたびに、体重計の数字は確実に増えていた。どれも和食、あっさり系だから大丈夫、と判断するのがいかに危険かは身をもって知っている。

　基本的に公共交通機関利用、歩き回っていてもしっかり増量してしまうのに、今回の足は車なのだ。消費カロリーはいつもよりずっと少ない。その上、三食ご馳走三昧では目を覆いたくなるような数字が待っているに違いない。旅の途中で体重計の数字に囚われるのは不本意だが、増えすぎた体重で思い出を曇らせるのもいやだ。

とはいっても、鯛飯もノドグロも諦めたくない。朝ご飯をしっかり食べないと、一日の活動に差し障る。それなら、今晩のご飯で調整するしかない！

どうせ目当てのノドグロは売り切れだし、主立った郷土料理は朝食で楽しめるはず。なにより、あれこれしているうちに時刻は九時を回った。明日は遠出だから寝坊は禁物、軽く食べて寝てしまおう。

店から出た日和は、道の左右を見渡す。三〇〇メートルぐらい先に青い看板が見えた。旅先でコンビニ飯というのはちょっと情けない気がするが、背に腹は代えられない。なかなかできない経験だ、と苦笑しながら日和はコンビニに向かった。

このコンビニは都内にもたくさんあるが、確か地元食材を使った商品の開発にも熱心だった記憶がある。ご当地グルメ的なお弁当でもあれば……と探してみたが、それらしき値札はあっても商品そのものがない。そういった商品は期間限定発売のことが多いし、その分人気も高い。この時間では、売り切れていても仕方がないだろう。むしろ、夜の九時という時刻を考えたらずいぶん品揃えがいい。おにぎりやサンドイッチの棚にはそれなりに品物が並んでいるし、レジ横ではしっかりホットスナックも売られている。

大好きなチーズ味のチキンスナックがあることを確認し、日和は海藻サラダとおにぎりをひとつ、温かいお茶をかごに入れる。スイーツもなにか……と思ったけれど、コンビニ飯を選択した理由を思い出して諦める。

今夜はぐっと我慢して、明日は思う存分食べよう。松江は茶の湯文化が発達した場所だそうだから、和菓子はもちろん美味しいスイーツがたくさんあるはずだ。

かごに二リットルの水を追加したあと、チキンスナックもゲット、無事支払いを終えた日和は、重い袋を下げてホテルに戻った。

――これはこれで楽しい！

無理やりではなく本気でそう思った。

店員さんとやりとりしなくてもいいし、周りに気を遣う必要もない。それどころか、ベッドに入って壁にもたれながらの食事である。

ふと思いついてテレビをつけてみると、お馴染みのバラエティー番組をやっていた。毎週欠かさず視るほどのファンではないが、迫力ボディのおネエキャラタレントがゲスト相手に繰り広げるトークは、コンビニ飯のお供にちょうどいい。

時折吐かれる毒舌に、うんうん、そうよね！　と頷きながら、パリパリ海苔のおにぎりを齧る。続いてチキンスナックを口に放り込んでもぐもぐ……両親と暮らす日和にとって、家では絶対に許されない行儀の悪さだが、快適この上ない。

――これが快適だってことは、私はもともと自堕落な人ってこと？　でもまあ、いっか！

こんな私は誰にも内緒、とほくそ笑み、日和は気楽すぎる夕食を終える。シャワーは部屋に戻ってすぐに済ませた。あとは歯を磨いて寝るだけだった。

翌朝、日和はひそかに感動していた。

――この机、すごい！

ライティングデスクの上に大きな鏡が置いてあった。昨日部屋に入ったときは、珍しいしありがたいけれど、これでは机が狭すぎて書き物をしたい人は困るだろうな、と思っていた。だが、いざ前に座ってみると、ひっくり返せば上板になる造りになっている。書き物には十分だし、大型のノートパソコンでも余裕で置ける。

ホテルによっては鏡が洗面所にしかなく、立ったまま化粧をすることも多いが、これならゆっくり座って化粧ができる。旅行用のちまちました化粧品のボトルも並べ放題、こんな机が家にも欲しいと思うほど重宝だった。

ご機嫌で化粧を済ませ、朝食会場に下りていく。壁際にずらりと並べられた料理は、どれもお皿いっぱいに盛られている。

朝食がビュッフェスタイルの場合、遅い時刻になるとお皿が隙間だらけ、どうかするとほとんど残っていないこともある。その点、今日の日和は朝一番、六時半の開始時刻とともに会場に入れたため、まだ誰も料理に手を付けていないのだ。

圧巻だなあ、と思いながら、輪切りになった大ぶりな竹輪やだし巻き、青菜のおひたしなどを少しずつ皿に盛る。説明書きによると、この竹輪は『あご野焼き』というもので、トビウオの身をすりつぶしたものが入っているそうだ。いったん席にお皿を置きに戻ったあと、ご飯と味噌汁を取りに行く。味噌汁は島根といえばこれ、と言われる蜆汁。お玉に載った蜆の大きさにはぎょっとするほどだった。

だし巻き卵、塩鮭、おひたしにじゃこおろし、ウインナーにミートボール……。あまりにも美味しそうなミニクロワッサンの誘惑に負け、これはデザート代わり！　と言い訳しながらパリパリの食感を楽しむ。普段の朝ご飯にデザートを付けることなんてないでしょ、というセルフ突っ込みは聞かなかったことにして、優雅な朝食は終了、そのまま日和はホテルを出る。目指すは駐車場、そしておよそ四〇キロ先の松江城だった。

「おはよう。今日もよろしくね！」

　元気いっぱいで挨拶してみたが、『執事くん』の返事はなかった。基本的には無口なタイプなのね、と頷き、目的地を設定する。『執事くん』が示してくれたルートは高速道路経由だったが、ほかにはないの？　とごり押しし、一般道経由を表示させた。高速道路を使うほうが早いのはわかっているが、ペーパードライバーを卒業したばかりの身には辛い。ここはやはり、昨日同様『下道』をゆっくり走るべし、だった。

　渋々リルートした『執事くん』の案内で、日和は道を走り始める。幸い国道九号線に乗ったあとは松江まで一直線、間違いようがない上に宍道湖沿いを走るコースだから、少しは湖を眺められるだろう。一般道は信号待ちがあるから、といやがる人も多いようだが、日和は、信号待ちが嫌いではない。一息つけるし、周囲の景色も楽しめるからだ。

うまくすれば、写真の一枚ぐらい撮れるかもしれない、と期待しつつ走り出した日和は、三十分ほどで諦める羽目に陥った。なぜなら、どういう加減かまったく信号に引っかからないのだ。

行けども行けども信号は青ばかり。遠くに赤いランプが見えて、今度こそと思っても着くころには青に変わっている。結局車を止めることなく、宍道湖を通過してしまった。これが偶然だとしたら青が続きすぎるし、止まらずにすむように統制がかけられているとしてもそれはそれですごい。こんなに走りっぱなしになるなんて思ってもみなかった。これなら運転時間が短い分、高速道路を使ったほうがよかったかもしれない。

後悔先に立たず、とげんなりしながら走り続け、なんとか車を止められたのは一時間十分後、書店の駐車場を見つけたときだった。開店していないのに駐車場に車を入れられたのは、レンタルビデオショップが併設されていて、営業時間以外にも返却ボックスを利用する客がいるからに違いない。

開いていれば本の一冊ぐらいは買えただろうが、営業していない以上仕方がない。駐車料金の代わりということで、自販機で飲み物を買う。車に戻って飲んだミルクティーの温かさと甘さが、身体中に染み渡るようだった。

ここに来るまでにコンビニだってあったのに、わざわざ書店に止まるのが自分らしい。かなり大きな店だし、いろいろな本があるだろう。入ってみたかったな……と思いながら、自販機の横にあったゴミ箱に空き缶を捨て、再びハンドルを握る。『執事くん』によると、松江城まではあと十五分ぐらい、もうひと頑張りだった。

『執事くん』おすすめの駐車場に見事に入りそびれ、別の駐車場に車を止めた。もちろん『執事くん』は最初の駐車場に導くべく、何度もリルートを繰り返していたが、その途中で別の駐車場の前を通ったのだ。しかも、目指した駐車場よりも空いている場所が多い。松江城から少し離れているせいで人気がないのかもしれないが、駐車に慣れていない身としては、多少歩くことになっても空きが多いほうがいい。近くにもいくつか観光スポットもあるらしいし、お堀巡りの船に乗ってみてもいいだろう。

元の目的地に導くべく、違う、そうじゃない！　と言い張る『執事くん』を無視して車を止める。一時間三百円は都内なら垂涎の料金だが、さらに二時間五百円、三時間六百円、と止めれば止めるほどお得なシステムになっている。これなら、有料駐車場に車を止めると、頭の中で料金メーターが回ってはらはらしがちな日和も安心だ。今日もめでたく晴天、町の散策やお堀巡りをゆっくり楽しもう。

日和が駐車場を出てまず向かったのは、『松江堀川地ビール館』だ。

一番近かったという理由もあるが、歩き回る前の、お腹も空いていない、喉も渇いていない状態で訪れたかったからだ。さもないと、ビールに囲まれているのに試飲もできないという状況に悶絶させられるに決まっている。

日和としては、まずはここで地ビールを買い、いったん車に置いてから町巡りに出かけるという計画だった。だが、売店に入ってエアコンでほどよく冷やされた空気に触れた瞬間、計画は頓挫（とんざ）した。外気との温度差がかなり大きかったのだ。

九月とはいえ、これほどの晴天ならば気温は上昇の一途だろう。ビールを車の中に放置するには向かない気候といえる。保冷バッグに入れてもらったとしても、一日中保（も）つとは思えない。かといって、お土産には買って行きたい。きっと両親だって期待しているだろう。

結局、宅配便を使うしかなかった。函館に行ったときも利用したのだから、と自分に言い聞かせたが、日本酒の四合瓶と異なり、ビールの小瓶ぐらい持てるはずという気持ちが消えない。しかも今回はレンタカーを使っているから、自宅の最寄り駅まで迎えに来てもらえば、実際に持ち運ぶのは空港や駅の中ぐらいのものなのだ。

それでもビールを車内の高温にさらす決断はできず、泣く泣く宅配の手続きをしたのだった。

これで美味しい地ビールを呑めるんだから、と気持ちを切り替え、三分ほど歩いた先にある小泉八雲（こいずみやくも）記念館に行く。

入り口で確かめたところ、すぐ近くにある武家屋敷跡と松江城天守閣にも入れる三館利用券があった。確か、小泉八雲の旧居を含んだ三館共通券もあったはずなのに、と思ってウェブサイトを調べ直してみると、すでに廃止されていた。どうやら日和が目にしたのは古い情報だったらしい。

インターネットの罠（わな）だ！　と嘆きかけたものの、小泉八雲記念館と小泉八雲旧居の共通券があるのを発見し、大喜びで購入する。天守閣はどうするのだ、と思われるかもしれないが、日和にとってお城というのは遠くから全景を眺めるものであって、天守閣に上るものではない。

よほど小さなお城なら上ってみようかな、と思うこともあるけれど、松江城ほどになると二の足を踏む。観光客で混み合う中、延々狭い階段を上ってまで町を見下ろす気になれない。城門、あるいはもっと離れたところから、空に映えるお城を見上げるほうがずっと好きなのだ。

──しっかり地に足を着けて、上を向いて歩くっていうのはかなりおすすめの生き方よね。それをお城見学に取り入れたっていいでしょ？

人混み嫌いと体力不足への究極の屁理屈をこねながら、日和は二館共通券を購入し、天守閣には行かないことを決定した。

小泉八雲に関する情報収集は、あっという間に終了した。館内は思ったよりも狭く、展示物も絢爛豪華とは言えない。それでも、ラフカディオ・ハーンが、アイルランド生まれの父とギリシャ生まれの母の間に生まれながら、当時はアイルランドが独立国家ではなかったせいでイギリス国籍になったことや、カトリック教育に疑問を抱いてアメリカに渡り、ニューオーリンズで出会った日本文化に魅了されて来日したことを知れた。

日和は、小泉八雲というのは、文筆家ラフカディオ・ハーンが帰化して名乗った名前、程度の知識しか持っていなかったが、彼の波瀾万丈な生涯には目を見張らされた。旧居についても、この静かな環境が、あのオカルトチックな物語を生んだのか、と深い感慨を覚えた。短いながらも充実した時間を過ごすことができ、日和は大満足で古い屋敷を出た。

そのあと、武家屋敷まで散歩したものの、中に入ることなく引き返す。理由は簡単、そろそろお堀を巡る船の時間が近づいていたからだ。

『堀川めぐり』と名付けられた遊覧コースは二十分間隔で運航している。堀沿いに三カ所の乗船場が設けられ、一日券を買えば何度でも自由に乗り降りできる。最初に行った松江堀川地ビール館の隣にも乗船場があるため、そこから大手前広場の乗船場まで行って下船、お城周りを散策し、再び船で戻ってくる。途中でカラコロ工房や商店街が近いカラコロ広場乗船場も通るので、気が向けば下りる、というざっくりした予定を立てている。

船でぐるっと一周すれば五十分とのことだが、なにせ日和は『来た、見た、食べた、帰る』型の観光がもっぱらだ。乗ったり下りたりを繰り返してもせいぜい二時間から二時間半ぐらい、午後一時過ぎには戻ってこられるはずだ。それから食事にすれば、混み合う時間も避けられる。

予定はばっちりだ、とほくほくしながら日和は船が来るのを待っていた。

「はい、下がりまーす！　伏せて伏せてー！」

船頭さんの声に合わせて精一杯身体を伏せる。ちなみに、船はまだ出発していない。乗り込むやいなや、身体を伏せる練習が始まっていた。

ガイドブックに書かれていたから心の準備はしていたが、ここまで『ガチ』で伏せなければならないとは思っていなかった。

――そこまで低い橋をなぜ造った！　いやいや、造ったのはともかく、なぜ無理に通ろうとする！　しかも、船まで改造して！　ってか、すごいね、この船……

びっくりマーク連発のあとは、技術力への賞賛がわき上がる。船を通すために橋を跳ね上げるという方法もあるが、こうやって船のほうの屋根を低くするのは、松江の人たちのお城を大切にする気持ちの表れのような気がする。きっと、橋をいじるなんてもってのほか、かつての姿をそのまま残したいと強く願っているのだろう。

もしかしたら船の改造のほうが安くつくのかも、とちょっと意地の悪いことを考えつつ、身を伏せたり起こしたりを繰り返す。子どもは大喜びだし、みんなで身を起こして、ふう……なんてほっとするたびに一体感が高まる。

Win-Winだな、と感心しているうちに、ようやく船が動き出した。

両脇には木々が繁りまくっている。新緑、あるいは紅葉の時季はさぞやきれいだろうな、と思いながら進んでいくと、うべや橋が近づいてきた。最初の頭を下げなければ通れない橋だ。

頭を下げ、身体を斜めに倒して通過する。隅田川（すみだ）のように高い橋なら、呑気に橋の裏側を眺めながら通れるが、ここではそんな余裕はない。日和の母ぐらいの年齢らしき女性たちの黄色い声を聞きながら、早く過ぎてーと祈るばかりだった。

通り過ぎたあと、振り返って橋を見る。よくぞあそこが通れたものだ、と感心するぐらい低い。

女性たちは相変わらず賑やかで、それに負けじと船頭さんが声を張る。話は面白いし、時折歌も聴かせてくれる。これってなにかに似てる……と考えてようやくわかった。

——あの遊園地のゴンドラだ！　方言は使わないけど、話や歌の巧さがそっくり！

千葉県にあるのに『東京』と言い張る遊園地には、ゴンドラのアトラクションがある。ベネチアの運河さながらに、園内の水路を巡っていくのだが、そのゴンドラと堀川めぐりの船が重なった。

みんなで身を伏せたりはしないけれど、独特の高揚感がある。なにより、なんとかお客を楽しませよう、という船頭さんの姿勢がそっくりだった。

船乗りというのは、世界共通でこういう感じなのだろうか。『港々に女あり』とかいわれているけれど、それだけ魅力的な人が多いのかもしれない。

車や人通りが多く、ビルもそれなりにある『今の松江』そのものの景色だったカラコロ広場を過ぎ、船は再び緑の中に入っていく。船頭さんが、お城の全景が見渡せるポイントで船を止めてくれたおかげで、素敵な写真も撮れた。家族に見せたら、きっと喜んでくれるだろう。

そうこうしているうちに大手前広場に到着し、日和は船を下りる。次に乗るときはまた違う船頭さんなのだろうか。違ってもいいし、同じでもいい。とにかく、次の乗船が楽しみでならなかった。

乗船場に隣接する駐車場はすでにいっぱいになっていた。日和も当初はここに止めるつもりだったが、大手門に近いだけあって人気なのだろう。通りすがりに、対象観光施設利用で駐車料金が半額になるという説明を見つけてにんまり笑う。この駐車場にそういった特典があるなら、日和が止めた駐車場も同じのはずだ。どちらも市営なのだから、片方だけということはないだろうし、対象観光施設に『堀川めぐり』が入っていないわけがない。

駐車料金がさらに安くなるぞ、とほくそ笑みながら、日和は城内へと進む。『ザ・お城』と看板を付けたくなるような石垣はいかにも歴史を感じさせられるが、少し先に見えた建物はなんだか少し新しい。説明を読んでみると、平成十三年に復元されたものだという。

同時期にいくつかまとめて復元されたらしく、日和の目の前にあるのは『太鼓櫓（たいこやぐら）』、文字どおり太鼓を納めるための建物だそうだ。

わざわざ太鼓のためだけに建てたのか、なんともお疲れ様なことだ、と思ったけれど、よく考えれば、昔の太鼓には鐘同様に時を知らせるという役割があった。戦の合図にも使っていただろうし、大手門近くの屋根付きの建物に納めておく必要があったのだろう。

なるほどな、と頷きつつ、歩いて行くと広場に出た。ガイドブックには、このあたりに神社があると書いてあったので、少し探してお参りする。周りを歩いていた人たちは、ほとんど全員が天守閣を目指したようだが、日和はここで終了だ。

立派なお城であった、余は満足じゃ！　などと考えながら、来た道を戻る。日和に言わせれば、お城なんて所詮『他人の家』に過ぎない。テレビを見るにしても、おうち訪問番組にはチャンネルを合わせない日和が、深い興味を覚えるはずがなかった。

次だ、次！　とまた船に乗る。今度の船頭さんは、先ほどの人よりもおとなしい感じだったが、その分落ち着いて風景を楽しめた。当初はカラコロ広場近くのお店で昼ご飯を取る予定だったが、ランチタイムで混み合っているに違いない。

目当てのお店には駐車場があるから、このままふれあい広場まで行って車で戻ってくればちょうどいいだろう。

二回合わせて小一時間の船旅でふれあい広場に戻った。予想どおり半額になった駐車料金を払って車を出し、目的地をセットする。

本日の昼食は『鯛飯』、鯛を炊き込んだご飯ではなく、お茶漬け形式の『鯛飯』だ。もともとはかなり高級な店なのだが、ランチなら日和でも手が届く。しかも、平日限定のお得なセットがあるらしい。平日に来られて本当によかった、と感謝しつつ、なんとか店に辿り着く。店に至る道はかなり狭く一方通行もあって大変だったけれど、三車線、四車線の大通りよりは怖くなかった。

到着したのは明治時代に開かれた旅籠の食事処で、島崎藤村を始めとした数々の文豪が宿泊し、湖水や山並みの美しさを楽しんだという。

松江藩七代当主の松平不昧公のおもてなし精神を大切に守り、彼の好物だった『鯛飯』を提供している。鰹出汁と鯛の風味が何度でも食べたくなると評判で、松江に行くからには絶対に食べる、と決めていた料理だった。

店に入ってひとりだと告げたところ、店員さんがやけにすまなそうな顔をする。おそらく席が空いていないのだろう。時刻は午後一時二十五分、昼時は過ぎたはずだが、日和と同じように時間をずらそうと考えた人が多かったのかもしれない。

待つしかないか、と落胆しかけたとき、店員さんが口を開いた。

「申し訳ありません。ただ今、お庭がご覧になれない席しかご用意できないのですが……」

売りのひとつである風景を楽しめないというのは、店の人にとっては痛恨の思いなのだろう。

だが日和にしてみれば、ここに来たのは食事を楽しむためで、『鯛飯』さえ美味しければなんの問題もない。

「全然かまいません」

そう答えた日和にほっとしたように微笑んだあと、店員さんは先に立って歩き始める。

案内されたのは、カウンターの中ほどの席だった。

品書きにはちゃんと平日限定の『鯛めし』が載っている。『鯛飯』ではなく『鯛めし』、平仮名になるとなんだかとても優しい味のように思えてくる。発音はどちらも『たいめし』なのに不思議だな……などと考えながら注文を済ませる。

十分ほどで『鯛めし』が届いた。黒塗りのお盆に小さなおひつと出汁が入ったポット、具が並んだお皿、焼き魚に加えて、胡麻豆腐、もずく、佃煮などの小鉢も載っている。思った以上に豪華、しかもご飯の量が多い。食べきれるだろうか、と不安になるほどだった。

だが、食べ始めてみると、お茶漬けの出汁は評判どおり香り高く、味わい深い。出汁に溶ける玉子の微かな甘みがなんともいえないのだ。豪華なお茶漬けというと、具が大きくて食べるのが大変なものもあるけれど、この『鯛めし』はすべての具がものすごく細かくて、するする喉を通っていく。鯛や卵、刻みネギといった具の配分を変えることで別な味わいになり、飽きることもない。間に焼き魚や佃煮を挟みつつ、日和は『鯛めし』をきれいに平らげた。

品書きには、同じく平日限定の御膳があった。たくさんの料理が少しずつ盛り付けられた、いかにも女性好みの御膳で、デザートやコーヒーもついていた。一瞬心を動かされかけたけれど、初志貫徹で『鯛めし』にしてよかった。とはいえ、次に来る機会があれば、あの御膳も食べてみたい。きっと美味しいに違いない。

お腹がいっぱいになってなお、ほかの料理が食べたくなる。なんとも卑しい話だけれど、それこそがいいお店の証なのだろう。

またいつか、食べに来られる機会があることを祈りつつ、日和は席を立った。

カラコロ工房や瑪瑙のお店を見てみたい気持ちもあったが、時刻はすでに二時を回っている。

興味を引かれた場所を全部訪れるわけにはいかないのだから、と自分に言い聞かせ、また『執事くん』とのドライブを始める。次の目的地は『八重垣神社』、八岐大蛇を退治したことで有名な素盞嗚尊が稲田姫命と夫婦になり、生活を始めたとされる場所で、鏡の池に硬貨を載せた紙を浮かべる『縁占い』が人気だそうだ。

四月に訪れた大阪でも、池に木札を投げる占いをやったけれど、ここでも池だ。古来、池というのは願いをかけたり、未来を占ったりする場所なのかもしれない。占いは統計学だと言われる今でさえ、日和のように占いに興味を覚える人は多い。

パワースポット好きってことは、占いも大好きなのよ！　と考えながら走ること十五分、日和は八重垣神社に到着した。意外に近かった、と感じるぐらいだから、かなり運転にも慣れたのだろう。だが油断は禁物、慣れたころが危ないころと、両親からもさんざん言われた。これからも『執事くん』に叱られないように気をつけよう、と思いながら、日和はエンジンを切った。

——こんなことで人生決められてたまるか！

日頃から神社仏閣にお参りしまくり、パワースポット行きまくりとは思えない言葉が湧いた。

それぐらい八重垣神社の縁結び占いはさんざんだったのだ。

いつもどおり礼に則ってお参りを済ませ、境内の静けさと神聖な空気を満喫した。それまでの神々のように親兄弟に無断ではなく、ちゃん稲田姫命の両親の許しを得て結婚したという素盞嗚尊の律儀さに、縁結びの神と言われるからにはそれぐらいでないと……と感心もした。

日和のほかにも参拝客はたくさんいて、若い女性たちの中にはろくにお参りもせずに鏡の池に向かう者も多かった。そんな中、しっかりお参りをしてから神札授与所で占い用の紙を授かり、賑やかな女性たちが去るのをじっと待って水に浮かべた日和の紙は、いつまで経っても沈むことはなかった。

硬貨を載せた紙が、近くで沈めば近々良縁に恵まれ、遠くで沈めば遠くの人との良縁に恵まれるという。だが、そもそも沈まないのだから、縁には恵まれないということになる。

紙に載せる硬貨はいわば重りだ。それなら重いほうが早く沈むだろうと思われがちだが、不思議と硬貨の重さには関係ないのだという。一円玉でも沈むときは沈むし、五百円玉でもいつまでも浮かびっぱなしになることもある。そう、今の日和のように……

重さは関係ないと言われてもついつい、そんなわけない、と思ってしまった。その結果、最大重量と思われる五百円玉を載せた。よく考えれば、そんな疑り深い姿勢こそが、良縁を寄せ付けない原因なのかもしれない。あるいは、須佐神社のお賽銭は五円で勘弁してもらいながら、この占いに五百円かける自分勝手さとか……

リミットタイムは十五分だけれど、神様はきっと時計なんて使ってない。多少の誤差はあるかもしれない、とさらに十分、合計二十五分待っても、紙は池の中央あたりでゆらゆらしている。

水に濡れたことで浮き出てきた『よき人に恵まれる　東　南　吉』という文字が、あまりにも虚しかった。

それでもまあ、神社にお参りするのはいいことだ。なにかご加護があるに違いない、というよりも、無事に旅を続けられていること自体がご加護なのかもしれない。

軽いため息とともに車に戻った日和は、そこで今後の予定について考えた。

未練がましく紙を見つめていたせいで、予想以上に時間がかかってしまった。時計はすでに三時になろうとしている。昨日は日御碕の夕日を断念したけれど、島根にはもうひとつ、宍道湖という絶好の夕日観賞スポットがある。宍道湖なら狭い山道を往復することなく絶景を楽しめる。

せっかく神々の国出雲に来たのだから、できるだけたくさんお参りしたい。日没まではおよそ三時間、行ってみたい神社はあとふたつあるが、間に合うだろうか……

『執事くん』は相変わらず絶好調で、現在地からふたつの神社を経由して、島根県立美術館に戻るルートと所要時間を教えてくれる。島根県立美術館は夕日観賞スポットとして紹介されており、広い駐車場もある。なにより、日和が好きな西洋画家の作品を所蔵している。美術館や博物館は定期的に展示物を入れ替えるため、所蔵品リストに載っているからといって展示されているとは限らないが、できれば観てみたいと思っていた。美術館のウェブサイトには、三月から九月までの開館時間は午前十時から日没後三十分までと書いてあるから、日没に間に合えば入館することもできるだろう。

――一畑薬師（いちばたやくし）まで四十三分、一畑薬師から佐香（さか）神社まで九分、そこから島根県立美術館までが二十七分か……

それぞれへの到着時刻も表示されているが、ただ通過するわけではないから各地での滞在時間を加算する必要がある。渋滞に引っかかった場合の予備時間も含めて三十分ずつ足せばいいだろう。

ちまちまと計算した結果、島根県立美術館には五時半の到着となった。今日の日没時刻は六時二十二分とのことだから、それまで作品を観ていればいいだろう。

完璧に近いスケジュールだ、と悦に入り、日和はブレーキからアクセルに踏み替える。走り始めて十分もしないうちに、宍道湖が見えてきた。

出雲から走ってきたときも思ったけれど、宍道湖というのは『湖』というには大きすぎるのではないか。これはもう海でいい、海と呼びなさい、と思いかけ、待て待て海は塩水だ、それでは蜆が育たない、と苦笑する。

　海かと思うほど大きいのに淡水、だからこそあの大きな蜆が育つのかもしれない。それならそれでよし、と謎の上から目線で宍道湖を半周したあと、山道に入っていく。山道とは言っても、日御碕とは大違い、『執事くん』に崖から転落や山肌激突をすすめられることなく、一畑薬師に到着した。

　醫王山一畑寺、通称一畑薬師というお寺について、日和は今回の旅行計画を立てるまでは聞いたことがなかった。それでも訪れることにしたのは、一畑薬師が『目のお薬師さま』だと知ったからだ。

　現在の日本で生活する上で、テレビやパソコン、スマホの画面と無縁でいられる人は少ないだろう。仕事はもちろん、プライベートで楽しむ人も多い。つまり、みんなして目を酷使しているのだ。日和はまだそんなことはないが、老眼が始まった両親は細かい字は見づらくなっているし、無理に読み取ろうとして肩こりや頭痛を起こすことも多い。さらに父は、先日の健康診断で緑内障まで指摘されてしまった。幸い軽度で、投薬で進行は止まっているとはいえ、緑内障は失明に至る怖い病気だ。

　電車やバスでは行きづらい場所だが、今回は車だし、是非ともお参りして、父の症状がこれ以上進行しないようお願いしたいと思ったのだ。

　――私って親孝行よね。でも、心配ばっかりかけてるんだから、これぐらいは当たり前……

二十五歳にもなる娘を延々と心配し続けなければならない両親は気の毒すぎるけれど、これでも少しずつは前に進んでいる。もうちょっとだけ待っててね、と謝りながら、駐車場から仁王門に続く道を上がる。

鳥居なら一礼するけれど、お寺の門はどうなのだろう。でもこんな怖い顔の仁王様には挨拶しないわけにはいかないよね、と頭を下げ、中に入っていく。うっかり手を叩かないよう気をつけてお参りを済ませ、やたら赤が目立つ授与所でお守りを授かる。

よしよし、目的は達成、と車に戻ろうとしたとき、遠くに海が見えた。

こんな山の中で海？　と思った瞬間、はっとした。あれはもしかしたら日本海かもしれない。慌ててスマホで調べてみると、確かに一畑薬師から日本海が臨める。

東京都民である日和が日本海を見る機会はほとんどない。前に一度、博多旅行の際に玄界灘を見たきりなのだ。思わぬところで日本海を見られた。親孝行の賜かもしれない。かなり遠くて欠片としか言い様がないが、日本海は日本海だ。お楽しみ旅のついでの親孝行なんだから、賜だってこれぐらいのものだろう。

せっかくだから、とスマホで写真を一枚撮る。遠くに見える小さな水溜まりに、これ、宍道湖のほうがずっと大きくない？　と微かな笑みが浮かんだ。

その後、十分ほど走って着いた佐香神社は、境内に酒樽がぎっしり並んでいた。お酒の神様、久斯神を祀っているだけあって、全国の酒造会社から送られてくるのだろう。

実はこの神社については、昨日の居酒屋の店員さんも教えてくれた。ガイドブックにはあまり出てこないけれど、全国的にも珍しい神社だから時間があれば……とすすめられたのだ。日和が、そこなら知っていると答えたところ、お酒を扱う仕事をしているのかと訊ねられ、否定すると意外な顔になった。酒関係でもないのに、佐香神社のことを知っているのは珍しいのだろう。日和にしても、もともとパワースポット好きで、旅行となると行き先の神社仏閣を検索する癖がなければ、知らなかったに違いない。

それにしてもすごい数だな、と感心しつつお参りする。駐車場には一台も車が止まっていなかったし、境内でも誰にも会わなかった。『酒造り』に特化した神社だから、お参りする人も少ないのかな、と思いつつ階段を下りていくと、下から上がってくる人がいた。作務衣を着ているから、神社の人だろう。

会釈してすれ違おうとすると、いきなり話しかけられた。

「どこからお参りですか？」

「え……あ、東京からです」

「それはそれは遠いところを……。でも、どうせなら来月いらっしゃればよかったのに」

作務衣姿の人はきょとんとした日和に、自分は佐香神社の宮司だと名乗り、来月行われる祭りについて教えてくれた。

なんでも佐香神社では、例年十月十三日に大祭が行われ、その年初めてできた濁酒を振る舞うそうだ。お正月などに御神酒を振る舞う神社は多いが、ここで造られたお酒というのは珍しい。

しかも、目の前にいる人がお酒を造っているひとりだと聞いて、日和はびっくりしてしまった。神社の仕事の傍ら、杜氏まで務めるなんてスーパー宮司さんだった。

ようこそお参りくださいました、とその人は去って行ったけれど、東京からわざわざ『お酒の神様』にお参りするのは珍しすぎる。さては、かなりの呑兵衛だな？　と思われたのかもしれない。それでも、スーパー宮司さんと話すなんて、太平洋側に住む人間が日本海を見る以上にレアだ。呑兵衛と思われるぐらいどうということはなかった。

この旅行に出るまで名前も知らなかった神社をお参りし、それぞれでレアな体験ができた。これだから旅はやめられない。鏡の池の占いは散々だったけれど、それ以外は極めて順調に旅は進む。島根県立美術館に着いたのも、予定どおりの午後五時半だった。

車を止め、美術館に入っていく。美術館や博物館は商業用のビルとは異なり、特徴的なデザインであることが多い。島根県立美術館も同様で、緩やかなカーブを多用し、『渚』を思い起こさせる造りとなっている。島根の『S』の形状を模したというシンボルマークは『水』や『宍道湖』をイメージさせる青色、水のある風景好きの日和には嬉しい限りだ。しかも、この美術館は、シスレーの『舟遊び』を所蔵している。有名な作品なので絵はがきなどで目にすることも多いが、木々の緑の色合い、空と川の描き分けなどがなんとも魅力的で、機会があれば実物を観たいと思っていたのだ。

　無料で公開されているギャラリーを抜け、階段を上がって西洋絵画の展示室に向かう。途中にあった日本画や洋画の展示室をさらりと観るだけで通過するのはいつものことだ。旅行においても、よほどお金と時間に余裕がない限り、すべての観光スポットを回るわけにはいかない。どうしたって訪問地を絞ることになるだろう。

　美術館や動物園、水族館だって同じことだ。もっと言えば、図書館に行って片っ端から本をめくる人はいないだろう。本当に観たいものだけに時間を費やしてなにが悪い、というのが、各種博物館を観覧する上での日和のポリシーだった。

　確固たる信念に基づいて辿り着いた西洋絵画展示室には、期待どおり『舟遊び』が展示されていた。思ったよりも小さい、というのは、教科書などに載っていた作品を実際に観たときの『感想あるある』だが、絵の具もキャンバスも無料じゃない。展示室の壁いっぱいになるような大きな絵を何枚も描くには、才能だけじゃなくお金だって必要だ。日和はシスレーの作品が好きだが、彼の懐具合までは知らない。彼には彼の事情というものがあったのだろう。

　そんなことを思ったものの、やっぱり少し気になって、スマホを取り出す。数分後、日和は自分の勝手な思い込みに呆れる結果となった。

　シスレーはイギリス人の貿易商の息子、しかも商業を学ぶためにロンドンに行きながら、勉強をほったらかして絵を描いていた。画家になりたいという希望も家族にあっさり理解され、その後もたっぷり仕送りをもらっていたというのだ。

――参った。まさかシスレーがやりたい放題のお坊ちゃまだったとは……

誰が描いても絵は絵だし、シスレーの作品が好きだという気持ちは変わらない。それでも、『好き』の度合いが、ほんの少し下がった気がする。

スマホは便利だが、その場でなんでもかんでも調べられるというのは少々難ありだ。あとで調べようと思っていても、そのまま忘れてしまうこともある。今みたいにすぐさま調べなければ、シスレーの生い立ちなど知らずにすんだのに……

結局のところやっかみだ。それは『やりたい放題』なんて考える時点で明らかだ。おまけにそれをスマホのせいにしようとしている。思わぬところで自分の気持ちの薄汚さに気づかされ、日和はげんなりしてしまった。

さんざんだった占い、レアな風景や人との出会い、ほんの少しだけ下がってしまったお気に入り画家への思い……こういうのも、『禍福はあざなえる縄のごとし』というのだろうか。だとしたら、きっと次は『福』だと信じ、日和は展示室を出た。


――すごーい！　そこら中がオレンジ色だー！

さっきまでのどんよりした気分はどこへやら、日和は、夕日に染まる世界に興奮しきっていた。

湖面を染めるオレンジ色の光に、神々しさまで感じる。ここに立っているだけで身も心も清められ、福が呼び込めそうだ。いや、この風景を観られたこと自体が『福』に違いない。

周りにはたくさんの人がいたけれど、跳ね回っている子どもを除いて、ほとんどの人が静かに夕日を観ている。おそらく日和同様、神々しさに圧倒されているのだろう。

——ありがとう夕日、明日また会おうね！

沈みゆく太陽に伝え、日和は車に戻る。オレンジ色の世界が闇に取って代わられる前に、この場を去りたい。そうすることで、この風景を永遠に記憶に留められる気がした。

今日の予定をすべて消化した。あとは出雲に戻って、昨日予約した店に行くだけだ。時刻は午後六時半、予約は八時だからホテルで一休みしてから行けばちょうどいい。

来たときと同じ道を出雲に向かう。ところが十五分ほど走ったところで、日和はとある案内版を見つけた。そこには『玉造温泉』という文字があった。

——そうか……温泉があるんだった。しかも玉造温泉ってかなり有名だわ。どうせなら一泊ぐらい温泉に泊まればよかった……

これまでの旅の経験から、ホテルは当たり前みたいに駅の近くを選び、しかも連泊にしてしまったが、今回の移動手段は車だ。駅から遠かろうが、荷物を持って移動しなければならなかろうがかまわない痛恨のエラーだと落ち込みかけた日和は、そこでいきなりひらめいた。

——世の中には日帰り温泉ってものがあるよね！

熱海に行ったときもお世話になった。大きな温泉地なら、いくつか日帰りで入浴できる場所があるだろう。少し先にあった道の駅に車を止め、またスマホを取り出す。先ほどあんなに恨めしく思ったくせに、と苦笑しつつ調べてみたところ、旅館ではなく入浴施設があった。日和は長風呂（ながぶろ）ではないから、三十分もあれば十分だろう。

午後七時五十八分、日和は予約時間ぎりぎりにホテル近くの居酒屋に到着した。

立体駐車場ではないのをいいことに、貴重品以外は車に積みっぱなし。それほど時間に余裕がなかったのだ。途中で、もう間に合わないかもしれない、お店に電話をかけるべきだ、と思ったが、日和は電話が大の苦手だ。仕事のときですら四苦八苦しているのに、プライベート、しかも遅刻連絡なんてしたくないというのが本音だった。旅でいろいろな人と接することが増え、『人見知り女王』から『人見知り姫』に格下げになったとはいえ、人見知りであることに変わりはない。まだまだだな……と諦めつつ、『執事くん』が教えてくれる到着時刻が少しでも繰り上がることを祈った。『執事くん』はそもそも安全志向なので、可能性はあると信じたのである。

結果として、日和がホテルの駐車場に着いたのは午後七時五十五分、間一髪という感じだった。

こんなに遅くなったのは、あまりにも気持ちがよくて長湯してしまったから……というわけではない。正直に言えばごく普通、いわゆるスーパー銭湯のような造りで、利用しているのは地元の人がほとんどのようだった。

口コミにはお湯の質についていろいろ書かれていたが、日和には、お湯の質を見極めることなどできないし、大量のお湯に入っただけで十分満足できる。問題は髪を乾かそうとしたら空いているドライヤーがなくて、待っている間にどんどん時間が過ぎてしまったことだ。濡れたままの髪で外に出る気にはなれない。このあと居酒屋に行くことを考えればさらに、だった。

——とにかく間に合った。なにより予定になかった玉造温泉に入れたんだからOK！

カウンター席でおしぼりを使いながら、日和は上機嫌だった。ちなみに、案内してくれたのは昨日とは違うお姉さんだったが、カウンターの向こうにいるのは昨日と同じ男性だ。席に着いた日和をちらっと見て、会釈してくれたところを見ると、覚えていてくれたのかもしれない。

飲み物を訊ねられ、迷うことなく生ビールを注文する。ほどなく運ばれてきた中ジョッキに口を付け、ごくごくと呑む。完璧に『おっさん』と認めるしかないため息が出た。

——うー、お、い、しーい！　お風呂上がりの飲み物を我慢した甲斐があった！

温泉旅館に泊まっていればこんな苦労はなかったな、とまたしても選択ミスを悔やみながら、お通しの小鉢に箸を延ばす。カボチャや人参（にんじん）、里芋の含め煮、橋を渡すように置かれたピーマンの緑が鮮やかだ。旅に出ると不足しがちな野菜を補ってくれる料理に目尻が下がる。どちらかというと薄味、その分、出汁の上質さがよくわかる。ほかの料理が楽しみになる味だった。

そうこうしているうちに、注文しておいた料理が届いた。昨日ほど混雑していない分、提供も早いのだろう。

曲玉のような緩いカーブを描いた和皿に載っているのはノドグロの煮付け。サイズは当然一番小さいものにした。甘辛い煮汁が脂ののったノドグロにぴったりで、生臭さなどみじんも感じない。注文するときに料理法を訊ねられ、ビールと煮魚は合うのだろうか、唐揚げにしたほうが無難だろうか、と迷ったけれど、煮魚を選んでよかった。なにせ日和の家では、煮魚が食卓に載ることはめったにない。母はどちらかというと料理上手なほうだが、煮魚は形が崩れたり、味が濃すぎたり、薄すぎたり、と上手くできないそうだ。それなら自分で作ればいいではないか、と言われそうだが、母に上手くできないものが自分にできるとは思えない。

ひとり分ならまだしも、しくじった場合、害を被るのは三人だ。もったいなさ過ぎる、という言い訳の下、日和が煮魚に挑むことはなかった。

甘辛い煮汁をまとった白身が口の中でほどける。時折シャリリと歯にあたるのはノドグロの腹あたりに載せられていた千切りの生姜で、ほどよい清涼感を与えてくれる。冷たいビールと家では味わえない煮魚に、日和のテンションは上がりっぱなしだった。

「なにかご用意しましょうか？」

カウンターの向こうから声がかかった。ビールは残り二センチほど、煮魚もほとんど骨だけになっている。まずはノドグロ、と煮魚を頼んだが、刺身だって食べたいし、品書きに並んでいる地酒も試してみたい。そこで日和は、刺身の盛り合わせを頼むことにした。『一人前』もあるから安心して注文できる。

「一人前のお刺身の盛り合わせをお願いします。それと、お酒もなにか……」

「ご指定の銘柄がありますか？」

「いいえ……なにかおすすめがあれば……」

「やはり出雲富士か十旭日がおすすめですね」

どこから見ても旅行者だったのだろう。カウンターの向こうの料理人は、当然のように島根の地酒をすすめてくる。反対する気は毛頭ないが、どちらを選ぶべきかが問題だった。

出雲富士と十旭日……と呟きながら品書きを確かめようとすると、また声がした。

「どちらもお刺身にはよく合いますが、お酒はお燗にしますか？」

「どちらかというと冷酒で」

「それなら出雲富士でしょうか。微かにリンゴの香りのする軽やかなお酒です」

「じゃあ、それで……」

「かしこまりました。出雲富士一丁、冷酒で！」

料理人はすぐに酒の注文を通し、調理台の下の扉を開ける。取り出したのは刺身用の魚が入ったトレイ、おそらく小さな冷蔵庫になっているのだろう。

　イカに甘エビ、サザエにブリ、あぶった皮が見えるのはノドグロだろうか。マグロが一切れも入らないのはすごい。さすが山陰だ、と感心してしまった。

　ガラスのお銚子と猪口、小さな木桶に入った刺身の盛り合わせが同時に届いた。

　冷たいお酒と一緒に、一切れ一切れを大切に味わう。おすすめどおりお酒は軽やか、刺身との相性もぴったりだ。

　正直に言えば、リンゴの香りはわからなかった。果物よりもお米の香りが勝っている気がしたのだ。だが、お酒の香りの感じ方なんて千差万別だ。同じものを嗅いでも、リンゴと思う人もいれば、梨という人もいる。お米から造ったお酒を呑んで、お米の香りを感じるのはごく普通。ソムリエになりたいわけではないのだから、芸術的な嗅覚を欲しがる必要はないだろう。

　刺身の盛り合わせはどれも文句の言い様がなかった。皮をあぶったノドグロは、噛みしめるとじわりと甘みが染み出す。表面がきらきら光るほどのブリの脂も、山葵と醤油のおかげで後味は爽やかさすら覚える。和食における醤油と薬味の価値を再確認させられた。

　一合の冷酒をゆっくり楽しみ、締めに穴子のにぎり寿司を頼んだ。寿司にする場合、日和はどちらかというと焼き穴子のほうが好きなのだが、あいにく売り切れで煮穴子しかなかった。だが、これが大正解、身は厚くてふっくらふんわり、口の中で溶けていく。

酢飯の加減も甘すぎず酸っぱすぎず日和の好みにぴったりで、お土産に持って帰りたくなるほどだった。両親も穴子好きだから、きっと喜ぶだろう。

ほろ酔い気分でお腹もいっぱい。入浴は済ませていたのであとは寝るだけ、まさに極楽だった。


三日目、ホテルで朝食を済ませた日和は出雲市駅に向かった。とは言っても電車に乗るわけではない。売店で、お土産を買うためだった。

——朝早くから開いているお店って、それだけで神だよね。

まだ九時にもなっていないというのに土産物屋が開いているのは、駅前立地だからこそだろう。

ホテルの朝食に出てきた太い竹輪の『あご野焼き』を最後に、買い物は終了。ホテルをチェックアウトし、駐車場を出たのは九時十五分だった。

帰りの飛行機は昼過ぎの便なので、一時間前に空港に入るとして残り時間は二時間、それだけあれば万九千(まんくせん)神社に行けるし、空港に向かいがてら、もう一度宍道湖も見られるだろう。

昨日何度も通ったし、夕日の写真はたくさん撮ったが、昼間の宍道湖の写真はない。日本海も写真に収めたのだから、明るいときの宍道湖も撮っておきたかった。

いずれにしても近いところから、と日和は『執事くん』に道案内を頼む。

万九千神社は、神在月に出雲に集まってきた神々が最後に立ち寄るところで、ホテルからさほど離れていない。とはいえ、ここも車でなければ行きにくい場所なので、せっかくだから寄っていこう。自分は人間だけど、神々と同じ場所から帰っていくというのはなかなか乙な気がした。

駐車場に車を入れ、エンジンを切ったとたんふっとため息が漏れた。

ここも駐車料金は無料だ。ありがたいけれど、あまりに無料のところが多いと、逆に有料駐車場が恨めしく思えてくる。むしろ、無料で止めさせてもらえることに感謝すべきなのに、なんて罰当たりなんだろう。これではどれだけ神社仏閣にお参りしたところで、御利益は望めそうにない。

悔い改めよ日和、などと苦笑しつつ鳥居のところに行ってみると、そこには神社の名を刻んだ石碑があった。

――『立虫神社』……どうして？『万九千神社』を目指してきたのに……

慌てて見回すと、反対側にもうひとつ石碑があり、そちらには『万九千神社』の文字がある。

ひとつの鳥居の下にふたつの名前を並べないでほしい。とはいえ八百万の神々が一斉に立ち寄る神社なのだから、名前だってたくさんあっていいのかも？

そんなわけないでしょ！　と自分で突っ込みを入れながら境内に入っていった日和は、『立虫神社』の縁起を読んで納得した。どうやら『立虫神社』はもともとこのあたりの鎮守の神様で、斐伊川の中州にあったが、洪水に遭って『万九千神社』に引っ越してきたらしい。

相手を問わず、困っているものは全部助ける。それでこそ神様だ。そもそも、『万九千神社』は御祭神として堂々と『八百万神』と掲げているほどなのだ。水難に遭った神様との同居だって快く受け入れたに違いない。

これぐらい広い心を持ちたい——そんな希望を抱き、日和は出雲で最後の神社参りを終わらせた。


三日間、天気は快晴のままだった。車だから多少の雨は平気だとは思っていたが、やはり青空の下の旅は心地よい。

車を止める場所が見つからなくて難儀したものの、道路沿いに空き地を見つけて宍道湖の写真も撮れた。レンタカーの返却は、軽く車体をチェックし、忘れ物がないか確認されただけで終わった。心配していた返却前の給油も、親切な店員さんが窓越しにあれこれ指示してくれたおかげでなんとか終了。あのガソリンスタンドはレンタカー屋さんの指定給油所になっているせいで、給油口の開け方もままならないような運転手ばかりがやってくるのだろう。

レンタカーの給油や返却がスムーズだったせいで時間が余った日和は、空港の喫茶店で一休みすることにした。

ケーキやアイスクリームもあったけれど、ここはやっぱり……と出雲ぜんざいを選ぶ。

時刻は十一時半、お昼ご飯には少し早いし、例によって朝食ビュッフェを堪能したためお腹はさほど空いていない。かといって、東京に着くのは午後一時半過ぎだからなにも食べないのは不安だ。出雲ぜんざいならお餅も入っているし、軽めの昼ご飯にちょうどいいだろう。

――レンタカーで旅するのは心配だったけど、なんとかなった。電車やバスの時間に縛られずに動けるのが、こんなに楽だとは思わなかった。挑戦してみて本当によかった……

やってみれば大抵のことはなんとかなる。大事なのは一歩踏み出す勇気なのだ、と実感しながら、日和は出雲ぜんざいが入った椀の蓋を取る。紅白の小さなお餅が、日和の『初レンタカー旅』成功のお祝いみたいに見えた。

第五話　姫路

――えきそばとひねぽん

遅めの夏休みが終わって出勤した金曜日、朝の掃除をしていた日和は後輩の霧島結菜に声をかけられた。

「梶倉さん、お休みはまたご旅行だったんですか？」

「え……？　ええ、まあ……」

「去年ぐらいから、すごく旅行が増えましたよね。いいなあ……私もどこかに行きたいです」

行きたければ行けばいい。誰が止めるわけでもないだろうに……とは思ったけれど、そんなけんか腰みたいな台詞（せりふ）を面と向かって言えるほど、日和の心臓はタフではない。ましてや相手は、仕事はできるし素直で愛嬌（あいきょう）もたっぷり、あの仙川係長ですら認める総務課のアイドルなのだ。

正直に言えば、少し前まで日和は結菜が苦手だった。あまりにもそつがない彼女と自分を比べては、落ち込んでばかりいたのだ。だが、ひとり旅を重ねることで少しずつ自信がつき、それが仕事にも表れるようになったことで、感じ方が少し変わった。彼女にはいいところがたくさんあるけれど、自分だって全部が全部悪いところばかりじゃない、と思えるようになったのだ。

それでもやっぱり、結菜のように自分から話しかけてはいけない。行きたければ行けばいい、なんて意地悪なことを考えるところを見ると、やっかみの気持ちは残っているのだろう。

まだまだだなあ……と軽く落ち込む日和に、結菜は屈託なく話し続ける。

「旅行したいなあと思っても、友達も忙しそうでなかなか言い出せなくて……梶倉さんはどうされてるんですか？」

「私はひとりだから……」

「え、ひとりなんですか？　これまでずっと？　佐原も仙台も金沢も？　福岡なんて二泊してませんでした？」

よくもそんなに覚えているな、と感心してしまうが、記憶力というのは仕事をする上でかなり大事な能力だ。結菜ほど仕事ができる人であれば優れていて当然だった。

「ひとり旅ができるってすごいなあ……私には無理です」

「そんなこともないでしょう」

なんでもひとりでできそうなのに、と思いながら答えると、結菜はあっさり言った。

「私、話し相手がいないのってだめなんです。暇を持てあましちゃって……。お昼だってひとりだとコンビニとかで買ってきて済ませちゃうぐらいです」

ひとりだとコンビニという意味がわからなかった。それ以上に、日和ならまだしも結菜がお昼ご飯のときにひとりになるという状況がわからない。怪訝な顔になった日和に、結菜は苦笑まじりに答えた。

「たまーにあるんですよ。大抵営業事務の子と一緒に食べてるんですけど、お休みだったり、昼休みに済ませたい用事があったり……。そんなときは会社で食べます。お弁当を持ってきている人もいるし、会社に来る途中で買ってくる人もいるし……そういう人たちにまぜてもらうんです」

「そうなの……」

「はい。お昼ご飯でもそんな感じですから、ひとり旅なんて無理です。一日中、誰とも話さずにいたら息が詰まるし、話し方を忘れちゃいそう」

「まさか……」

話し方を忘れるなんてあり得ないと思うが、本人はいたって真面目な表情だ。どうやら結菜は『黙っていると息が詰まる』性格なのかもしれない。だからこそ誰に声をかけられても対応できるし、自分からも積極的に話しかけられるのだろう。

案外うまくできてるものだなあ……と思っていると、仙川の声がした。

「霧島くんにそんな心配はいらないよ。旅に出たければ友達に言ってみればいい。君に誘われて断る子なんていないだろ？　昼飯だって、そこらをうろうろしてる営業連中に声をかければ誰だって一緒に行ってくれるよ。梶倉くんとは……いや……」

そこで言葉を止めたのは、日和のためというよりも護身だろう。結菜と比べて日和をおとしめたかったに違いないが、『梶倉くんとは違う』と言い切ってしまったら、悪口と取られかねない。

結菜はそんな仙川にも平然と対応する。

「やだ、係長。営業の皆さんはお忙しいですし、外回りがほとんどでお昼だって外で済ませてらっしゃるじゃないですか。お昼に事務所にいるのはなにか用があってのことでしょう？　私なんかに時間を取らせるのは申し訳ないです」

「なるほど、よく考えてるねえ……」

そして仙川はこれ見よがしに、日和に視線を走らせる。少しは見習え、と言いたいに違いない。

私がこの人に認められる日は来るのだろうか、と絶望的な気分になる。それでも、まあそれはそれ、認められなくてもかまわない、と思えるようになったのは進歩だろう。以前と違って今は斎木課長がいる。あまりにも理不尽な指示や偏った評価は、彼が正してくれるはずだ。

斎木課長が来てくれて本当によかった、と安堵しながら、日和は箒を動かす。結菜は仙川の相手で忙しそうだし、さっさと掃除を終わらせて席に着きたかった。

「梶倉さん、お昼一緒に行かない？」

昼休みに入るなり、麗佳が誘ってきた。もちろん、断る理由などない。日和同様『昼休みはひとり派』の麗佳が誘うからには、なにか話したいことがあるに決まっている。昼休みの間にお金を下ろしに行きたかったが、麗佳ならだらだらと雑談で引っ張られる心配はない。食事が終わってからでも間に合うだろう。

ところが、ご一緒します、と立ち上がりかけたとき、結菜のねだるような声がした。

「加賀さんと梶倉さん、一緒にランチに行かれるんですか？　私も連れてってほしいなあ……」

自分の顔に、『うわ、面倒くさい……』と書いてあるような気がした。幸い結菜には背を向けていたから心配ないが、麗佳に見られるのはいやだ。やむなく、うつむいて机の一番下の引き出しを開ける。そこに貴重品が入れてあるから、財布を出すことでごまかせるはずだ。

そんな日和を見て、麗佳が小さく笑った。さらに、申し訳なさそうに言う。

「ごめんね、霧島さん。今日は新しいお店に行ってみようと思ってるの。ネットで見つけたお店で、雰囲気がちょっとリスキーなのよ。なにせ、この私がひとりで行くのはちょっと、と思うぐらい。下見してきて、大丈夫そうなら今度誘うわ」

結菜に答える隙すら与えず、麗佳は日和を引っ張って部屋を出る。麗佳はどんどん歩いて行くが、日和は気になって仕方がない。結菜ではなく『リスキーなお店』が、だった。

会社を出てしばらく歩いたところで、麗佳に訊ねてみた。返ってきたのは、盛大な笑い声だった。

「やあねえ、あんなのでまかせに決まってるじゃない」

「え……？　じゃありスキーなお店って……」

「この界隈にそんなお店があるわけないでしょ。しかもランチなのよ？　そんなものが存在しているとしても、絶対にひとりで行くわ。誰かを巻き込んだりしません」

「そうですよね……私でお役に立てるとは思えませんし……」

「お役ってなんの？　というか、そもそもあの言い方は失礼だったわね。霧島さんは危険に晒せないけど、梶倉さんならいい、って言ってるようなものだもの。でもそういうつもりはなかったの、ただふたりで話したかっただけ」

ごめんなさいね、と謝ったあと、麗佳が向かったのは『たらふく亭』だった。前にも一緒に行ったことがあるが、メニューが豊富、かつ食べ歩き目的のグルメが群がったりしない。雰囲気的にも長居に向かず、客は男性中心という、ふたりにとって使いやすい店である。

店頭の品書きには、本日の日替わりは『ミックスフライ定食』とある。ふたりともそれに決め、席に着くなり注文する。グラスの水を一口飲むなり、麗佳が切り出した。

「急に誘ってごめんね。実は、ちょっと梶倉さんに訊きたいことがあって」

「訊きたいこと……なんでしょう？」

「実はね……私、近々結婚しようと思ってるの」

「ふぁ!?」

変な声が出た。

麗佳に恋人がいることは知っている。高校の同級生だと聞いたので、相当長いつきあいのはずだ。麗佳の年齢を考えても、結婚の話が出るのも当然だ。それなのに、こんなにあたふたするのは、日頃から麗佳に頼り切っているからに違いない。もしかしたら、結婚を機に会社を辞めるつもりだろうか。この人がいなくなったら……と考えただけで、頭の中がまっ白になりそうだった。

だが、そんな日和の動揺の核心を、麗佳はあっさり見抜いて言った。

「落ち着いて。結婚はするけど、会社を辞めたりしないから」

「……よかったぁ……。加賀さんがいなくなったらどうしようかと……」

「ありがと。その反応はとっても嬉しいわ。自分が必要とされてるんだなあって実感が湧くもの」

「そんなの加賀さんならいつだって……」

「まあね……確かに梶倉さんみたいに思ってくれる人は他にもいるのかもしれない。でも、他の人は梶倉さんほど素直に表現したりしないのよ。わりと平静を装って『そうか……』みたいな？　それはそれでつまらない。さっきの梶倉さんはもう子犬よ、子犬」

「捨てられた子犬？」

「そう。しかも土砂降りの中。ありがとうね、私のエゴを満足させてくれて」

そんなことをぶっちゃける麗佳こそ素直すぎるだろう。麗佳にエゴを満足させたい気持ちがあるのは意外だが、人間誰しもそんな一面を持っているのかもしれない。

いずれにしても、会社を辞めないとわかれば安心だ。日和は落ち着いて話の続きを待った。

「ということで、私は結婚します。で、結婚式の受付を梶倉さんにお願いしたいの」

「ふぁあっ⁉」

「だからそれはやめて。しかもさっきより声が大きいわよ」

「だって、結婚式の受付なんて……」

「大丈夫よ。そろそろ『人見知り女王』から『人見知り姫』は卒業でしょ？」

「せいぜい『人見知り女王』から『人見知り姫』になったぐらいです」

だが、情けなさそうに言う日和をひとしきり笑ったあと、麗佳はきっぱり言い切った。

「『人見知り姫』なら上等。それならプリンスをつけてあげるわ」

「プリンスって……まさか……」

「もちろん蓮斗。プリンスって言うには少々、いやかなり年食ってるけど……あ、これ、自虐だった」

麗佳は、今度は自分の台詞に笑いこけた。麗佳にとって蓮斗は、恋人の浩介と同じく高校の同級生だと聞いた。その蓮斗に『年食ってる』というのは思いっきりブーメランだ。

なにより、浩介には会ったことがないけれど、麗佳も蓮斗ももうすぐ三十歳には見えない風貌なのだ。彼女も地でプリンセスをやれそうだし、日和にしてみれば蓮斗は年齢や風貌に関係なくプリンスだ。蓮斗と並んで受付に立つと考えると嬉しい半面、絶対無理だとも思う。

名簿をチェックし、ご祝儀を受け取るだけの簡単な仕事なのに、とんでもないミスをして呆れられかねない。現時点ではそんなに悪印象を与えていないはずだと思っているだけに、不安は大きかった。

そんなことを考えつつ、日和は気になることを訊ねてみた。

「あの……どうして私に？」

友人だけでなく、面倒見のいい麗佳なら喜んで引き受けてくれる後輩もたくさんいそうだ。わざわざ緊張でがちがちになりそうな日和を引っ張り出すことはないだろう。

それに対する麗佳の答えはとてもシンプルだった。

「場所がちょっと遠いのよ。しかも十一月の三連休の中日。もちろんお車代は用意するけど、梶倉さんなら旅行がてら来てくれるんじゃないかな、って」

「遠いって……まさか海外ですか？」

いくらこのところの日和が旅行三昧だと言っても、海外となると話が違う。それに海外挙式なら参加人数も限られるだろうから、受付がふたりも必要とは思えない。それ以前に、海外挙式に『受付』という概念があるかも疑問だ。失礼かも知れないが、ばらばらと教会に集まって参列し、式が終わったら外に出て花やお米を『おめでとー！』と撒き散らして解散、という感じではないか。その場でご祝儀を集めるのも雰囲気にそぐわないし、受付業務なんていらない……

そこまで考えたとき、麗佳が日和に向かって片手をかざした。

「ストップ、ストップ！　想像力はひとり上手の必須アイテムだけど、いったんお休みさせて。心配しなくても、海外じゃないわ。遠いとは言っても新幹線で行ける距離よ」

「新幹線……」

「そう。頑張れば日帰りもできるけど、ちょっと慌ただしいから一泊したほうがいいかな、って感じ。梶倉さんなら、ひとりでも平気かなと思ったのよ」

日和なら、これも一種の旅と楽しみつつ引き受けてくれるのではないか、と麗佳は考えたそうだ。

「でも、梶倉さんにも都合があるでしょうから、迷惑なら断って」

「迷惑なんかじゃありません！　日頃からこんなにお世話になってるんですから、私でお役に立てるならやらせていただきます。でも、具体的にどこなんですか？」

「それは嬉しいわ。あのね、場所は姫路」

「姫路……？　なんでまた……」

「浩介の地元なのよ」

「え、でも高校の同級生って……」

麗佳は生まれも育ちも東京だったはずだ。その麗佳と高校で一緒になったのだから浩介も東京の人だと思い込んでいた。だが、麗佳によると浩介の両親は姫路出身で、就職も結婚も姫路、子どもが生まれてからもずっと姫路で暮らしていたそうだ。ところが浩介が中学一年のとき、父親の仕事の関係で東京に引っ越さねばならなくなった。

祖父母を始め親族も知人、友人もみな姫路にいる。一時は、単身赴任も考えたらしいが、姫路に戻れる保証はない。浩介にはふたつ年上の兄もいるし、思春期の男の子ふたりを母親だけで育てるのは大変だということで、一家揃って引っ越すことにしたという。七年後、父親は地元に戻れることになったが、浩介も兄も東京の大学に進学済みだし、祖父母の介護問題もあって両親は息子たちを残して姫路に帰り、今もあちらで暮らしているというのが、浩介の事情だった。

「浩介のお祖父さんやお祖母さんは四人揃ってご存命だけど、みんな八十歳を超えていらっしゃるの。浩介としては小さいころからずっとかわいがっていただいていたし、もちろんお式には出てほしいけど、足がお悪い方もいらっしゃって、東京まで来てくださいとは言えなかったのよ」

「それで姫路で……でも、加賀さんはそれで大丈夫なんですか？」

浩介の親族は全員姫路にいるとしても、麗佳の親族は東京在住ばかりではないのか。浩介を慮って姫路で結婚式を挙げることにしたら、今度は麗佳の親族が出席できなくなるのでは？　と心配になった。

だが、麗佳はあっさり言い切った。

「心配してくれてありがとう。でも、そこは大丈夫なの。だってうちの父親は京都、母は奈良の生まれだもの。浩介ほど一極集中ってことはないけど、親戚も関西に散らばってる。心理的には、東京より姫路のほうが近いぐらいよ」

京都と奈良生まれの両親ということは、先祖が貴族という可能性もゼロじゃない。そういえば、麗佳はなんとなく十二単が似合いそうだ。あの冷静で毅然としたところも、血筋に由来するものだといわれれば納得できそうだった。

プリンセスはプリンセスでも、この人は純和式の『姫君』だったのか……と改めて麗佳を見てしまう。麗佳は、届いたばかりのミックスフライ定食のコロッケを箸で割っている。話はさておき、さっさと食べようということだろう。サクッという音が日和の耳にまで届く。空腹にこんな音を聞かされてはたまらない。フライは揚げたてに限る、ということで、日和も箸に手を伸ばした。

コロッケは少し薄味で、とんかつソースがよく合う。ソースのスパイスとコロッケのジャガイモの甘みがベストマッチなのだ。魚フライにはソースとタルタルソースの二種類が用意され、好きなほうでお召し上がりくださいというスタイルなのも嬉しい。日和はタルタルソース派だが、店によってはフライの真ん中に半幅帯みたいにかけただけというところもある。その点、この店はたっぷり入ったソース入れを添えてくれるから、フライが見えなくなるほどかけられる。タルタルソースは魚フライだけではなく、エビフライにも使えるし、頼めばなにも入っていないマヨネーズも出してくれる。『たらふく亭』は、タルタルソース派はもちろん、マヨラーもにっこり、という店なのだ。

しばらく無言で食べ進め、器が空になったころ、麗佳がようやく話の続きを持ち出した。

「結婚式の場所についてはそういう事情なのよ。出席者はたぶん親族や友達が中心かな」

「え、会社からは？」

「うーん……何人かに声はかける予定だけど、たぶん来てくれないんじゃないかしら」

「それなら……」

日和なら、小宮山商店株式会社の人間の顔がわかる。受付を頼まれたのはそのせいだと思っていたが、仕事関係の出席者がいないなら日和でなくてもいい。お車代を出してまで、東京から呼ぶ必要はないだろう。

そんな日和の考えに、麗佳は含み笑いで答えた。

「まあそう言わずに手伝ってよ。今回の受付はふたりにお願いする予定なんだけど、ひとりが蓮斗だってことは決まってるの。浩介の友達をもうひとり連れてきてもいいんだけど、アラサー男ふたりじゃむさ苦しいし、梶倉さんの気持ちを知ってるのに、他の女の子には頼みたくなかったのよ」

若い男女にとって、友人の結婚式というのは出会いの場でもある。結婚式の受付とか二次会の幹事を一緒に務めたことから、交際が始まることもあるかもしれない。麗佳は、日和なら旅行を楽しみがてら来てくれるだろうという読み以上に、蓮斗が誰かに出会う可能性の芽はできる限り摘んでおきたかったのだ、と説明してくれた。

「あの……蓮斗さんはそれで大丈夫なんでしょうか……。やっぱり、出会いを期待してるってことは……？」

「蓮斗の気持ちなんて知らないわ。私は梶倉さんの応援団だから、全力で背中を押すだけ。というわけで、遠路はるばる、ついでに連休の中日になっちゃって申し訳ないけど、お願いできるかしら？」

「もちろんです。ご配慮、ありがとうございます」

「梶倉さんってちょっと不思議ね。素直なのはわかってたけど、こういうお節介されたときって、照れたりもじもじしたりする子が多いでしょ？　でも梶倉さんは、普通にお礼を言うのよね」

「え……あ、そうですか？」

「そう。でも私は梶倉さんのそういうところ、大好きよ」

「ありがとうございます……」

ぺこりと下げた頭の上に、麗佳の鈴を転がすような笑い声が降ってきた。

その後の説明で、麗佳の結婚式は十一月二十二日だとわかった。

確かに三連休の中日で、本人は申し訳ないと言っていたものの、東京から出かける身としては会社を休む必要はないし、季節的にもまだ寒くて我慢できないということもない。

おまけにこの日は大安吉日だ。結婚式を挙げるのにこれほど相応しい日はない。きっとかなり前から予約していたのだろう。それなのに九月になるまで結婚を匂わせもしなかったことも含めて、さすがとしか言い様がない。

三連休なら二ヶ月前から予定を立てている人も多いだろうし、会場が遠方となったら会社の人だって断りやすい。礼は失したくないけど大して来てほしくもない、という麗佳の本音が見え隠れしているような気がする。もしかしたら、麗佳ではなく浩介、あるいはふたりともの本音なのかもしれない。そうだとすると、まさにお似合いということだろう。

挙式は午前十一時からなので、当日東京から出かけていったのでは間に合わない。当然前泊となるが、手配は麗佳がしてくれた。結婚式場がホテルなので、そこに部屋を取ってくれたのだ。

宿泊費は麗佳が負担、それどころか、披露宴は午後二時半までで多少延びたにしても三時には終わるが、なんならその日も泊まっていってもいい、自分たちもその予定だから、とまで言ってくれたのだ。

当日も泊まると聞いて、一泊して翌日から新婚旅行に出かけるのかと思ったのだが、そうではなかった。

とはいえ麗佳は、日和の蓮斗への想いを応援するために受付を任せてくれたのだ。一泊だけでも心苦しいのに、二泊なんてとんでもない。自分で宿泊費を払うと言っても受け取ってくれそうにないし、やはりその日のうちに帰るべきだろう。

挙式は日曜日の十一時から始まるが、日和は親族ではないので通常は参加しない。麗佳はどうせ受付のために来ているのだから、ついでに挙式にも参加してはどうか、と誘ってくれたが、挙式なんて『ついで』に参加するものではない。浩介の親友である蓮斗は『面倒くさい』と断ったらしく、それはそれでどうなの？　と思ったものの、蓮斗すら出席しないのに日和が出るのは不自然だろう。それよりは挙式の間に一休みしたい、という日和の意見に、麗佳は頷き、じゃあ蓮斗とお茶でもしてなさい、と目を弓形にして笑った。

かくして日和の姫路旅行は一泊二日、土曜日の朝一番で東京を出て、日曜日の夜に帰る、ということになった。姫路には世界遺産のお城もあるし、気になる食べ物もあるけれど、これまで訪れる機会がなかった。麗佳のおかげで行くことができるし、なにより蓮斗に会える。日和は十一月が待ちきれない気持ちだった。


——参ったなあ……

新幹線の時刻を調べた日和は、軽くため息をついてしまった。

今回は結婚式参列を含んでいるので、というかそれがメインなので荷物が多い。靴も鞄もあるし、そもそもキャリーバッグに結婚式用の服は入れたくないから荷物がふたつになる。それもあって、極力乗り換えたくないのだ。

それなのに、東京から姫路に乗り換えなしで行ける新幹線は少なく、『のぞみ』に限って言えば一時間に一本しかない。それなら『ひかり』にすればいいのだが、『ひかり』だと三時間二十九分かかり、二時間五十二分で行ける『のぞみ』との差は大きい。たかが三十分ではないか、と言われるかもしれないが、自由時間を考えればほぼ日帰りの旅で三十分は馬鹿にならない。料金だって同じだし、その間に行ける場所があるかもしれないと思うと、乗車時間は短いに越したことがなかった。

――『のぞみ七号』だと、十時前に着けるけど、これに乗るためには六時過ぎに家を出なきゃならない、ってことは五時起きだよね。寝不足で忘れ物しちゃいそう。次の乗り換えなしだと品川を七時過ぎ……って、これ『ひかり』だ。三時間半コースはとりあえずパス、その次は『のぞみ八十一号』ね。えー、これでも三時間近くかかるの？

それでも『ひかり』よりは乗車時間が短いし、十一時前に到着するので、昼ご飯は姫路で食べられる。まず大荷物をホテルに預ける必要があるが、それでも混み合う前に食事が済ませられる、ということで、日和は『のぞみ八十一号』広島行きを予約した。帰りは日曜日の六時台発にしておいたが、乗車寸前まで変更可能なウェブ予約だから、状況に応じて変更すればいい。

　ホテルは確保し、新幹線も予約した。あとは、行きたい場所を調べて……と思いかけて、はっとした。結婚式で着る服を決めなければ、と気づいたからだ。

　友達の結婚式には出たことがない。晩婚時代と言われる今、男性はもちろん女性でも日和の年齢で結婚する人は珍しい。第一、日和には結婚式に呼んでもらえるほど仲のいい友達などいない。

　数年前に従兄弟の結婚式に参列したときは振り袖だったが、あれは式場が東京だったからだ。和服一式を姫路まで運ぶのは大変すぎる上に、着付けだって頼まなければならない。もちろん、髪のセットも必要だろう。時間、費用、否めない場違い感……あらゆる意味で無理すぎる。となると洋装一択だが、結婚式に相応しい服なんて一枚もない。おまけにそこには蓮斗がいるのだ。日和は、もはや『パニック』だった。

　――どうしよう……結婚式なんだから、みんながお洒落しまくってくるよね？　『イケてない』のはわかってるけど、普段よりは頑張らないと見劣りするし、蓮斗さんにも、それで受付やる気か、って呆れられちゃう！

　乙女の悩み大爆発、と言わんばかりの状況に自分でも呆れ返りながら、日和はクローゼットをひっくり返す。もちろんなにも見つかるわけがない。就活スーツが今でも着られるのは褒められるべきことかもしれないが、黒一色のスーツほど結婚式に相応しくない衣装はないだろう。

慌てて通販サイトをはしごするも、着てみないことには似合うかどうかわからないし、同じMでもメーカーやデザインによって寸法が違うのだ。

　実際に行って買うのが一番だとわかっているが、結婚式に着るような服を売っている店は、ものすごくすすめ上手な店員さんがいそうだ。ひとりで行ったら、『すっごくお似合いです！』なんて言われて断り切れず、全然好きじゃない服を買ってしまう予感しかしない。

　こういうときに相談すべきは母なのかもしれないけれど、子どものころから母が着せたい服と日和が着たい服が微妙に一致しなかった。大人になってからはその傾向はさらに顕著で、やり手の店員さん以上に困惑させられそうだった。

　本音を言えば、一番相談したいのは麗佳だ。彼女は個性とセンスの良さを両立させるという希有な人である。おまけに日和の好みにもかなり似ていて、こういう服なら着てみたいと思うことが多い。

　美人でスタイル抜群の麗佳と同じ服を着るなんて自虐そのもの、ということ以上に、花嫁に自分の結婚式に来る客の服を選んでもらうのはいかがなものか、という気がする。断られないとは思うが、式の準備だけでも忙しいに決まっている麗佳に、そんな頼み事はできなかった。

　——やっぱり、自分で頑張るしかない！　旅はひとりでできるようになった。それどころか『ひとり呑み』にだって慣れてきた。結婚式用だって服は服、所詮切って縫い合わせた布だもん。ひとりで買えないはずない！

デザイナー激怒間違いなしの理屈を掲げ、日和はパソコンを立ち上げる。通販にだめ出しをしたくせになぜ？　と思われるかもしれないが、下調べは大切だ。まず近場にある百貨店が扱っているブランドのサイトを調べて、こんな感じというのを決めてから行こう。なんならプリントアウトして持っていってもいい。あらかじめ値段の見当が付けられるし、同じものが店頭になかったとしても、まったく傾向の違う服をすすめられることは防げる。

次々と画面をクリックし、日和はこれならと思う服をいくつか選びだした。


——やればできるってこのことね……

ブランドのロゴマークが入った紙袋を手に電車に揺られながら、日和は達成感でいっぱいになっていた。

案の定、ウェブサイトで気に入ったのと同じものはなかったけれど、似たような感じのパステルカラーのワンピースがあった。もともとの値段は欲しいと思っていたものよりも高かったが、セール期間中で三割引になっていたおかげで想定していた予算内に収まったし、バッグやアクセサリーのコーディネイトも教えてもらえた。しかも、担当してくれた店員さんは年齢も雰囲気も麗佳と似た感じで馴染みやすかった上に、『こういうのもありですよ』と合わせてくれただけで、無理に売りつけようとはしなかった。それどころか、こんなことまで言ったのだ。

「お母様とお住まいなら、まずは聞いてみたほうがいいかもしれません。バッグもネックレスもお持ちかもしれませんし、なかったとしても、似たような感じでもっとお値打ちなのはよそでいくらでも買えます。うちのは、ロゴが入ってるってだけでお高くなっちゃってますので」

そんなこと言っちゃっていいの？　と思ったが、本人は何食わぬ顔でワンピースを薄い紙に包んでいた。そして、包みあがったワンピースを紙袋に収め、にっこり笑って言ったのだ。

「お買い上げありがとうございました。またお寄りくださいね。うちはお仕事用のスーツやカジュアルウエアも扱ってますので、お気軽に」

ありがとうございます、と日和は客らしからぬ深さで頭を下げた。それぐらい感激していたのだ。今後ちゃんとした服が必要になっても、この人がいれば大丈夫、と思えた。予算に合わないものをすすめられることもなかったし、考え込んでいる日和を急かすこともなかった。店員さんにあれこれ話しかけられるのが怖くて敬遠していたが、こういう店員さんなら落ち着いて買い物ができる。

またひとつ、苦手なことができるようになった。日和はそれが嬉しくてならなかった。

大荷物になるに違いないと覚悟していたが、案外小さくまとまった。

一番場所を取ると思っていた靴の箱は、意外とすんなり収まった。バッグは財布とスマホ、あとはハンカチとリップぐらいしか入らないサイズだから嵩張ることはない。母が若いころに使っていたが、もう自分には合わないからとくれたものだ。日和の好みとは少々違うが、余計なお金を使うことを考えたら十分許容範囲だ。その分で母にお土産を買おう。姫路の名産ってなんだったかな、と考えながら、日和は新幹線に乗り込んだ。

三連休の初日だから朝七時台でも混んでいるのではないかと心配したが、新幹線は空席が多く、新横浜を過ぎても隣の席が埋まることはなかった。この新幹線は新横浜を出たあと名古屋まで止まらない。その間、隣に気を遣わずに過ごせるのはありがたかった。

日和が座っていたのは三列席の通路側だが、名古屋で窓際の席が埋まったあと姫路まで真ん中の席は空席のままだった。以前父が、ひとりで乗るなら三列席の通路側に限ると言っていた。今はインターネットで予約する人が多いし、駅の窓口で買うにしても三人席の真ん中の列を選ぶ人は少ない。あらかじめ窓際席が埋まっている列の通路側を選べば、隣が空席のまま目的地まで行ける確率が高い、というのが父の持論だったが、そのとおりのようだ。

窓から風景を眺めることはできないが、通路側の席は自由に出入りできる。特に今回は三時間も乗るのだ。隣の人に声がかけられなくてトイレを我慢する、なんて羽目には陥りたくなかった。

トイレもゴミ捨ても行き放題、窓際に座った人は新神戸で降りるまでずっと眠りっぱなしだった。

極めて気楽な時間を過ごすことができた日和は、ご機嫌で姫路駅に降り立った。新幹線から降りた人が、足早に階段に向かっていく。日和が乗っていたのはかなり後ろの車両だったが、むしろ急かされることなく歩けて都合がいい。のんびり階段を下りていくと、前方に見覚えのある姿を見つけた。

——蓮斗さんだ！　うわー……同じ電車だったんだ！　縁結び効果大爆発！

一気にテンションマックス状態になったが、呼び止めるかどうか迷う。結婚式は明日だから、今声をかける必要はない。それでも挨拶ぐらいはしたほうがいいかもしれない。いや、こんなに早く着く新幹線に乗ってきたのだから、きっとどこかに行く予定があるのだろう。足を止めさせるのは申し訳ない。やはりこのまま……と思ったとき、先に改札を抜けた蓮斗がポケットに手を入れた。他の人の邪魔にならないところまで移動して、スマホを確認している。

これから行く予定の場所でも調べているのだろう、と思ったところで気がついた。彼も荷物を持っている。日和同様キャリーバッグとガーメントバッグを持っているから、どこに行くにしても荷物を預けてからということになる。となると……と思ったとき、蓮斗が顔を上げた。

改札を抜けたばかりの日和との距離はおよそ五メートル、ばっちり目が合ってしまった。ここで無視するのはあまりにも感じが悪い、というよりも、無視なんてしたくもない。ありったけの勇気を振り絞り、日和はぴょこんと頭を下げた。

「おはようございます」

「おはよ。やっぱり同じ新幹線だったんだね」

「やっぱりって？」

麗佳から聞いたのだろうか……。いや、そんなはずはない。麗佳に新幹線の時刻は知らせなかった。だったらどうして？　と首をかしげる日和に、蓮斗は爽やかすぎる笑顔で言った。

「車内で見かけたんだ。君、十三号車に乗ってただろ？」

「はい。もしかして同じ車両でした？」

「いや、隣。でも最前列だったから、ドアが開いた拍子に、ゴミを捨ててるのが見えたんだ。あ、梶倉さんだ、と思ったんだけど、席を立つに立てなくて」

窓際の席で隣に人がいたのだろうか、と思ったが、そうではなかった。蓮斗も日和同様、三列席の通路側に座っていたが、パソコンを出していた。席を立つためには、パソコンをどけてテーブルを畳む必要がある。コンセントにコードもつながっているし、ばたばたしているうちに戻ってしまうだろう。降りる駅は同じだし、追いかけてまで声をかける必要はないと思ったそうだ。

「せめてスマホをいじっているぐらいだったらよかったんだけど、ちょっと済ませておきたい仕事があって」

「お忙しいんですね……」

「いやいや、単に間抜けなだけ。休みの日まで仕事をしなきゃならないなんて無能すぎ」

蓮斗はからからと笑って言うが、言葉どおりとは思えない。旅行中の行動やSNSの記事を見る限り、仕事もてきぱきと片付けるタイプの気がする。そのせいで、人よりもたくさん仕事を引き受けざるを得なくなっているのだろう。

「でもまあ、仕事がなかったら最前列には座っていなかったし、そうしたら梶倉さんが乗ってることにも気づかなかったから、結果オーライだ」

仕事があるから最前列、という意味がわからない。きょとんとしている日和に、蓮斗が説明してくれた。新幹線の最前列席は、二列目以降と違って各席に電源が確保されている。テーブルも広いからパソコンを使いたいときは最前列を取ることにしている、とのことだった。

それだけで、絶対に仕事もできる人だ、と確信させられた。

「ということで……まずはホテル？」

言ったあとで、蓮斗が噴き出した。さらに、やばすぎるだろ、この台詞！と悶絶しそうになっている。言われて初めて気がついたが、確かに、事情を知らない人が聞いたら、昼にもならないうちからなにをするつもりだ！と眉を顰められそうな台詞だった。

「訂正、というか追加。まずはホテルに荷物を預けに行く、でいい？」

「ＯＫです」

——相変わらず、というかいつも楽しそうな人だ。いるだけで雰囲気を明るくしてくれる。こういうところが好きなんだろうなあ、私……

知らない人はもちろん、かなりよく知っている相手でも緊張してしまう。話しかけられても、曖昧な笑顔を浮かべるのが精一杯、会話がろくに続かないのだ。入社したときから面倒を見てもらっている麗佳ですら、面と向かって話すときは少し身構えてしまう。

それなのに、蓮斗とは初対面のときから普通に話せたし、会話が途切れることもなかった。それどころか、初対面の相手に茹で卵と塩を進呈する、なんてことまであったのだ。『人見知り女王』にしては驚天動地の出来事で、それもこれも蓮斗の飾らない人柄のなせる技だろう。

ひとしきり笑ったあと、蓮斗は先に立って歩き出す。ホテルの場所はわかっているようだ。おそらくさっきスマホを出したときに調べたのだろう、と思ったが、よく考えたらホテルと駅は目と鼻の先、迷いようもない立地だ。そんなことすら忘れるほど、蓮斗に会えたのが嬉しかったのか、と苦笑してしまった。

蓮斗がいてくれたおかげで、荷物の預け入れはものすごくスムーズだった。それ以上に驚いたのは、日和の服にまで気を配ってくれたことだ。

「これ、このままで大丈夫？　俺のは平気だけど、女性の服って繊細だから、素材によってはいばしてかけておいてもらったほうがいいかも」

ガーメントバッグの丈から考えて服は二つ折りにしてあるに違いない。皺になっては大変だ、と心配してくれたのだろう。なんて気の利く……と感心しながら、皺にはなりにくい素材だと説明し、そのまま荷物を預けた。

「よし、これで身軽になった！」

「いろいろありがとうございました」

「え、俺、なんにもしてないよね？」

「いえいえ……」

これ以上一緒にいる理由はない。正確に言えば、これ以上気を遣わせては……と日和はホテルを出ようとした。

ところが、三歩も行かないうちに呼び止められた。

「ちょっと待って。これからどうする予定？」

「え……？」

「チェックインまで四時間ぐらいあるよね？　梶倉さんは城好きだし、世界遺産の姫路城は外せない。でも、さすがに四時間はかからない。それ以外にどこに行くのかなーって」

ひとり旅で訪れたのは、仙台、金沢、函館、大阪、島根、と城のある町が多い。前に顔を合わせた久留里城なんて、さほど有名な城でもない。そんなところまで出かけているのだから、城好きと思われても仕方がないが、日和は断じて『城好き』じゃない。強いて言えば城下町の雰囲気が好きとは言えるかもしれないが、城そのものに深い興味は持っていないのだ。

けれどここで否定したら、他はともかく久留里城に行った説明がつかない。あなたと縁があるかどうか確かめに行ったなんて、言えるはずがなかった。

やむなく『城好き』をスルーしたものの、そのあとの答えにも詰まってしまった。日頃から『食』優先の傾向は強いけれど、いつにも増して行きたい場所よりも食べたいもののほうが多い。それが姫路についての日和の印象だった。

「お城を見て、そのあとは……」

特に考えていない、という答えに、蓮斗はやけに嬉しそうな顔をした。

「じゃあさ、とりあえず『明石焼き』食いに行かない？」

「ここ、姫路なのに？」

たこ焼きからタコ以外の具を抜いて柔らかく焼き上げ、出汁につけて食べる『明石焼き』は、その名のとおり明石の名物である。同じ兵庫県で距離的にもそう遠くないと言っても、姫路で明石焼きを食べるのは少し違う気がする。どうせなら、もっと姫路ならではのものが食べたかった。

ところが、日和の戸惑い顔をものともせず、蓮斗はさっさと歩き出した。

「まあまあ、すぐそこだし、だまされたと思って」

　あくまでも蓮斗は『明石焼き』を食べるつもりらしい。『蓮斗と一緒に』と『姫路ならでは』なら天秤にかけるまでもなく前者の圧勝だ。それに、『明石焼き』はそんなにお腹にたまるものではないから、食べたところで少し時間が経てばお腹が空くはずだ。『姫路ならでは』は後回しにして、日和は蓮斗についていく。さっきと同じ経路で駅に戻り、脇を抜けて地下通路に入る。迷う素振りはまったくないから、よく知っている店に違いない。

　どんなお店だろう、差し向かいで食べることになるのかな……と、少し緊張しながら歩くこと十分、到着したのは店というよりもフードコートのような場所だった。

　時刻は十一時半、なんとか午前中だというのに行列ができている。これが麺類や定食屋、あるいは同じ粉ものでもお好み焼き、百歩譲ってたこ焼きというならわからないでもない。日和ですら、混み合う前に済ませてしまおうと考えたぐらいだ。早めの昼ご飯と考えれば妥当だろう。

　だが、『明石焼き』は前に大阪で食べた『外カリ中フワ』のたこ焼きよりもさらに小麦粉使用量が少なそうだ。それで昼ご飯になるかと訊かれたら、日和の答えはNOだった。

　いくら土曜日でも、この時間に行列ができているのは、純粋にこの店の『明石焼き』を食べたい人が多いからに違いない。行列の先には、ずらりと鉄板が並んだ調理場があり、焼けるはしから渡している。まるで工場みたいだし、出汁にいたっては、大きな薬缶からどぼどぼ……という感じだ。確かに、午前中から行列したくなるほど美味しそうだった。

「ちょっと並んでてくれる？」

日和を行列の最後尾につけ、蓮斗はどこかに歩いて行った。どうしたのだろう？　と思っていると少し先にあった自動券売機にお金を入れている。どうやらここは食券制らしい。ふたりいるならひとりが並び、もうひとりが食券を買いに行くほうが効率的に違いない。

並んでいる人数は多いが、鉄板がたくさんあるから焼き上がるのも早く、ものの数分で順番が回ってきた。プラスティック製の食券と引き替えにまな板みたいなお皿を受け取り、席を探す。幸い目の前で食べ終わった人が立ち上がり、大きなテーブルに並んで席を確保することができた。

「あの、私の分……」

まずお金を払っておかなければ、と財布を出したが、蓮斗は受け取ってくれない。

「いいよ。これぐらい」

「そういうわけにはいきません」

「麗佳も言ってたけど、すごく真面目だねえ。でも本当にいいよ。誘ったのは俺だし」

「でも……」

「じゃあ、次は梶倉さんの奢りで……って、これ絶対に君のほうが損だよ。この値段じや喫茶店でコーヒー一杯飲めるかどうか」

ほら見て、と蓮斗は天井の近くに貼ってあった写真を示す。そこには『明石焼き風たこ焼き』という文字と、チェーンカフェですら一番シンプルなコーヒーしか飲めそうにない値段が添えられていた。

「大阪より安いなんて……」

「これで割り勘にしたってバレたら麗佳に蹴飛ばされる。四つも年上のくせにそれぐらい奢れないの⁉　とかさ」

「……ありそうです」

「だろ？　ってことで、気にしないで。それより冷めないうちに食べよう」

そう言うと、蓮斗はテーブルに置いてあったソース入れに手を伸ばした。

『明石焼き』なのにソースを塗るの？　と思ったが、写真には明石焼き風『たこ焼き』とあるから、ソースもありなのだろう。それでも、まな板に並んだ姿は『明石焼き』そのものだし、出汁も添えられている。ここはやはり……と、日和はソースは使わないことにした。

――ふわふわだー！　それに思ったよりお出汁の味がしっかりしてる。これは癖になる……朝から並んじゃうのも無理ないわ。

「どう？」

明石焼き風たこ焼きを『たこ焼き』要素重視で食べていた蓮斗に訊ねられ、日和は即答した。

「すごく美味しいです！　出汁巻きみたい」

「出汁巻き……確かに、構成としては間違ってないな」

「粉が入ってますけどね」

「ほんのちょっとだよ。なにせここらの人は『たこ焼き』じゃなくて、『玉子焼き』って言うぐらいだから」

「だったらソースはおかしくありませんか？」

「そこが面白いところでさ。これをこのまま……」

言うが早いか、蓮斗はソースを塗った『明石焼き風たこ焼き』のひとつを出汁の器に移し、たっぷりつけて口に運んだ。

「そのまま出汁で、ソースをつけて、ソースをつけたのを出汁で。三通りの食べ方が楽しめるのは、ここだけ！　しかもどれも旨い。試してみて」

蓮斗が食い道楽なのは明らかだ。その蓮斗が言うのだから、間違いはないだろう。それでもソースと出汁の組み合わせは意外過ぎる。だが、怖々『玉子焼き』にソースを塗って食べてみた日和は、思わず目を見張った。

「ほんとに美味しい……」

「よかった！　これ、けっこう有名なんだよ。姫路に来たからには食べておかないと！」

「知りませんでした」

「だと思った。有名は有名だけど、いわゆるB級グルメだし、梶倉さんみたいにわざわざ姫路で明石焼きを食べなくても、って思う人も多いだろうね」

「ごめんなさい。私、間違ってました。教えてくださってありがとうございます」

「なんのなんの。俺も布教が成功して嬉しいよ」

「布教って、これ、宗教だったんですか？」

「そうだよ。明石焼き風たこ焼き教。信者はざっと五十万人」

「五十万人ってどこから……」

「姫路市の人口から。今は五十二万人ぐらいのはずだけど、多少は異教徒がいるだろうし」

異教徒も余裕で認めるところが、明石焼き風たこ焼き教のすごいところだ、と蓮斗は謎の自慢をする。姫路市民ではない蓮斗が入信しているのだから、もう少し数を増やしてもいいようなものだが、そうしないところが彼らしい。

——明石焼き風たこ焼き教の教祖様も、こんな信者がいたらさぞや嬉しいでしょうね。もし本当にいるとしたら、だけど……

仙人みたいな服で右手にソース入れ、左手に出汁入れを持ち、『好きに使ってええんじゃよ～』と微笑む姿が目に浮かぶ。教祖と仙人は違うでしょ、と自分に突っ込みを入れたところで、笑いがこらえきれなくなった。

「大丈夫？」

　いきなり噴き出した日和を見て、蓮斗が心配そうに訊ねた。どこか変なところに入ったのかと気遣われ、やむなく仙人みたいな教祖の姿を語ったら、引きつったような笑い声が見事に伝染。ふたりして食べるどころではなくなってしまった。

　これじゃあ信者失格だ、と嘆く蓮斗をまたひとしきり笑ったあと、冷めては大変と大慌てで食べ始める。散々笑って食べた『明石焼き風たこ焼き』は、ひとり旅を初めてから一番と言っていいほど思い出に残る味だった。


　食べ終わったあと、蓮斗は『じゃあ、また』と去って行った。

　もしかしたらこのあとも一緒に過ごせるかもしれない、という日和の期待は見事に裏切られたが、ずっと一緒にいたらいたで楽しいだろうと思う半面、あれこれ考えすぎて疲れ果てるような気もする。

　どうせ明日は朝から顔を合わせるのだから、今日はひとりで観光しよう。それに、少なくとも蓮斗は日和よりも『城好き』らしいから、一緒に行けばあの天守閣のてっぺんまで上ることになりかねない。見晴らしがいいには違いないだろうが、先祖代々『庶民』の身としては、お城から見下ろすよりも見上げるほうが似合っている。

　せっかくきれいに塗り直したんだから、外から見たほうがいいに決まっている。そんな言い訳としか思えないことを考えつつ、姫路城に続く道を歩く。駅の正面にお城があり、まっすぐ進むだけという親切構造に感謝しつつ歩くこと十五分、日和は無事『世界遺産』に到着した。

遠くから見たときも、壁が白いなあ、とは思ったけれど、近づいて見ると白さがさらに際立つ。

姫路城は昔から白鷺城と呼ばれていたらしく、インターネットで調べたとき、これじゃあ白鷺城じゃなくて『白過ぎ城』だ、というコメントがあった。確かになあ、とは思うものの、この白さだって永遠じゃない。時が経てば次第に落ち着いていくに違いない。おそらく二〇一五年に修復が完了したころよりは今のほうが、黄色っぽくなってきているはずだ。

——なんだかジグソーパズルみたいだけど、こっちのほうが期間限定なのかもね……

そんなことを考えながら、スマホのカメラでパチリ。青空に映える白い天守閣の写真は、絵はがきにしたくなるような出来映えだった。

入り口の自動券売機で入場券を買って中に入る。

天守閣に上らないのに……と迷ったものの、姫路城は有料エリアがかなり広い。狭い階段を上ったり下りたりするのは苦手だが、平地を歩き回るのは嫌いじゃないし、塀の間の狭い道を抜けていくのは迷路みたいでわくわくする。はの門、にの門、ほの門というろは歌どおりに辿り、天守閣はスルーして備前丸へ。大阪城にもあった太鼓櫓、番町皿屋敷で有名な『お菊井戸』をちらりと見て堀端に戻る。かかった時間はおよそ三十分、世界遺産をなんと心得る！　と叱られそうなお城見物だった。

姫路城見学を終えたあと、お城の周りにあるお土産物屋さんを一回りする。

途中で幼稚園ぐらいの男の子が刀のおもちゃを欲しがって駄々をこねていた。古い町のお土産物屋さんには刀のおもちゃがありがちだが、あれは親泣かせだろうな、と思う。旅行中の携行品としては大変不向きだし、なにより小さい男の子は長い棒を振り回す習性があって危ない。日和の目の前で、男の子と母親のバトルが始まった。

見るとはなしに見ていると、やがて男の子が電車のおもちゃを手にレジに向かった。どうやら刀ではなく電車のおもちゃを買ってもらうことになったらしい。このバトル、勝ったのはどっちなんだろう？　と首をかしげていると、今度は中学生ぐらいのグループがやってきた。おそらく友達同士で遊びに来たのだろう。男子も女子もいるから『グループ交際』というやつかもしれない。

「これ、いいんじゃない？」

「ほんとだ」

驚いたことに、刀のおもちゃを手にしたのはミニスカートの女の子だった。応えたのも、天然パーマなのか髪の毛がくるくるでかわいい感じの女の子だった。嬉しそうに男の子たちに見せ、迷いもせずにレジに向かう。難色を示す母親がいないのをいいことに、女の子たちは一本ずつ刀のおもちゃを携え、ご機嫌よく店を出て行った。

——小さい子とも、男の子とも限らないのか……

男女グループが去ったあと、時計を確かめると午後二時を過ぎていた。

歩き回ったせいか、喉が渇いている。『明石焼き風たこ焼き』を食べたきりだから、お腹も少し空いた。一休みして戻れば、ホテルのチェックイン時刻になるだろう。

どこかでケーキセットでも……と調べてみたが、行ってみたいなーと思う店は駅から遠いところばかりだった。とりあえず駅に戻ればお茶ぐらいできるだろう。ホテルのカフェでもいいが、麗佳たちに出くわさないとも限らない。さすがに無視はできないだろうし、結婚式前日で忙しいのに、時間を取らせるのは申し訳なさすぎる。昼に『明石焼き風たこ焼き』を食べた周りにもたくさんお店があったから、お茶を飲めるところぐらいあるだろう。

そういえば、種類が多いことで有名なアイスクリームショップがあった。いっそアイスクリームでも食べてしまおうか。ダブルにすればけっこうお腹にたまるはず……などと考えながら日和は駅に向かう。そして、駅に着いたとたん、昼ご飯に食べるはずだったものを思い出した。

——そうだ。私、お昼に『えきそば』を食べるつもりだったんだ！

大きな駅ならば立ち食い蕎麦屋がいくつもある。わざわざ姫路で食べなくても……と言われるかもしれないが、姫路の『えきそば』は独特らしい。なんでも、和風スープの中にラーメンのような麺を入れ、かき揚げや油揚げをトッピングしてあるという。インターネットには、昔はホームにある店でしか食べられなかったが、近頃は改札の外やショッピングセンターのフードコートにも進出、気軽に食べられるようになったと書いてあった。それならホテルに荷物を預けてからでも大丈夫ということで、昼ご飯に食べるつもりでいたのだ。

思わぬところで蓮斗に出くわし、『明石焼き風たこ焼き』を食べにいったせいですっかり忘れていた。仕様が独特とはいえ、ジャンルとしては駅の立ち食い蕎麦に違いはないのだから大したボリュームではないだろう。お昼がおやつみたいな『明石焼き風たこ焼き』だったのだから、おやつが『えきそば』だってかまわない。

カロリー問題はクリアと判断し、改札外にある『えきそば』の店に行ってみた。さすがは地元のソウルフードだけあって、店内は満席だった。それでも回転が速いのはわかっていたため、食券を買う。天ぷらか油揚げか迷った挙げ句、油揚げを選択。驚いたことに油揚げが載った『えきそば』の値段は、『明石焼き風たこ焼き』よりも安かった。

観光地というのはいろいろなものの値段が高くなりがちだ。世界遺産があり、国内外から観光客が押しかける町でこんな値段で食べられるなんて驚き以外の何物でもなかった。

「はーい、お待たせしましたー」

店内に招き入れられ、カウンターで食券を出す。受け取ってから席を探すのかと思いきや、そのままテーブル席に案内された。日和の後ろに待っている客はおらず、店内がすき始めていたからだろう。できあがり次第持ってきてくれるというので待っていると、三分かからずに丼が届いた。

出汁は醬油色、大きな油揚げの中ほどに刻んだネギがたっぷり載っている。鮮やかな緑色が、ここは関西だと主張していた。

早速箸を割ってすくい上げた麵は、うどんと蕎麦の中間ぐらい、強いていうなら稲庭うどんに近い太さだった。色はほんのり黄色がかった白、味も中華麵といわれれば中華麵かもしれない、と思う程度である。

意外だったのはツユで、色、味ともに関東の蕎麦ぐらい濃い。大阪で食べた『肉吸い』のツユは器の底が見えそうな色だったし、関西のうどんや蕎麦はああいうものだと思っていた日和はびっくりしてしまった。とはいえ出汁もしっかり利いていて、味も濃いツユが中華風の麵にはよく馴染む。これはこれでありだし、姫路の『ソウルフード』として人気が高いのも頷ける。浩介のように外に出た人間が、帰郷するなり駆け込むことも多いのだろう。大事に残した一口分の油揚げを最後に、日和の『えきそば』体験は終了した。

ホテルのフロントに行き、チェックインの手続きをする。荷物を受け取ろうとしたら、すでに部屋に運んであるという。大きなホテルはさすがだな、と感心しつつ鍵が渡されるのを待っていると、男性がひとりフロントにやってきた。フロントにふたりいた係員のうち、日和に対応していないほうの女性に話しかける。

「予約客がチェックインしているかどうかって、確認できますか？」

　昨今、個人情報保護が取り沙汰（ざた）されている。こんなにサービスが行き届いたホテルなら、宿泊者の情報をうかつに漏らしたりしない。訊くまでもないだろう、と思ったが、フロントの女性はその男性の顔を確かめるように見たあと、あっさり答えた。

「どちらのお客様でしょうか？」

「吉永。あ、吉永蓮斗です」

　え……？　と思ったものの、話に割って入れるわけがない。なおも様子を窺（うかが）っていると、パソコンの画面を確認した係員が目を上げた。

「吉永様は、もうチェックインされております」

「何時ごろ入ったかもわかりますか？」

「午後一時ですね」

「やっぱりアーリーチェックインか……。ありがとうございました」

　ちょうどそのタイミングで日和にも声がかかった。

「お待たせしました梶倉様。お部屋は十四階でございます。あちらのエレベーターをお使いください」

　鍵を受け取ったとたん、蓮斗のことを訊ねた男性がこちらを向いた。

「もしかして、梶倉日和さん？」

「はい……」

「よかった、ここで会えて！　あ、俺は間宮浩介」

「あ、加賀さんの……」

「そう。明日、麗佳の旦那になる人。とはいっても、もう入籍はしちゃったから、すでに『加賀さん』じゃないんだけど」

やはり麗佳の彼氏だった。どうりでフロントの人があっさり情報開示するはずだ。明日ここで、結婚式を挙げる人だとわかっていたに違いない。それにしても、ここで会えてよかった、とはどういう意味だろう。首をかしげていると、今度は麗佳がやってきた。

「浩介、蓮斗はもう来て……あら、梶倉さん！」

こちらもあからさまに大歓迎ムード、クールな麗佳にしては珍しいと思ったら、受付担当者に手順や貴重品の管理についての説明が必要だそうで、できれば今日のうちに済ませておきたかったそうだ。

「当日でいいと思ってたんだけど、私も浩介も明日は朝からばたばたするし、今のうちに済ませちゃおうかなって」

新郎新婦が当日忙しいのは当たり前だ。受付業務の説明なんて式場の係員の仕事だろうに、と言う日和に、麗佳は軽く頷いた。

「まあね。でも、どうせふたりとも前泊だし、蓮斗はともかく、梶倉さんは今日のうちに説明を聞いておいたほうが安心かな、って。今なら私も立ち会えるし」

「ご配慮ありがとうございます……」

そうとしか答えようがない。確かに、たかが受付業務といえども、初対面の相手から説明を受けるのは緊張する。おまけに隣に蓮斗がいるとなったらまともに聞けるかどうかわからない。

それは明日でも変わらないけれど、麗佳がいてくれれば少しはマシだろう。

「ってことで……蓮斗はいたの？」

「いるはず。アーリーチェックインを使ったのは、部屋で仕事したかったからだろ。どうせ新幹線の中でもパソコンに張り付いてただろうし、いくらなんでも片付いてるよ。今、呼んでみる」

浩介はすぐにスマホを取り出し、メッセージを入力し始めた。片手でさくさく打ち込む姿はいかにも有能ビジネスマンっぽいし、フロントの係員とのやりとりにも横柄なところはまったくなかった。なにより麗佳と並んだ様子があまりにも自然で、『お似合いだから！』と自ら言い張るのも無理はない。きっと麗佳は浩介のことを、日和にとっての蓮斗と同等、あるいはそれ以上に素敵な人だと考えているのだろう。

ふたりから改めて、遠くまで来させて申し訳ない、と詫びられ、とんでもないと手を左右に振る。早めに着いてお城見学もすでに済ませた、などと話していると、エレベーターから蓮斗が降りてきた。昼前に会ったとき同様、スラックスにボタンダウンシャツ姿だった。

「仕事は終わったか？　大変だな、休みの日まで」

「誰のせいだよ！」

「そりゃあ、おまえの能力が足りてないからじゃ……」

「ふざけんな」

そこで蓮斗が浩介の足を蹴った。蹴ったとはいってもごく軽くで、ふたりともずっと笑顔だからただの戯れ合いなのは明らかだ。浩介は『ギブ！』を連呼しながら、両手を上げた。

「ごめん、ごめん。悪いと思ってる」

「まったく……結婚式準備で忙しいと思って、同僚のよしみでおまえの分まで引き受けてやってるのに」

「そうだったの……ごめんね、蓮斗。で、本当に終わったの？」

「終わった、というか終わらせた。もともと浩介の仕事なんだから、出来なんて知ったことか」

「ちょっと待て、それはないだろ」

「うるせえ」

「けんかしないの！」

麗佳が男ふたりを一喝した。きっと、こんな状況には慣れっこなのだろう。続いて、さっさと済ませましょう、と歩き出す。着いた先は結婚式場だった。

「お疲れ様でした。説明は以上です」

　黒服に蝶ネクタイを締めた係員の言葉で、説明は終わった。なにか質問はあるか、と訊ねられたが別段難しいことはない。招待客に記名してもらい、ご祝儀を受け取って席次表を配るだけだ。

　七十名の招待客のうち四十三名は親族で、残りの二十七名は友人と仕事関係だそうだ。人数はびっくりするほど多くはないし、受付も挙式前と披露宴が始まる前に別れるから大混雑することもないだろう。席への案内はホテルの人がしてくれるそうで、受付を離れずに済む。貴重品の管理への不安もなかった。

　説明にかかった時間は十分前後、確かにこれなら今日のうちに済ませたほうがいい。これで明日は大丈夫、と安心して立ち上がった。部屋から出たところで、麗佳に訊ねられた。

「梶倉さん、ありがとね。このあとはどうするの？」

「とりあえずお部屋で一休みしようかな、と……」

「そういや、チェックインしてるのを拉致したんだった……」

　すまなそうに言う浩介を、蓮斗がじろりと睨んだ。

「じゃあまだ部屋にも入ってないってことかよ。歩き回って疲れてるだろうに」

「そうだったの⁉　だったらもっとあとでもよかったのに」

　もうちょっと考えなさいよ、と麗佳からも文句を言われ、浩介は平謝りだった。

「いいんです。加賀さんも忙しいでしょうし、さっさと済ませちゃったほうが私も楽です」

「そう？　ならよかったけど……本当にごめんね」

ゆっくり休んでね、と言われ、日和はエレベーターに向かう。同級生三人組にまざっているのは邪魔でしかない。さっさと退散すべきだろう。頭ではわかっていても未練はたっぷり、ひとりだけ仲間はずれになったような気分だった。

――加賀さんたち、これからどうするんだろう。ふたり揃って来てたってことは明日の準備があったんだろうけど、まだ終わってないのかな……

もしかしたら三人で食事に行くのかもしれない、と思うと、さらに『仲間はずれ感』が募る。

もともと仲間なんかじゃないくせに、と自分を叱りながら部屋に入ると、蓮斗が気にしてくれたガーメントバッグはちゃんと伸ばして壁に掛けられていた。おそらくふたりの話を聞いていたフロントの係員が指示してくれたのだろう。

何から何まで気の利くことだ、と感心しつつカーテンを開けてみると、窓から姫路城が見える。あと一時間もすれば日が沈む。あの白い壁がオレンジ色に染まる様はさぞや壮大だろう。

しばらく姫路城を眺めたあと、晩ご飯をどうするか考える。

姫路には『ひねぽん』という名物があるらしい。

ひね鶏（どり）、つまり卵を産まなくなった親鶏を焼いてポン酢で和（あ）えるだけというシンプルな料理だそうだが、嚙（か）み応えがしっかりしていて旨味もたっぷりあるそうだ。居酒屋でも味わえるお手軽メニューとのことなので、是非一度食べてみたい。お土産にも買えるから、気に入れば買って帰ろうと考えていたのだ。

幸い駅前だから居酒屋はたくさんある。『姫路名物』というぐらいだから、どこかで食べられるはずだ。

ベッドに寝転がってスマホの検索窓に『姫路駅　ひねぽん』と打ち込む。案の定、店の名前がずらずら並んだ。これだけあると逆に迷うなあ、と苦笑いしながらひとつひとつ見ていくと、すぐ近くに良さそうな店を見つけた。

――『ひねぽん』はあるし、お酒もいろいろ揃ってるみたい。値段もそんなに高くないのね。『姫路レンコンの天ぷら』に『姫路おでん』……『姫路おでん』ってなんだろ？

『金沢おでん』なら近江町市場で食べたことがある。車麩（くるまぶ）は大きくてふわふわだったし、貝が素晴らしかった。かなり大きな貝で食べきれるかどうか不安になったが、そんな心配が霧散するほど絶品だったのだ。

あれ以来『○○おでん』という表記が気になってならない。『姫路おでん』がどんなものかわからないが、せっかくだから試してみよう。

口コミには人気の店なので予約をしたほうが無難、特に週末はなかなか入れない、と書かれていた。だが、そんな店でも『おひとり様』なら入れることがある。それは、これまでのひとり旅経験で学んだことのひとつだ。開店直後ならさらに入れる確率が上がる。予約するなら午後六時ぐらいから、と考える人が多いからかもしれない。ウェブサイトによるとこの店の開店は午後五時となっている。明日のこともあるし、しっかり休んでおきたい。開店に合わせて行って、さっと食べて帰ってこよう。地酒が豊富なお店みたいだから、軽く呑めばよく眠れるだろう、ということで、日和はその店に行くことにした。

夕食のお店は決まった。開店まで少し休もうとベッドでうとうとしていた日和は、スマホが立てたメッセージの受信音に起こされた。枕元のデジタル時計は午後四時四十五分、そろそろ店に向かわなければならない時刻だ。おかげで寝過ごさずにすんだ、と感謝しながら確かめると、差出人は麗佳で『今、電話しても大丈夫?』という内容だった。返信するよりこちらからかけたほうが早い。電話は苦手だが相手が麗佳なら大丈夫、と画面の端っこにある受話器のマークを押す。ワンコールで麗佳の声が聞こえてきた。

「ごめんね。寝てなかった?」

「実は。横になったらついうとうとと……」

「わかる。私もちょっと一休み、で寝ちゃうこと多いのよね。起こさないようにと思ってメッセージにしたんだけど、やっぱり起こしちゃったわね」

「大丈夫です。どうせ起きなきゃならない時間だからありがたかったぐらいです」

「起きなきゃならない時間？　なにか予定があるの？」

「はい。早めに食事を済ませようかと……」

「そういう意味ね。ちょうどよかった。さっき言い忘れたけど、ホテルにもいくつかお店が入ってるし、疲れてるようならルームサービスを使ってね。ルームナンバーを言えば、支払いは全部こっちに回ってくるから」

「いえ……行ってみたいお店があるので……」

そこまで甘えられない。きっかけは麗佳たちの結婚式とはいえ、半分は観光目的の旅行なのだ。

自分が飲み食いする分ぐらい自分で払うべきだろう。それには『行きたい店がある』というのが一番だ。思惑どおり、麗佳はすんなり納得してくれた。

「あらそう。で、どこ？　梶倉さんのアンテナに引っかかったお店、気になるわ」

差し支えなかったら教えて、と言われ、日和はさっき見つけた店の名を告げた。

「ああ、そこ、私も行ったことあるわ。浩介のお気に入りなの。近いし、地酒もたくさんあって、お料理も美味し……え、なあに？」

そこで麗佳が言葉を切った。誰かに話しかけられたようだ。男性の声だからおそらく浩介だろう。内容までは聞き取れないが、何度かやりとりしたあと、また麗佳の声がした。しかもなんだか面白がっている様子が窺える。

「浩介が聞いたそうなんだけど、そのお店、蓮斗も行くみたいよ。しかも十中八九開店早々」

「えっ……」

「なんて声を出すのよ。それにしても面白いわ。あなたたち、新幹線も同じだったんでしょ？　本当に縁があるのね」

いくら姫路に止まる新幹線が少ないにしても、一日に三本というわけじゃない。乗り換えを含めたら相当な本数があるのに同じ便、しかも隣の車両に乗り合わせるなんてすごすぎる、と麗佳は笑う。

「おまけに行きたい店も同じ。この分だと向こうで出くわすわね」

「や、やめときます……」

「なに言ってるの、って言いたいところだけど、梶倉さんだもんねえ……。あ、ちょっと待ってね」

そこで麗佳はまた後ろにいるらしき浩介と話し始めた。数回のやりとりのあと、聞こえてきたのはとんでもない内容だった。

「今、浩介が蓮斗に連絡したって。あいつ、もうお店の前にいるみたい。ふたり分の席を取っとけ、って言っておいたそうよ」

話している間に時が過ぎ、午後五時になろうとしていた。店の前には開店を待つ客が数組いるらしい。おすすめの店だし、せっかく『ひねぽん』に目をつけたのなら是非味わって欲しい。もう店の前にいるのだから蓮斗に席取りをさせるのは当然、というのが浩介の弁だそうだ。

「でも、そんなのご迷惑じゃ……」

「ぜんぜん気にしてなかった。むしろ嬉しそうだったって。案外、誘いたくても誘えなかったのかも……」

そんなはずない。麗佳は日和の気持ちを知っているからそんなふうに思えるだけだろう。万が一本当だったとしても、単にひとりで夕食を取りたくなかっただけかもしれない。いくらひとり旅に慣れた蓮斗でも、結婚直前のカップルを見ていたら寂しくならないとは限らない。

とにかく迷惑じゃないなら行ってみよう。『予告つき』なら店で鉢合わせしても戸惑わずに済む。声をかけるべきか、知らぬふりを通すか悩まなくていい。尻込みするのは迷惑をかけて嫌われたくない気持ちの表れで、本音は大喜びなのだ。日和の引っ込み思案な性格を把握した上で、無理なく一緒に過ごせるようにしてくれた麗佳には感謝しかなかった。

もうお店にいるなら急がなきゃ……と大慌てでホテルを出る。

店は目と鼻の先、急いだところで大差ない。それでも小走りになるのは、早く会いたいからに違いない。店の少し手前で立ち止まって、息を整える冷静さがあったのが不思議なぐらいだ。

店に着いてみると、三人連れがいて席があるか訊ねているところだった。若い店員さんが申し訳なさそうに断っている。どうやら、週末は予約なしでは難しいというのは本当らしい。開店前に並んだ蓮斗は大正解というところだ。

三人連れが残念そうに去ったあと、店員さんが日和にためらいがちな視線を向けた。また断らなければならないとでも思っていたのか、待ち合わせだと告げるとほっとしたような顔になった。

そのまま店員さんについていくと、長いカウンターの一番奥に空席がひとつ、隣には蓮斗が座っている。日和の姿を見つけて、片手を上げた。

「お疲れさん！」

「こんばんは。すみません。なんか席取りをさせちゃって……」

「いやいや。もう並んでたんだから平気。それよりカウンターで大丈夫？」

大丈夫じゃなくても他に空席はなさそうだけど、と蓮斗は笑った。

奥の席を空けておいてくれた気遣いがありがたい。カウンター席は嫌いじゃないが、隣に見ず知らずの客がいると緊張してしまう。そんな日和の性格を理解してくれているようで嬉しい。なにより、呑んだり食べたりするなら並んで座れるカウンターのほうが気楽だ。テーブル席のように視線のやり場に困ることもないだろう。

「なにを呑む？　俺はもう頼んじゃったけど……」

「吉永さんはなにを？」

「『奥播磨（おくはりま）』。ポン酒だよ」

そう言って蓮斗は目の前の壁を指す。そこには『奥播磨』だけではなく、酒の銘柄や料理の名前を書いた紙がたくさん貼られていた。

「『奥播磨』ってどんなお酒ですか？」

「ここには山廃純米と袋しぼりの二種類あるみたいだけど、俺は山廃にした」

「ちょっと酸味があるタイプですか？」

「そうそう。ほろっと甘くて酸味とのバランスが最高なんだ」

「袋しぼりは？」

「口当たりが柔らかくて呑みやすい。すっきりした酒だと思う」

「じゃあ、私はそれで」

「了解」

そこでちょうど店員さんが通りかかった。蓮斗はすかさず呼び止め、日和の酒と料理もいくつか注文した。

「ごめん。とりあえず頼んじゃったけど、メニューを見て食べたいものがあったら追加して」

「いえ……私の食べたいもの、ちゃんと入ってました」

「もしかして『ひねぽん』？」

「はい。それと『姫路おでん』」

「やっぱりか。旅先ではその土地の名物を食べなきゃね。土地の酒に土地の料理が合わないわけがない」

蓮斗が嬉しそうに言ったところに酒が届いた。先に注文してあった『奥播磨　山廃純米』だろう。ガラスの徳利と猪口(ちょこ)を見て、蓮斗はさらに嬉しそうになる。

「ラッキー、グラスじゃない！」

どういう意味だろう、と首を傾げる日和に蓮斗はふたつあった猪口のひとつを渡して説明してくれた。

「グラスだと先に呑むか、梶倉さんの分が来るのを待つかしなきゃならない。でも猪口がふたつくればとりあえず呑み始められる」

「え、先に呑んでくださってもぜんぜん……」

「それはそれで味気ないだろ。まあファーストドリンクだからすぐに来るとは思うけどさ」

居酒屋には、一杯目の飲み物はとにかく早く出す、という目標があるらしい。待たせすぎると客の満足度が一気に下がるという理由からだそうだ。

そういえばものすごく混み合っている居酒屋でも、最初の飲み物だけはあまり待たずに出てくる。それっきり料理が全然届かなくて苦笑することも多いが、とりあえず呑めるならいいか……となってしまう。客の心理をよくつかんだ目標だなと感心してしまった。

「ってことでまずは一杯。好みじゃないかもしれないけど、味見ってことで」

日和の猪口に酒を注ぎ、そのまま自分の猪口にも注ぐ。手酌を阻む隙は皆無だった。

「遠路はるばるお疲れ様でした、って俺が言うのも変か」

ケラケラ笑いながら猪口を合わせたあと、くいっと空ける。気持ちのいい呑み方に誘われ、日和も自分の猪口に口をつける。山廃にしては酸味が軽やかで甘さもほどよい。なるほどこれが『バランスのいい』お酒か、と納得しながら少しずつ味わっていると、日和の分が届いた。

先ほど同様、ガラスの徳利にふたつの猪口、ふと見ると蓮斗が猪口を凝視している。はっと気づいて、片方の猪口をすすめた。

「あの、よかったらこっちも……」

「サンキュー！　実はそっちも呑んでみたかったんだ！」

ひとりは気楽でいいけど、いろいろ試したいときは複数に限る、と蓮斗は満足そのものの顔で猪口に手を伸ばした。

片思いの相手にお酒を注ぐ。心臓が壊れそうだ、と思いながら徳利を傾ける。手が震えなかったのは奇跡だった。

「あーこっちも旨いなあ……っていうか、こっちのほうが好みかも」

「じゃあ、吉永さんはこっちをどうぞ」

「いいんです。実は私も、吉永さんが頼まれたほうが好きみたいで……」

「なんだ！　じゃあとりかえっこしよう」

Win-Winだ、と蓮斗は徳利の位置を入れ替える。どちらかと言えば、日和も『袋しぼり』のほうが呑みやすいと思うけれど、『山廃純米』だって十分美味しい。それなら、蓮斗に好きなほうを呑んでもらえばいいのだ。嬉しそうな蓮斗を見られるだけで十分だった。

「梶倉さんって、ポン酒いけるタイプだったんだ……」

あとはお互い手酌にしよう、と宣言したあと、蓮斗は少し驚いたように言った。

やばい、呑兵衛だと思われちゃった……と焦っていると、すぐに補足説明がきた。

「悪い意味で言ってるんじゃないよ。なんとなく、一杯目はビールかサワー系の甘いお酒を呑むタイプかなと思ってたんだ」

「そういうときもあります。すごく喉が渇いてたらビールですし、疲れたなーって思うときは果物系のチューハイとか。でも今日はそんなに喉も渇いてませんし……」

「狙いは『ひねぽん』と『姫路おでん』だし？」

「そのとおりです」

「だよねー、お、噂をすれば影！」

そこに『ひねぽん』と『姫路おでん』が届いた。『ひねぽん』はてっきりぶつ切りかと思っていたが、薄切りになっている。たっぷり添えられた大根おろしと青ネギが食欲をそそる。『姫路おでん』の上にまでふんだんに青ネギが載っていて、関西っていいなあと思う。

関東の太いネギも美味しいけれど白くて彩りに使うには少々難がある。近頃よく使われる小ネギは色鮮やかだが、火を通したらあっという間にへなへなになる。

その点、関西で使われる青ネギは彩り鮮やかで歯ごたえもたっぷり、うどんに入れても刻んで薬味にしてもいいし、斜めに切って煮込んでも美味しそうだ。すき焼きなんて想像しただけでも涎が出そうになる。こんなネギを日常的に使えるなんて、羨ましい限りだった。

「どうしたの？　嫌いなものでも入ってる？」

料理を凝視している日和を見て、蓮斗が心配そうに訊ねた。慌てて『青ネギについての考察』を語る。大笑いされるかと思ったが、意外にも蓮斗は大きく頷いてくれた。

「わかる。関西のネギって本当にきれいだし旨いよね。その上、根性もある」

「根性？」

「そう。俺はけっこうネギが好きで、インスタントラーメンとかにも入れるんだけど、面倒だからパック入りのを買うんだよ」

「あの刻んであるやつですね」

「そうそう。で、ひとりだと使い切れないから冷凍するんだけど、青ネギと小ネギは全然違うんだ。冷凍した小ネギは熱い汁に入れると『もう降参！』って感じだけど、青ネギは『ワシはまだまだ負けん！』って感じ。あれはもはや戸沢白雲斎ならぬ関西青葱斎……」

「猿飛佐助もびっくりですね」

「梶倉さん、よく知ってるね……」

「吉永さんだってご存じじゃないですか」

日和と同年代で、戸沢白雲斎が講談猿飛佐助の登場人物だと知っている人は少ないのかもしれない。蓮斗は極めて残念そうに言った。

「俺は忍者大好き少年だったからさ。でも今時忍者にはまるやつってあんまりいないだろ？　猿飛佐助や服部半蔵の名前ぐらいは聞いたことがあっても、白雲斎まで知らないんだよ」

「そう言われればそうかも……。私のうちは、父が時代物全般が好きなのでいろんな本がありますし、話題にもなります。あ、でも、私も知ってるのは名前ぐらいで……」

「上等だよ。戸沢白雲斎の名前を出して『猿飛佐助もびっくり』なんて突っ込んでくれる人はそうそういない。いやー、酒が旨い！」

そう言いながら、蓮斗はまた酒を注ぐ。

『ひねぽん』は青ネギ以上に歯ごたえたっぷり、噛みしめると上品なタレと鶏の旨味が口中に広がる。それを『奥播磨』とともに呑み込み、次は『姫路おでん』を食べてみる。

生姜の香りが爽やかで、お腹の底から温まるおでんだった。

あとから届いた『姫路レンコンの天ぷら』はこれまたサクサクで歯に嬉しい。最初は、ボリュームたっぷりで食べきれないのでは？　と危惧したが、難なく完食。そのころには徳利はふたつとも空になっていた。

「もう一本行く？」

呑んだり食べたりしながらの会話は、もっぱら旅についてだった。蓮斗の旅についてはSNSの記事で読んでいるから知っているつもりだったけれど、公にできないエピソードがどんどん出てきて、いつまでも聞いていたくなる。日和の話もとても熱心に聞いてくれて、失敗にすら共感してくれた。

もっと一緒にいたい。だが明日は朝から結婚式だし、ずっと仕事をしていた蓮斗は疲れているだろう。開店早々駆けつけたのも、そうしなければ席がなくなることと同時に、早めに夕食を終わらせたいという気持ちがあったのかもしれない。

これ以上つきあわせては申し訳ないという気持ちから日和は、おかわりを断った。

「……そうしたいところですが、明日もありますし」

「確かに。じゃあ締めにしようか……お、焼きおにぎりがある。俺はこれにしよう」

「じゃあ私も」

同じ料理のほうが出てくるのも早いはず、と判断し、日和も焼きおにぎりを注文する。

しばらく待って届いた焼きおにぎりは濃い茶色、焦げ目はパリパリで香ばしく、瞬く間に食べ終わる。一個だけだったがかなり大きかったおかげでお腹もいっぱいになり、ふたりは大満足で店を出た。

少しでも長く一緒にいたくて、少々ゆっくりめのスピードで歩く。蓮斗も普段よりはゆっくり歩いている気がする。願わくは蓮斗も同じ気持ちであって欲しいと思うけれど、おそらく日和のスピードに合わせてくれているだけだろう。

ゆっくり歩いたところでホテルはすぐそこで、あっという間に着いてしまった。蓮斗の部屋は十三階だったので、先にエレベーターから降りることになる。『おやすみ。じゃあ、また明日』というごく普通の挨拶にすら気恥ずかしさを感じ、自分の『重症』具合を痛感する日和だった。

結婚式の受付はあっけなく終わった。

招待客のリストはものすごくわかりやすく、名前を探すのに手間取ることもなかった。それぞれに振り仮名が添えられているのはもちろん、一字一字がかなり大きい。そのためお年寄りにも見やすく、手元をのぞき込んでは『これ、これ』なんて教えてくれる。親戚から友達まで、親切で良い人揃いなのは新郎新婦の人柄のなせる業だろう。

早朝から支度に入った麗佳の代わりに、浩介が何度も様子を見に来てくれた。新郎だって支度がないわけじゃなかろうに、と思ったけれど、麗佳に厳命されていたらしい。「麗佳に『蓮斗が梶倉さんをいじめないように見張ってて』って言われたんだけど、そんな心配をされるようなことしでかしたのか？」

「なんもやってねえよ！」

浩介が来るたびに始まる漫才みたいな会話に緊張をほぐされ、終始自然な笑顔でいられた。

ただ、挙式の間に蓮斗とお茶を飲むことはできなかった。予想以上に披露宴参加者の来場が早かったせいだが、友達の結婚式は少なからず同窓会要素を含むから無理もない。数人ずつ固まって語らう姿はとても楽しそうだし、浩介が通るたびに大騒ぎになる。郷里を離れて長いのに、結婚式に呼ぶほど地元の友人との仲が続いているのは羨ましい限りだった。

意外だったのは社長の小宮山が来ていたことで、麗佳の両親がしきりに頭を下げていた。招待はされても、なにか理由をつけて断るとばかり思っていたのだ。麗佳以前にも、名古屋で結婚式を挙げた社員がいたが、そのときは欠席していた。

新幹線で三時間の距離を出かけてくるのは珍しい。それほど小宮山商店株式会社にとって麗佳は大事な人だし、個人的にも彼女の結婚を祝いたい気持ちが大きかったに違いない。

ついついやっぱり加賀さんはすごい、それに引き替え……と落ち込みそうになった。それでも、披露宴で同じテーブルになった小宮山に『大役ご苦労さん』なんて労われ、誇らしい気持ちが湧いてきた。

あの麗佳が日和に『大役』を任せてくれた。動機の大半は日和の蓮斗への想いだとはわかっているけれど、なんとかこなせると判断したから任せてくれたのだろう。

――至らないところはまだまだたくさんある。でも、私だって少しずつ前に進んでる。いつだって周りと自分を比べて落ち込んでいたけど、今では、他人は他人、私にもいいところはあると思えるようになった。ウサギとカメの童話もある。あれほど大逆転の人生は望めないにしても、止まらない限りいつかはゴールに辿り着く。私は方向音痴だから迷子になるかもしれないけど、そのときはそのとき。回り道だって悪いことばかりじゃないもの……

小宮山にすすめられ、麗佳に助けられながら続けてきたひとり旅は、引っ込み思案で卑下ばかりしていた日和を変えてくれた。なにより、旅をしなければ蓮斗と出会うことはなかった。

昨日、今日と一緒に過ごす時間が長かった。ひとつぐらいいやなところが出てきそうなものだが、一切見つからない。これはもともと彼が素晴らしい人だということ以上に、いわゆる『あばたもえくぼ』というやつだろう。それでも、誰かに深い想いを抱いたことなどなかった日和にとって、それすらも喜ばしい。

――旅を始めたことで、私の世界は広がった。失敗はたくさんしたけど、そのおかげで得られたものも少なくない。ただ、これまでは得るものばかりだったけど、これからは失うものもあるかもしれない。それでも旅を続けていこう。なくすってことは空きスペースができるってことだから、そこにまた別なものを入れればいいんだから……

怖くても進むのをやめるな、と日和は自分に言い聞かせる。そのとき、後ろのほうから大きな笑い声が聞こえた。どうやらキャンドルサービスで蓮斗のテーブルに回った浩介が、また漫才を始めたらしい。麗佳の『マジでこいつら……』とでも言いたそうな表情に、思わず日和は噴き出した。

本書は、二〇二〇年十一月に小社より刊行
された単行本を文庫化したものです。
目次・扉デザイン／大原由衣
扉イラスト／鳶田ハジメ

ひとり旅日和　縁結び！

秋川滝美

令和4年10月25日　初版発行
令和5年11月25日　9版発行

発行者●山下直久

発行●株式会社KADOKAWA
〒102-8177　東京都千代田区富士見2-13-3
電話　0570-002-301（ナビダイヤル）

角川文庫 23360

印刷所●株式会社KADOKAWA
製本所●株式会社KADOKAWA

表紙画●和田三造

●お問い合わせ
https://www.kadokawa.co.jp/（「お問い合わせ」へお進みください）
※内容によっては、お答えできない場合があります。
※サポートは日本国内のみとさせていただきます。
※Japanese text only

ISBN 978-4-04-112594-6　C0193

◆◇◇

角川文庫発刊に際して

角川源義

第二次世界大戦の敗北は、軍事力の敗北であった以上に、私たちの若い文化力の敗退であった。私たちの文化が戦争に対して如何に無力であり、単なるあだ花に過ぎなかったかを、私たちは身を以て体験し痛感した。西洋近代文化の摂取にとって、明治以後八十年の歳月は決して短かすぎたとは言えない。にもかかわらず、近代文化の伝統を確立し、自由な批判と柔軟な良識に富む文化層として自らを形成することに私たちは失敗して来た。そしてこれは、各層への文化の普及滲透を任務とする出版人の責任でもあった。

一九四五年以来、私たちは再び振出しに戻り、第一歩から踏み出すことを余儀なくされた。これは大きな不幸ではあるが、反面、これまでの混沌・未熟・歪曲の中にあった我が国の文化に秩序と確たる基礎を齎らすためには絶好の機会でもある。角川書店は、このような祖国の文化的危機にあたり、微力をも顧みず再建の礎石たるべき抱負と決意とをもって出発したが、ここに創立以来の念願を果すべく角川文庫を発刊する。これまで刊行されたあらゆる全集叢書文庫類の長所と短所とを検討し、古今東西の不朽の典籍を、良心的編集のもとに、廉価に、そして書架にふさわしい美本として、多くのひとびとに提供しようとする。しかし私たちは徒らに百科全書的な知識のジレッタントを作ることを目的とせず、あくまで祖国の文化に秩序と再建への道を示し、この文庫を角川書店の栄ある事業として、今後永久に継続発展せしめ、学芸と教養との殿堂として大成せんことを期したい。多くの読書子の愛情ある忠言と支持とによって、この希望と抱負とを完遂せしめられんことを願う。

一九四九年五月三日

角川文庫ベストセラー

恋をしよう。夢をみよう。旅にでよう。　角田光代

「褒め男」にくらっときたことありますか？　褒め方に下心がなく、しかし自分は特別だと錯覚させる。ついに遭遇した褒め男の言葉に私は……ゆるゆると語り合っているうちに元気になれる、傑作エッセイ集。

潮風キッチン　喜多嶋隆

突然小さな料理店を経営することになった海果だが、奮闘むなしく店は閑古鳥。そんなある日、ちょっぴり生意気そうな女の子に出会う。「人生の戦力外通告」をされた人々の再生を、温かなまなざしで描く物語。

弁当屋さんのおもてなし
ほかほかごはんと北海鮭かま　喜多みどり

恋人に二股をかけられ、傷心状態のまま北海道・札幌市へ転勤したOLの千春。彼女はふと、路地裏にひっそり佇む『くま弁』へ立ち寄る。そこで内なる願いを叶える「魔法のお弁当」の作り手・ユウと出会い？

弁当屋さんのおもてなし
海薫るホッケフライと思い出ソース　喜多みどり

願いを叶える「魔法のお弁当」の作り手・ユウとの出会いから1年。距離は縮まってきたが、客と店員の関係から一歩を踏み出せない千春は悩んでいた。そんな時、悩み相談で人気の占い師がくま弁を訪れて？

弁当屋さんのおもてなし
ほっこり肉じゃがと母の味　喜多みどり

「魔法のお弁当」の作り手・ユウと念願の恋人同士になった千春。しかしお互い仕事が忙しく、すれ違いの毎日。そんな時、ユウのことを気に入っている茜が『恋人に作るみたいなお弁当』をリクエストしてきて？

角川文庫ベストセラー

みかんとひよどり　近藤史恵

シェフの亮二は鬱屈としていた。料理に自信はあるのに、店に客が来ないのだ。そんなある日、山で遭難しかけたところを、無愛想な猟師・大高に救われる。彼の腕を見込んだ亮二は、あることを思いつく……。

ホテルジューシー　坂木司

天下無敵のしっかり女子、ヒロちゃんが沖縄の超アバウトなゲストハウスにて繰り広げる奮闘と出会いと笑いと涙と、ちょっぴりドキドキの日々。南風が運ぶ大共感の日常ミステリ!!

肉小説集　坂木司

凡庸を嫌い、「上品」を好むデザイナーの僕。正反対な婚約者には、さらに強烈な父親がいて――。(「アメリカ人の王様」)不器用でままならない人生の瞬間を、肉の部位とそれぞれの料理で彩った短篇集。

鶏小説集　坂木司

似てるけど似てない俺たち。思春期の葛藤と成長を描く(「トリとチキン」)。人づきあいが苦手な漫画家が描く、エピソードゼロとは?(「とべ　エンド」)。肉と人生をめぐるユーモアと感動に満ちた短篇集。

ビストロ三軒亭の謎めく晩餐　斎藤千輪

三軒茶屋にある小さなビストロ。名探偵ポアロ好きのシェフが来る人の望み通りの料理を作る。新米ギャルソンの神坂隆一は、謎めいた奇妙な女性客を担当することになり……美味しくて癒やされるグルメミステリ。